W0243788

BASTEI
LÜBBE
TASCHENBUCH

Dieser Titel ist auch als E-Book erhältlich

Portia Da Costa

HEISSE KÜSSE

Erotischer Roman

Aus dem Englischen von
Sandra Green

BASTEI
LÜBBE
TASCHENBUCH

BASTEI LÜBBE TASCHENBUCH
Band 16 099

1. Auflage: September 2011

Vollständige Taschenbuchausgabe

Bastei Lübbe Taschenbuch in der Bastei Lübbe GmbH & Co. KG

Deutsche Erstausgabe

Für die Originalausgabe:
Copyright © 2009 by Portia Da Costa
Titel der englischen Originalausgabe: »Kiss It Better«
Published by Arrangement with Virgin Books LTD.,
London, England
Dieses Werk wurde vermittelt durch die Literarische Agentur
Thomas Schlück GmbH; 30827 Garbsen

Für die deutschsprachige Ausgabe:
Copyright © 2011 by Bastei Lübbe GmbH & Co. KG, Köln
Titelillustration: © shutterstock/Maxim Ahner
Umschlaggestaltung: Gisela Kullowatz
Satz: Urban SatzKonzept, Düsseldorf
Gesetzt aus der Palatino
Druck und Verarbeitung: CPI – Ebner & Spiegel, Ulm
Printed in Germany
ISBN 978-3-404-16099-0

Sie finden uns im Internet unter
www.luebbe.de
Bitte beachten Sie auch: www.lesejury.de

Der Preis dieses Bandes versteht sich einschließlich
der gesetzlichen Mehrwertsteuer.

Dies ist für Bella Michelle Buonfiglio mit vielen, vielen Grüßen für ihre Freundschaft, für ihre nette Art und ihre begeisterte Unterstützung meiner Arbeit.

Erstes Kapitel

»Verdammt! Oh, verdammt!«

Jay warf sich aufs Bett, knirschte mit den Zähnen und ritt auf dem Schmerz. Wann, zum Teufel, würde der Schmerz abklingen? Seit über einem Jahr wurde er jetzt von ihm gepeinigt. Als ob jemand rot glühende Speere in seine Gelenke und Knochen stieß, wann immer er es übertrieb. Seit Monaten kämpfte er mit hochgradigen Schmerzkillern dagegen an. Eines Tages konnte er bestimmt wieder laufen, ohne dass er das Gefühl hatte, durch einen Fleischwolf gedreht zu werden.

Er zog das ›schlimmere‹ Bein an seinen Brustkorb, spannte sich und entspannte dann, und wartete ungeduldig auf die übernatürlichen Dienste seines Masseurs, auch wenn er wusste, dass solcher Luxus zurzeit gestrichen war.

Einer der vielen Preise, die er dafür zu zahlen hatte, dass er Geschäft mit dem Verfolgen eines jugendlichen Traums verwechselte.

Er hob sich wieder hoch und schaute sich um. Er befand sich in einem altmodischen Zimmer, ein bisschen zu verspielt und zu plüschig für seinen Geschmack, aber sonst tadellos. Das Waverley Grange war schon ein sonderbares Hotel, aber es lag in der Gegend, deshalb wollte er hier absteigen und herausfinden, um was es bei dem Ärger eigentlich ging. Er hatte seinen Vater noch nie so angesäuert gesehen wie im vergangenen Jahr, als er in der Gegend gewesen war.

Der alte Herr hatte das Waverley im Blick gehabt, um dort zu übernachten, aber er musste erfahren, dass alle Zimmer belegt waren. Es hatte eine Zeit gegeben, da wäre Jay über eine solche Nachricht erfreut gewesen. Seit längerer Zeit hatte er sich mit seinem Vater nicht gut verstanden.

Aber in den letzten Jahren hatten sie endlich begonnen, zusammenzuarbeiten. Das Waverley lag ideal für Jays Auftrag, die Gegend zu erkunden. Hinzu kam, dass der lokale Porno-Sender zum Verkauf anstand, ein Kabelkanal, den Jay als heiß und erstklassig beurteilt hatte. Er hatte solche kosmopolitischen Perversionen nicht in einem Landhausstil erwartet, aber es handelte sich wohl um eine Besonderheit des Waverley.

Kein Wunder, dass der alte Herr verärgert war, so pauschal abgewiesen worden zu sein.

Der Gedanke an Porno, Sex und Frauen ließ Jay die Stirnfalten runzeln. Zurück zu dem riesigen Rätsel. Er schüttelte sich, als hätte jemand Schnee auf seinem Grab abgeladen.

Ich bin völlig abgefuckt. Ich habe keinen blassen Schimmer, was ich will. Oder mit wem.

Und doch war er hier. Rannte einer Phantasie nach. Wahrscheinlich seinem eigenen Phantasieprodukt. Aber dieses ließ seinen Schwanz wieder lebendig werden, obwohl alles um ihn herum für Verwirrung sorgte.

Er griff nach seiner Brieftasche. Sie enthielt einen geheimen Schatz, von dem nur er wusste; ein kleiner Zeitungsausschnitt mit einem Foto. Der winzige Papierfetzen stellte eine Brücke zwischen der Gegenwart und der Vergangenheit her.

Du Arsch! Schmachtest nach ihr wie ein schwachsinniger Teenager! Hat das dieser Unfall in einem Aston Martin aus dir gemacht?

Du hängst kranken Masturbationsphantasien einer idealisierten Erinnerung nach, während du Mühe hast, einen hochzukriegen, wenn du mit einer echten attraktiven Frau konfrontiert bist.

Jüngste Erinnerungen an Demütigungen und Enttäuschungen stiegen in ihm hoch und schmeckten nach Galle, aber mit großer Mühe verbannte er sie und kehrte zum Reich seiner Träume zurück, in dem er die Kontrolle hatte, wo sein Körper ihm gehorchte.

Ehrerbietig faltete er den Zeitungsausschnitt auseinander. Er hatte ihn zufällig in einem lokalen Magazin gefunden, das zu den Unterlagen seines Vaters gehörte, und der Gedanke, dass er den Ausschnitt leicht hätte übersehen können, ließ das Blut in seinen Adern gefrieren.

Mit der Fingerspitze strich er über das herzförmige Gesicht und über das wuschelige wilde rote Haar einer lächelnden Frau. Sie sah noch genauso aus wie vor fünfzehn Jahren, wenn man die Kratzer und Flecken in ihrem Gesicht und den entsetzten, betäubten Ausdruck von damals vergaß.

Du warst bis über beide Ohren verliebt.

Aber er konnte sich noch an das zarte Gewicht ihres Körpers erinnern, als er sie getragen hatte, an den Duft ihres frischen mädchenhaften Parfums, an die süßen nachgiebigen Lippen bei diesem kurzen Kuss.

Küss es besser.

Er hatte es als Trost gedacht, während sie auf den Krankenwagen warteten, aber selbst jetzt noch schämte er sich, denn er spürte heute noch, wie geil er damals gewesen war, trotz seiner Arbeit als Samariter. Er fühlte sich so schlecht oder noch schlechter als der Bastard, der sie zu Boden geschlagen hatte.

Er legte sich wieder aufs Bett zurück und hielt den kurzen Zeitungsausschnitt wie eine religiöse Reliquie hoch. Sein Penis wurde spontan härter.

Hiesige Cafe-Besitzerin erhält Auszeichnung wegen frischer Zutaten bei ihren Menu-Angeboten.

»Alexandra … Alexandra …«, krächzte er und ließ ihren Namen auf der Zunge zergehen. Seine angestrengte Stimme klang rauer als vorher, weil er so erschöpft war.

Sein verbittertes Lachen zerschnitt die Luft. Sie würde ihm wahrscheinlich sagen, er sollte abhauen. Sie hatte Grund genug für ihre ablehnende Haltung. Manchmal waren die Irrungen und Wirrungen eines Lebens unglaublich, aber diese Fügung brachte vielleicht Erleichterung.

»Du wirst nichts mehr mit mir zu tun haben wollen, Alexandra. Und doch bist du jetzt die einzige Frau, bei der er stehen würde. Willst du mir lieber zuschauen, wie ich mir einen runterhole?« Er schüttelte den Kopf. Erschöpfung und Schmerzen führten bei ihm zur Demenz. Er war überzeugt, dass das Gesicht auf dem Foto ihn anlächelte.

»Also gut, dann willst du es also.«

Er hauchte einen Kuss auf das Foto und legte den Zeitungsausschnitt vorsichtig auf den Nachtschrank. Dann, ohne Stöhnen und ohne Flüche, hob er seinen schmerzenden Körper an und drückte den Rücken in die Kissen. Er hatte perfekte Sicht auf ihr Lächeln, auf die wilden Haare und auf die süß gerundeten Brüste unter dem weißen T-Shirt.

Er sog tief die Luft ein und stieß sie als Seufzer wieder aus. Er glitt mit einer Hand in seine Jogginghose und legte die Finger um seinen Penis. Er gab sich einer vertrauten Phantasie hin.

Prinzessin.

So nannte er sie in diesen geheimen privaten Momenten. Denn mit ihren langen roten Locken und den großen grünen

Augen sah sie wie eine Prinzessin aus dem Märchen aus. Und ihre zierlichen Hände umfassten seinen Penis, als gefiele ihr das.

Langsam bearbeitete sie ihn. Ihre Hand war kühl und federleicht, und sie bewegte verführerisch die Haut seines Organs über den harten Stamm. Sie neckte ihn ein bisschen und drehte den Stab fast bedrohlich. Ah, genauso wollte er von einer Frauenhand berührt werden. Ihre Fingerspitzen ritten ihn auf eine delikate Weise, sie schmeichelten ihm in dieser Sekunde, und in der nächsten pumpten sie ihn gnadenlos.

Oh, Himmel, ja, Prinzessin!

Aber nein, keine Prinzessin mehr da. Jetzt hatte sie einen Namen, und es wurde Zeit, sich daran zu gewöhnen.

»Alexandra.«

Er schloss die Augen und rutschte auf seinem Bett hinunter. Er brauchte das kleine Foto nicht mehr, denn in seinem Kopf setzte sich das Produkt seiner fünfzehnjährigen Phantasie, Spekulation und Begierde fest.

In seiner Phantasie zog Alexandra Jackson ihr weißes T-Shirt über den Kopf und enthüllte ihre bewundernswerten Brüste. In seiner Vorstellung trug sie einen Spitzen-BH, genau die Art, die er gern bei einer Frau sah. Er war weiß und durchsichtig, sodass er ihre Nippel wie dunkle Beeren durch den Stoff sehen konnte. Sie schlängelte sich aus ihren engen Jeans, und darunter erkannte er einen winzigen Stringtanga; ein Fetzen Stoff, der die Sicht auf ihre Pussy eher verstärkte als behinderte.

Keine Balletttänzerin und keine Athletin hätte sich anmutiger bewegen können, als Alexandra über ihn stieg und ihn mit den schlanken langen Fingern einfädelte, nachdem sie die Spitze des Tangas zur Seite gezogen hatte. Sein Verstand sagte ihm natürlich, dass es immer noch seine Hand war, die ihm diese Freude bescherte, aber seit wann hatte sein Verstand etwas mit dieser Beziehung zu tun? Er hatte fünfzehn Jahre lang Zeit gehabt, Ähnlichkeiten zu entwerfen.

Oh, Himmel, du bist aber eng! Und so heiß! So umschlingend.

In seinem Kopf sah er ihren verführerischen Ausdruck. Ihre Lippen waren süß und weich und voll, sie bogen sich zu einem gierigen und delikat lasziven Lächeln. Sie strömte puren Sex aus, war zugleich aber auch frisch und zart.

Trotz seiner geheimnisvollen Vorstellung – wenn sie sich ihm hingab, blieb sie ein Rätsel für ihn. Und es war dieses Gefühl des Heimlichen und die umschlingende heiße und völlig illusionäre Pussy, was ihn schließlich überwältigte.

Glühendheiße Lust ergoss sich über sein Rückgrat, von den Hoden bis zum sprühenden Penis. Im Hinterkopf registrierte er, dass er sich reinigen musste, sobald er fertig war, aber er verdrängte diesen Gedanken und gab sich dem Glück und der blinden Sensation hin. Er war ein Opfer seines Orgasmus, sogar ein williger Sklave.

Er brauchte eine Weile, bis er auf die Erde zurückfand. Er schwebte zwischen Bewusstsein und Schlaf, nicht erregt, aber auch nicht uninteressiert. Undeutliche Szenarien wehten durch sein Gehirn.

Er sah sich mit der Prinzessin aus dem Märchen im Bett. Er nahm perverse Szenen aus dem erstklassigen Pornokanal von Waverley wahr. Er erlebte Erinnerungen wieder, die ihm lieb geworden waren, sexuelle Abenteuer, an die er sich bis zu dem Tag erinnern konnte, an dem er im Streckverband wach geworden war, den ganzen Kopf bandagiert.

Schließlich richtete er sich auf, schüttelte sich die Phantasien aus dem Kopf und versuchte, wieder in die Wirklichkeit zurückzufinden.

Es war Zeit für eine Dusche. Er musste seinen Bart trimmen und sich ordentlich präsentieren, wenigstens so gut, wie das heutzutage möglich war. Am Nachmittag würde er zum Little Teapot Café gehen.

Zweites Kapitel

In ihrem Nacken kribbelte es wieder.

Sandy Jackson fuhr auf dem Absatz herum, und richtig, da stand er, der Mann vom Teapot. Der Fremde mit der heiseren Stimme, dem militärisch geschorenen Kopf und dem lustigen Ziegenbärtchen. Der Mann, der sie am Nachmittag bei Tee und Scones unermüdlich angestarrt hatte.

Sie war nicht sicher, was er heute Abend hier suchte, aber sie wusste genau, dass er der Mann war, der nicht aufhörte, sie zu beobachten. Er starrte sie selbst dann an, wenn sie ihm den Rücken zuwandte, hatte Kat ihr gesagt.

Jetzt sah er sie nicht an. Oder wenn doch, mussten seine Augen wie Kugelblitze sein. Im Moment unterhielt er sich mit einer netten Frau im besten Alter. Sein strenger Ausdruck wurde durch ein aufmerksames Lächeln gemildert. Seine dunklen Augen zwinkerten fröhlich und richteten sich schmeichelnd auf seine Begleiterin.

Mist, Mann, ich dachte, du wärst mein Stalker!

Es war völlig idiotisch, aber sie empfand Eifersucht und drehte dem aufreizenden Mann den Rücken zu. Sie bemühte sich, unbemerkt das Ende des Raums zu erreichen. Bei dieser Soiree der Handelskammer fühlte sie sich ausgesprochen unwohl. Sie war nur gekommen, um die letzten Neuigkeiten über das Baugebiet rund um den alten Bradbury's Supermarket zu hören. Wenn man der erstaunlich zuverlässigen Gerüchteküche glauben konnte, wollte Forbes Enterprises aus dem ehemaligen Supermarkt ein ganztägig geöffnetes Restaurant mit Kinderspielplatz machen, und das konnte das Ende des Little Teapot Café bedeuten.

Forbes Enterprises! Noch mehr Mist!

Sie setzte ein betoniertes Lächeln auf und beteiligte sich an den Gesprächen mit ein paar anderen Gästen. Bla-bla-bla, war es nicht heiß? Ist dies kein attraktives Lokal? Hast du gewusst, dass es einen nicht sehr guten Ruf hat?

Ein Kellner huschte mit einem Tablett mit Häppchen vorbei, und ohne es wirklich zu wollen, nahm sie sich eins.

Mm, nicht schlecht. Irgendein Tomatengeschmack, auf Käse gebacken. Bevor der jugendliche Kellner verschwinden konnte, griff sie nach einem weiteren Häppchen; eine Miniaturtorte, mit Garnelen in Minze und Kräutermayonnaise gefüllt. Auch diesmal nicht schlecht. Sie hoffte, dass Kat, ihre Köchin, sich alles merkte. Es war wichtig, im Little Teapot immer wieder mal frische Sachen mit einem ganz neuen Geschmack vorzustellen, statt bei dem üblichen Kuchen und den schlichten Grillgerichten um die Mittagszeit zu bleiben.

Wenn sie sich einen Ruf erwerben könnten, dass ihre Snacks nach mehr verlangten, half es ihnen vielleicht, dem Angriff des neuen Restaurants zu widerstehen.

In ihrem Nacken kribbelte es wieder, und bevor sie sich daran hindern konnte, drehte sie sich um und suchte Mr. Stalker mit dem sexy Ziegenbärtchen.

Und da war er natürlich auch, und diesmal verbarg er nicht die Tatsache, dass er sie anstarrte. Im Gegenteil, er nickte, tippte an sein Glas und bedachte sie mit einem rätselhaften geheimen Lächeln.

Sandy erwiderte das Lächeln vage, denn sie wollte nicht, dass er es als ermutigend auffasste. Aus irgendeinem Grund –

sie konnte nicht genau sagen, warum – war sie nicht sicher, dass sie überhaupt mit ihm reden wollte.

Er sah wie ein brutal attraktiver Serienmörder aus, und er hatte etwas an sich, was sie ängstigte. Ihre Nerven spannten sich. Wenn man ihn genauer kennen lernte, war er wahrscheinlich ein sympathischer Mann, aber wenn sie ihn jetzt anschaute, war ihr, als schritte er direkt durch ihre Seele.

Nicht mein Typ. Überhaupt nicht. Zu mitgenommen. Zu sehr Macho. Wahrscheinlich viel zu kompliziert.

Der Wein in ihrem Glas taugte nicht viel, aber sie nippte trotzdem daran. Er war nicht schwer genug, um davon narkotisiert zu werden, aber sie musste irgendwas unternehmen, um ihre Gedanken von diesem Mann abzulenken.

Und ihre Füße! Verdammt, warum hatte sie sich von Kat überreden lassen, diese verrückten hohen Absätze zu tragen? Sie sahen hervorragend aus und streckten ihre Beine auf wunderbare Weise. Aber sie brachten sie um, und man musste Oscar-reife Leistungen bringen, um das nicht zu zeigen. Schweiß perlte auf ihrer Stirn, als sie einem Stammkunden des Little Teapot zulächelte. Wenn sie mal rasch wegrennen musste, würde ihr das heute Abend nicht gelingen.

Schnell wegrennen?

Eine mächtige Faust schien ihre Innereien fest zu pressen.

Was? Nach all dieser Zeit? Warum musste sie gerade jetzt an eine uralte Geschichte denken?

Eine Erinnerung, scharf und zugleich auch nur schemenhaft sichtbar, brachte kalte Angst und auch ein warmes schwebendes Image eines Gesichts mit. Es war ein glattes, junges, männliches Gesicht. Fast engelhaft. Langes, dichtes, dunkles Haar, ein wenig zerzaust. Eine sanfte Stimme und weiche Lippen auf ihren, dann ihr leises Flüstern: »Küss es besser.«

Aber so schnell der Eindruck auftauchte, so schnell begann er zu schwinden und ließ sie kopfschüttelnd zurück. Sie fand sich in der Gegenwart wieder und sah sich um.

Sie zuckte einige Male die Achseln und verlor allmählich ihre Desorientierung. Sie richtete den Fokus auf ihre Umgebung.

Dies war das erste Mal, dass sie zum Waverley Grange Hotel gegangen war, und ihr ging es nicht anders als den meisten Gästen auch: Sie fragte sich, was an den Gerüchten über dieses Hotel wahr war. Das Hotel sollte unter dem feinen Luxus und dem alten Charme eine Lasterhöhle sein, und einige Drucke an den Wänden der Lawns Bar schienen die heimlichen Einflüsterungen zu bestätigen.

Sandy fächerte sich mit den Fingern Luft zu. Teufel, es war heiß an diesem Abend. Und das war noch vor dem Betrachten der schlüpfrigen Kunstwerke.

Vor sich sah sie ein stilisiertes Foto eines nackten Paares, verbunden in einem komplizierten System von Gliedmaßen, Schweiß und Sinnlichkeit. Sandy hoffte, dass die ziemlich prüde Bürgermeisterfrau es übersehen würde, denn die strahlende Offenheit trieb sogar ihren eigenen Puls an.

Die Hand des Mannes hatte sich zwischen die Schenkel der Frau geschoben, und obwohl nicht genau zu sehen war, was sie dort trieb, war es Sandy so, als berührten die Finger sie selbst. Sie schienen in die Ritze ihrer Pussy vorzustoßen, zu streicheln, zu quaddeln und zu spielen.

Plötzlich wirbelte sie herum, denn sie stellte sich vor, dass der Mann aus dem Café hinter ihr stand. Oder vielleicht ein anderer Mann aus einem Traum.

Die Gefühle brachten ihr Schwindelattacken, und das klaustrophobische Gedränge echter Körper brachte ihr Herz ins Stocken. Sie entschuldigte sich und glitt zwischen zwei anderen Kunstfreunden vorbei, die ebenfalls das Foto betrachteten. Jemand benutzte offenbar kein kräftiges Deo, und Sandy rümpfte die Nase und ging weiter auf die Suche nach frischer Luft.

Neben einem offenen Fenster fand sie ein anderes kunstvolles Foto an der Wand. Es zeigte einen gut aussehenden Mann mit langen dunklen Haaren, der in dramatischen Schatten am Fenster stand. Mit einem nachdenklichen Ausdruck starrte er hinaus, und wie das andere Paar war auch er nackt.

Nicht mein Typ. Aber du kommst mir irgendwie bekannt vor.

Sie verengte die Augen zu Schlitzen und beugte sich dem Foto etwas weiter entgegen. Als sie den sexy Eigentümer oder Manager des Hotels erkannte, der ihr erst vor kurzem vorgestellt worden war, musste sie kichern.

»Er ist also Ihr Typ?«

Sandy knickte auf ihren albernen hohen Absätzen fast um. Sie wusste genau, wer hinter ihr stand, und die tiefe, eigenartig raue Stimme schien zu ihm zu passen. Im Teapot hatte sie ihn selten sprechen gehört, denn Kat bediente ihn, aber es war eine unüberhörbare Stimme, die man nicht so schnell vergaß.

Sie zwang sich zur Ruhe und wandte sich langsam dem Mann mit dem Bart zu, der sie die ganze Zeit beobachtet hatte und nun nur ein paar Schritte von ihr entfernt stand.

»Nicht wirklich.« Sie traute sich, zu ihm aufzuschauen. Seine Augen blickten wach und intelligent; sie waren dunkelgrau und glitzerten in einem beunruhigenden Licht. Verunsichert wandte sie sich wieder dem Mann auf dem Foto zu, dem glamourösen Signor Guidetti. »Aber ich glaube, er ist unser ehrenwerter Gastgeber, der Hotelmanager.«

»Ja, das ist er.«

Ein paar Sekunden lang starrten sie schweigend auf das

Foto, dann sahen sie sich zusammen den Raum an, als hofften sie, den höflichen, ein wenig eitlen italienischen Hotelbesitzer irgendwo zu sehen.

»Warum ist er nicht Ihr Typ?«

Sandys Stirn legte sich in Falten. Was ging ihn das an? Aber der Geist aus der Vergangenheit tauchte wieder auf.

»Er ist zu perfekt, zu eitel, zu glatt.«

Im Gegensatz zu dir.

Sie kämpfte dagegen an, vor ihm zurückzuschrecken. Aus der Nähe sah der raue Bursche noch viel rauer aus. Er war groß und überragte sie wie ein Turm. Seine Schultern waren breit, und die muskulösen Gliedmaßen unter dem attraktiven, leichten mitternachtsgrauen Anzug wirkten kräftig. Der Bürstenhaarschnitt seiner dunklen Haare lag wie eine Welle aus Samt über seinem Schädel. Er sah aus wie ein römischer Imperator, zivilisiert und doch wild.

Aber es war in erster Linie sein Gesicht, das sie schlucken ließ. Sie war fasziniert von ihm und auch ein wenig verängstigt. Seine Züge waren gleichmäßig, wie aus Stein gehauen und sehr männlich. Aber das Netzwerk der feinen weißen und rosa Narben, die sich über die hohen Wangenknochen zogen, der Mund und das Kinn, verziert von einem kurzen dunklen Bart, sprachen beredt von Schmerz und Leid.

»Im Gegensatz zu mir.«

Das stark verletzte Gesicht verzog sich zu einem milden Lächeln, als er ihren Gedanken aussprach, und Sandy hätte beinahe ein Keuchen ausgestoßen. Wieder wurde sie von einer Erinnerung gepackt, die sie fast umgerissen hätte.

»Es ist nicht schlimm, so auszusehen, als hätte man schon einiges durchgemacht im Leben«, sagte sie und war froh, dass sie sich wieder gefasst hatte. Trotz all seiner Narben hatte der Mann Charisma. Und sein kräftiger Körper wirkte auf sie und beschleunigte ihren Herzschlag. Trug er überall diese Narben? Waren auch seine Arme und Beine mit Narben übersät? Plötzlich schien es ihr wichtig, das herauszufinden.

»Nun, das ist gut zu wissen.« Sein tiefes Lachen war so rau wie seine Stimme. Sandy fühlte, dass es nach ihr griff und wie mit einer Phantomhand berührte. Hormonale Reaktionen schossen durch ihren Körper, und ihre Haut prickelte überall. Ein feiner Schweißfilm bildete sich. Ihr war schon öfter heiß gewesen, aber jetzt brannte sie.

»Noch einen Drink?«

Ihr Begleiter wies auf ihr Glas, und Sandy sah erst jetzt, dass es leer war. Sie konnte sich nicht erinnern, den Wein getrunken zu haben, aber offenbar hatte sie ihn nervös gebechert, ohne es zu bemerken. Noch ein Glas würde ihr guttun und den trockenen Mund ölen, auch wenn es ein eher schlaffer, durchschnittlicher Wein war.

»Ja, großartig. Sehr gern, danke.«

Sie hielt ihm das leere Glas hin, und als der geheimnisvolle Mann es in die Hand nahm, berührten sich ihre Finger für einen Moment. Elektrizität schien Funken zwischen ihnen zu sprühen und erhöhte noch die sensationellen Gefühle. Sie unterdrückte ein Keuchen, und seine dunklen Augen weiteten sich. Er fühlte auch, was sich zwischen ihnen abspielte.

»Ich bin gleich wieder zurück. Laufen Sie nicht weg.«

Der Drang, ihm zu trotzen und wie der Wind wegzufliegen, stieg in ihr hoch, und wenn ihre Schuhe nicht so verdammt unbequem gewesen wären, hätte sie dem Drang vielleicht nachgegeben. Irgendwas an seinem breiten Rücken, als er sich von ihr entfernte, wirkte sehr beunruhigend auf sie. Bedrohend. Alles an ihm ließ ihre Sinne hüpfen, und wenn sie damit fertig werden wollte, brauchte sie vorher frische Luft. Falls er wirklich interessiert war an ihr, würde er ihr nach draußen folgen, oder nicht?

Es war eine Weile her, dass sie ein so spontanes Verlangen in sich spürte, und es für einen vernarbten und bedrohlichen Fremden zu fühlen, war so verwirrend wie der Mann selbst. Aber sie konnte es nicht ignorieren oder verdrängen. Sie war da, diese Lust, die sie schmecken konnte; sie spürte sie tief in ihrem Schoß wie ein schweres, aber nicht unangenehmes Gewicht.

Ich sollte gehen. Ich sollte wirklich verschwinden.

Wo war Kat? Sie waren zusammen mit dem Taxi gekommen. Sie musste ihrer Freundin sagen, dass sie gehen wollte.

Sie will sich wahrscheinlich mit Greg treffen.

Ein plötzliches Bild, in dem sie sich sah, wie sie sich auf Sex einließ, trieb die sinnliche Spirale noch an. Sie schwankte leicht hin und her, als diese Bilder sie wieder verfolgten, aber es waren nicht die sonst weich gezeichneten Bilder ihrer geheimnisvollen Rettung und des Prinzen, der ihr vor diesen vielen Jahren aus großer Not geholfen hatte.

Und es war auch kein Filmstar, mit dem sie sich schon mal in ihren Träumen sah. Nein, diesmal war ihr vernarbter, bärtiger Fremder, der gerade gegangen war, der Kern ihrer Vorstellung. Er berührte sie auf eine Weise, wie noch kein Geliebter – ob echt oder eingebildet – sie berührt hatte. Ihre Köchin hatte ihr Dinge beschrieben, die sie mit ihrem sexuell abenteuerlustigen Freund – er arbeitete zeitweilig im Waverley – erlebt hatte. Und solche Dinge konnte sie sich auch mit dem Fremden vorstellen.

Sie bewegte sich flugs weg vom Foto des Signor Guidetti und schritt in die Richtung des Ausgangs zu. Ihre Füße hätten laut geschrien, wenn sie eine Stimme gehabt hätten, denn jeder Schritt brachte Schmerzen.

»So schnell schon weg?«, fragte eine Stimme, als sie zur Seite treten musste, weil eine kleine plaudernde Gruppe ihren Weg versperrte.

Ihr geheimnisvoller Mann hielt ihr ein Glas hin. Der Wein im Glas moussierte und leuchtete blass golden. Sie hatte das Gefühl, dass diese Flüssigkeit nicht aus dem Fass Chardonnay kam, den alle tranken. Sie glaubte eher, dass der Fremde ihr ein Glas Champagner gebracht hatte.

»Danke.« Sie nahm das Glas entgegen und achtete diesmal darauf, ihn nicht mit ihren Fingern zu berühren. Sie wollte ihm nicht aus Versehen den Schampus über seinen Anzug kippen. »Nein, ich wollte nicht weg. Ich wollte nur ein bisschen frische Luft schnappen.«

Augen so grau wie gebürsteter Stahl verengten sich, als könnte er ihre Ausrede nicht glauben. Der kontrollierende Ausdruck veranlasste sie, zurück in die Mitte des Raums zu gehen. »Und Sie haben geglaubt, ich wäre Ihnen gefolgt und hätte Sie gefunden?« Er stieß mit ihrem Glas an, dann trank er einen Schluck. »Mm«, sagte er, »der ist besser. Probieren Sie mal.«

Sandy nippte, dann stieß sie einen spontanen Seufzer aus. Ah, was für ein Genuss! Der Champagner war ausgezeichnet, trocken und knackig, er ging runter wie Butter. Die ganze Magie der französischen Kultur in einem Glas.

»Danke«, sagte sie wieder, aber jetzt mit großem Nachdruck. »Er schmeckt köstlich. Ich danke Ihnen sehr.«

»Sie können sich richtig bei mir bedanken, indem Sie mir Ihren Namen nennen.«

Die stählernen Augen forderten sie heraus. Sandy fühlte einen Salto in ihrem Bauch. Wenn sie jetzt Namen austauschten, wurde das Spiel ernst. Dann konnte sie nicht einfach gehen. Dann war ihre Begegnung nicht mehr der lässige Moment.

»Ich bin Alexandra Jackson. Es freut mich, Sie kennen zu lernen.« Sie hob den Träger ihrer Tasche auf die Schulter und tauschte ihr Glas in die andere Hand, während sie ihm die rechte Hand hinhielt. Auch er musste die Hand mit dem Glas wechseln, aber bei ihm sah das viel eleganter aus. Er streckte eine große gebräunte Hand aus, in der ihre blasse Hand ganz klein wirkte. Selbst auf seinen Knöcheln sah sie Narben.

»Ich bin Jay Bentley. Und die Freude liegt ganz bei mir.« In den tief gemurmelten Worten lag eine Menge Bedeutung, und Sandy unterdrückte ein Stöhnen, als sie spürte, wie zwischen ihren Schenkeln ihre Pussy zuckte.

»Steht das ›J‹ für die Abkürzung des Vornamens?« Es war der erste Gedanke, der ihr in den Kopf kam.

Jay lachte. Seine Augen verengten sich wieder. »Entweder oder. Ich habe noch nie darüber nachgedacht. Sie können es sich aussuchen.«

Aber du musst doch deinen eigenen Namen kennen?

»Dann nenne ich Sie Jay.«

»Sehr gern, Alexandra. Er streckte seine Hand etwas weiter aus und griff nun ihre.

Seine Haut war warm und glatt und trocken, und Sandy spürte sofort, dass ihre eigene Handfläche vom nervösen Schwitzen glitschig geworden war. Sie wollte sie zurückziehen, aber Jay hielt sie fest und starrte ihr in die Augen, als läge er mit ihr in einem Wettstreit.

»Sandy«, sagte sie. »Meine Freunde nennen mich Sandy.«

»Dann bin ich also Ihr Freund, Sandy?« Er legte den Kopf ein wenig schief, hielt immer noch ihre Hand und strömte weiterhin Elektrizität über ihren Körper aus, die sich sofort über ihren Schoß ergoss. »Ich hatte ein Gefühl, dass Sie mich nicht besonders mögen.«

Blut schoss in Sandys Gesicht. Auf eine Weise hatte er

Recht. Sie fühlte sich eingeschüchtert von ihm, auch jetzt noch. Sogar noch stärker.

»Ich ... nun, ich kenne Sie ja kaum.« Beinahe hätte sie den köstlichen Champagner in einem raschen Zug gekippt, aber das wäre eine Beleidigung für diese phantastische Qualität gewesen.

»Und doch wollen Sie mich als Freund haben?«

Wieder hörte sie das raue sexy Lachen, das ihre zarten empfindlichen Teile zu berühren schien. Der Mann stachelte sie an, provozierte sie. Mochte sie ihn? Sie war sich noch nicht sicher. Vor allem weil immer noch die Möglichkeit bestand, dass er ein Stalker war.

Aber du willst ihn doch, Sandy, nicht wahr? Himmel, wie sehr du nach ihm lechzt!

»Sie wissen, was ich meine. Kommen Sie mir nicht auf die perverse Tour.«

Sein Grinsen sah plötzlich jungenhaft aus, und Lichter tanzten auf den grauen Nordseeaugen.

»Ich und pervers?« Er nahm einen kräftigen Schluck Wein, und sein Adamsapfel hüpfte gegen den offenen Kragen seines dunklen Hemds. Dann verharrte er und leckte einen Tropfen Wein von der Unterlippe. »Nun, nicht auf diese Weise«, sagte er und leerte sein Glas mit einem weiteren kräftigen Schluck. »Ich bin ein einfacher Mann, Sandy, aber wenn ich etwas sehe, was ich haben möchte, bemühe ich mich.«

»Wie mich?«

Was, um alles in der Welt, hatte sie sich dabei gedacht? Was hatte sie gesagt? Es konnte reiner Zufall sein, dass sie sich hier getroffen hatten. Aber dann zauderte sie wieder. Was hatte ein Fremder, den sie an diesem Tag das erste Mal gesehen hatte, auf einer Cocktailparty der lokalen Handelskammer zu tun? Sie machte jede Wette, dass er uneingeladen gekommen war – und wenn ja, war er dann wegen ihr hier?

Sein Lachen perlte heraus, ein raues, sexy Geräusch, nach dem sich die Umstehenden umsahen, meistens die Frauen. Man sah ihnen an, dass die Narben und sein wildes Auftreten sie nicht davon abhielten, ihn für sehr attraktiv zu halten. Im Gegenteil, dachte Sandy, die hungrigen Blicke verrieten ihr, dass sein Aussehen ihn erst richtig interessant machte. Begehrenswert wie ein stolzer Pirat.

»Sie sind sehr direkt. Meistens bin ich das auch.« Einen Moment lang senkten sich die langen dunklen Wimpern. »Ich halte mich ein paar Tage hier im Hotel auf. Haben Sie Lust, mich auf meinem Zimmer zu besuchen, Sandy Jackson?«

»Nein.« *Ja!* »Natürlich nicht.«

Sie fluchte still in sich hinein und fühlte, dass sie knallrot wurde. Verdammt, sie kannte den Mann nicht besser als Stammvater Adam, und doch wollte sie plötzlich mit ihm auf sein Zimmer gehen. Völlig verrückt. Es war gefährlich, und es war nuttig, aber der Fremde hatte etwas. Trotz der Narben sah er gut aus, und sein großer Körper sprach ihren Körper direkt an. Sie begehrte ihn.

»Warum nicht?«

»Weil ich Sie nicht kenne. Ich bin mir nicht einmal sicher, ob ich Sie mag. Und ganz gewiss gehe ich nicht mit einem Fremden ins Bett, den ich erst kurz zuvor kennen gelernt habe.«

Jay trat von einem Bein aufs andere. Er fühlte ihre Augen auf sich, doch sie bewegte keinen Muskel.

Aber ihre Augen bewegten sich. Sie konnte nicht verhindern, seinen Körper von oben bis unten zu betrachten. Sie sah sein weißes, neckendes Lächeln, seinen kompromisslosen Haarschnitt und die langen muskulösen Linien unter dem gut geschnittenen Anzug.

Und dann gewahrte sie auch, und ihr Herz begann laut zu pochen, dass er eine Erektion bekam.

Sie schaute hoch, das Gesicht kirschrot, und sah, dass er sie anstarrte. Rasch senkte sie den Blick und konzentrierte sich auf ihr Glas, dessen sinnlose Leere sie zwischen den Fingern drehte.

»Mehr Champagner?«

Er lachte sie aus, diese Bestie, er lachte sich seinen arroganten Kopf weg.

»Nein ... nein, danke. Ich muss jetzt an die frische Luft. Es war nett, Sie kennen zu lernen, Jay. Wir sehen uns bestimmt noch, nehme ich an.«

Sie hielt sich immer noch am Glas fest, fuhr herum und stürzte auf die Tür zu. Sie verfluchte die albernen Schuhe wieder, die sie davon abhielten, so schnell wie möglich ins Freie zu laufen. Eine Sekunde später war Jay an ihrer Seite.

»Gute Idee«, sagte er. »Hier drinnen ist es zu heiß. Ich leiste Ihnen Gesellschaft.« Er griff nach ihrem leeren Glas und deponierte es auf dem Tablett eines vorbeieilenden Kellners. »Gehen wir hierher.« Er legte seine Hand unter ihren Ellenbogen und führte sie zu den offen stehenden Terrassentüren zu den Waverley Gärten.

Sie wusste nicht, wo sie war und kämpfte gegen Jay und ihre Schuhe, und plötzlich geriet sie ins Stolpern. Er fing sie auf, hielt sie an den Hüften fest und richtete sie wieder auf, als wäre sie weniger als ein Leichtgewicht.

Ein eindringliches *déjà vu* Erlebnis schoss durch ihren Körper, und sie schwankte unsicher. Jay ließ ihr keine Zeit zum Protestieren, er fing sie auf, hob sie auf seine Arme und trug sie zu den offenen Türen in den Garten.

»Hören Sie auf! Lassen Sie mich hinunter! Es liegt nur an meinen Schuhen!«, zischte sie in sein Ohr, aber sein Griff verstärkte sich nur noch, und sein Lächeln machte sie wütend, weil es so ein schreckliches Macho-Lächeln war.

»Umso wichtiger, dass ich Sie trage. Nun stellen Sie sich nicht so an, Frau.«

Sandys Gehirn schickte Botschaften zu ihren Händen und Armen, und sie begann Jay zu schlagen. Sie wand ihren Körper hin und her, um sich von ihm zu lösen. Ihre kleine Abendtasche schwang an der Kette hin und her. Sie überlegte, die Tasche als Waffe einzusetzen und ihm um den Kopf zu schlagen. Aber irgendwie wurden ihre Nervenimpulse fehlgeleitet, nicht nur durch ihn und seine rohe Gewalt, sondern auch wegen der tief sitzenden Erinnerung.

Sie fühlte sich durch die Zeit getragen und entspannte; sie fügte sich und schlang ihre Arme um seinen Hals. Sie lebte plötzlich in der Welt von vor fünfzehn Jahren, als sie gerettet wurde und ihr perfekter Ritter sie in Sicherheit trug. Die Gestalt eines Prinzen aus dem Märchen, noch sehr jung, ein rauer Geselle, groß und wunderbar mit seiner Kraft und Freundlichkeit, mit dem Gesicht eines Engels und mit langen dunklen Haaren, die bis auf seine Schultern hingen. Sie schien sogar wieder seinen Geruch von männlichem Schweiß wahrzunehmen, gemischt mit einem moschusähnlichen Duft.

Die Ausrufe des Erstaunens und der Neugier um sie herum drang wie durch einen Filter zu ihr. Die Cocktailparty war eine Million Meilen entfernt. Alles, was es noch gab, war der warme Hafen seiner beschützenden Arme, die sie nach ihrem Trauma sicher und bequem hielten.

Aber die kühlere Nachtluft in den Waverley Gärten weckte sie rüde auf und erinnerte sie daran, dass sie eine erwachsene Frau war. Sie war nicht gerade überfallen worden, und dies war ganz bestimmt nicht der romantische Märchenprinz ihrer Träume. Seine große Hand hatte er sinnlich auf ihren Oberschenkel gelegt. Das war ungezogen und frech. Der Mann mochte krankhaft auf sie fixiert sein. Er hatte sie vor den vielen angesehenen Leuten des Städtchens und vor all den Freunden und Bekannten blamiert und ins Lächerliche gezogen.

»Was, zur Hölle, erlauben Sie sich?«

Sie wehrte sich voller Wut in seinen Armen, aber sie erreichte nichts. Sie wollte jetzt mit dem Schwingen der Fäuste beginnen, aber dann blieb Jay plötzlich vor einer Bank in einem tiefen, mit einer Hecke umgebenen Alkoven stehen. Er setzte sie behutsam auf die Bank. Er sank vor ihr auf die Knie und zog erst den einen ihrer Schuhe aus, dann den anderen.

»Ihre Füße haben geschmerzt, deshalb habe ich Sie getragen«, sagte er. »Weiß der Himmel, warum ihr Frauen solche albernen Dinger tragt.« Er warf die geborgten Schuhe mit deutlicher Verachtung nach hinten.

»Wenn es Sie schon interessiert – sie gehören mir nicht. Ich bin überredet worden, sie zu tragen, weil sie angeblich gut zu diesem Kleid passen.« Es sollte sich wie eine Erklärung anhören, aber die süße Erleichterung, diese Schuhe los zu sein, beeinflusste ihr Gehirn. Sie konnte sich nur noch auf der Bank zurücklehnen, mit den befreiten Zehen zucken und versuchen herauszufinden, wo sie sich befand.

»Genagelte Schuhe würden zu diesem Kleid passen, solange Sie es sind, die so angezogen ist.«

Sandy hatte die Augen vor Glückseligkeit geschlossen, weil ihre Zehen nicht mehr schmerzten, aber nun riss sie die Augen weit auf.

Perfekte ritterliche Komplimente auch noch?

Sie öffnete den Mund, aber ihr fiel keine angemessene Antwort ein. Jays Augen glänzten mit einer seltsamen, verwirrenden Intensität. Er wollte sie, das war deutlich zu erkennen, aber in diesen Augen sah sie mehr als nur Begehren. Etwas Undefinierbares, Rätselhaftes sah sie in seinem Blick, und es hatte vielleicht gar nichts mit Sex zu tun.

»Lassen Sie mich Ihre Füße massieren.«

Seine raue Stimme war leise und tief, und noch bevor sie antworten konnte, nahm er ihren rechten Fuß in beide Hände. Er wiegte ihn hin und her, als wäre er aus Porzellan geformt. Dann begann er mit der Massage, delikat und doch mit der Sicherheit eines Fachmanns. Was sie bisher als Glückseligkeit empfunden hatte, wuchs sich zu einem Atem raubenden Vergnügen aus. Die Sensation seiner kühlen Hände auf ihrer heißen Haut fühlte sich wie ein Orgasmus an, eben dort in ihrem Fuß. Sie konnte sich nicht länger zurückhalten und machte ein Geräusch, aus dem er ihren Zustand schließen konnte.

»Gut?«

»Himmel, ja.«

Was, zum Teufel, tue ich hier eigentlich?

Sie versuchte, ihre Zehen aus seinem Griff zu befreien, aber er hielt sie fest. Der Druck seiner Hände gab nicht nach, doch er achtete darauf, den geschundenen Fuß nicht zu verletzen.

»Ganz ruhig«, sagte er leise. »Warum sträuben Sie sich? Es gefällt Ihnen doch, oder?«

Seine Finger bewegten sich wieder, sie drückten und kreisten, sie lösten Verspannungen und massierten Knoten weg.

Was war das? Eine Reflexmassage?

Sie hatte für alternative Heilmethoden nie was übrig gehabt, aber jetzt fand sich Sandy spontan bekehrt. Sein empfindsames Kneten des Mittelfußes zeigte Wirkungen an den höchst unerwarteten Stellen.

In ihrem Schoß zum Beispiel. Es war, als berührte er ihre Pussy. Wie er sie streichelte, wie er drückte und forschte. Der bevorstehende Orgasmus war nicht mehr nur auf ihren Fuß beschränkt.

»Nein«, murmelte sie und schloss wieder ihre Augen. Ihr Gesicht stand in Flammen. Sie wollte sich erneut zur Wehr setzen, aber eher nur halbherzig. Nur zum Schein.

»Ja«, hielt er entgegen, und seine Finger bewegten sich und kreisten weiter.

Sandy rutschte auf ihrem Sitz hinunter, und ihre Schenkel öffneten sich. Es war, als würde sie durch Berühren hypnotisiert, gebannt von den Gefühlen, die er bei ihr auslöste. Alle ihre negativen Reaktionen auf ihn lösten sich auf wie der Dunst in der Hitze einer köstlichen Nacht. Übrig blieb nur das Lechzen einer Frau nach seiner Kraft.

Er war auf ihren Fuß fixiert und betrachtete ihn genau, während er ihn bearbeitete. Sandy fühlte sich wie im Traum. Ihr Körper fühlte sich wohlig und entspannt; die Pussy war weich, offen und bereit. Eine seidene Erregung tränkte ihr Höschen.

Es ist eine Phantasie … nur eine Phantasie. Das kann nicht real sein.

Das setzte sich in ihren Gedanken fest, auch als ihre Hüften noch weiter über die Bank rutschten. Ihr Kleid bündelte sich unter ihr, und Jay setzte die Massage ihres Fußes fort. Sie wurde von der Euphorie ergriffen und sah auf ihn hinunter.

Sie liebte den dunklen Haarteppich und die Ernsthaftigkeit seines Gesichts. In seinem Ausdruck schien es nichts Sexuelles zu geben, aber in ihrer Magengrube brodelte es, und sie spürte, dass er genau wusste, was er bei ihr anrichtete. Die Fußmassage war ein wohl überlegter Anschlag, eine berechnende Strategie zur Verführung.

Und verdammt, wie erfolgreich er damit war! Ihre Pussy öffnete sich immer weiter. Bestimmt konnte er ihre Erregung riechen. Er war dicht dran, und ihr Kleid war dünn und seiden, und ihr Höschen war winzig.

Als hätte er ihre Gedanken gehört, schaute er auf zu ihr, und mit einem letzten Drücken ihrer Zehen verließ er ihren Fuß und strich mit den langen Fingern ihre Waden bis zum Knie hinauf. Er legte seine Hand auf die Rückseite des Knies, und die Finger bewegten sich über den hinteren Schenkel. Er griff härter zu und schob ihr Bein ein wenig zur Seite der Bank, als wollte er zusätzlichen Raum gewinnen. Er rutschte ein wenig näher, noch ein bisschen näher, und dann war er am Kern dessen, was er suchte.

Er schien mit seiner Position zufrieden zu sein und legte die Hände flach auf ihre Schenkel und streichelte unter dem Kleid die frisch enthaarten Beine. Das Kleid war dunkelgrün und schimmerte bei bestimmtem Lichteinfall smaragdfarben. In der Dämmerung schien es wie ein magnetisches Feld zu leuchten – oder auch nur in Jays Gegenwart.

Er schaute ihr direkt in die Augen und schob das Seidenkleid hoch zu ihrem Schoß, auf eine Höhe mit ihrem Höschen. Sein Ausdruck war völlig anders als vorher; heiß und hungrig, aber mit wehenden Schatten in den dunkelgrauen Tiefen seiner Augen. Er schien sie besitzen zu wollen, aber nicht wie ein normaler Mann. In seinem Gesicht sah sie eine eigenartige Note – als ob er nicht glauben könnte, was geschah.

Dann stieß er einen Seufzer aus und schob ihr Kleid als Bündel noch höher. Jetzt hatte er ihr Höschen entblößt.

Sandy fühlte sich matt, aber zugleich auch stark. Plötzlich empfand sie sich als erotische Göttin, die sich ihm zeigte, damit er Lust an ihr gewinnen konnte. Sie sackte gegen den Rücken der Bank, als hätte ihr Körper keine Knochen.

Lass geschehen, was geschehen soll. Sandy ließ sich nicht mehr von Anständigkeit einschränken und wollte sich auch nicht mehr von der Natur leiten lassen. Es störte sie nicht, dass sie den ungewöhnlichen Mann mit den Narben kaum kannte. Nur eins war wichtig – die Art, wie er sie anschaute. Die Art, welche Gefühle er in ihr auslöste.

Sie konnte sich jetzt selbst riechen. Warmer Moschuswind wehte vom Schoß zu ihr hoch, vom durchtränkten Schritt ihres feinen Höschens. Es war dünn und mit Spitze besetzt, nicht eines ihrer üblichen Baumwollhöschen. Die kleinen rötlichen Schamhaare lugten an den Beinöffnungen heraus. Sie schätzte, sie hätte sich auch da rasieren sollen, aber sie hatte nicht genug Zeit dafür gehabt. Ein kleines Café am Rand der Wirtschaftlichkeit zu führen, war immer zeitintensiv, und sie war ein praktisches Mädchen und keine Modepuppe.

Zwei lange, konisch zulaufende Finger strichen über die Spitze und übten sanften Druck aus. Die Berührung war fast nicht wahrnehmbar, und doch fand Sandy, dass es der wunderbarste sexuelle Kontakt war, den sie je erfahren hatte.

Er hatte hingesehen, hatte alle seine Bewegungen verfolgt, und plötzlich schaute er wieder hoch, eine angespannte Frage in den Augen.

Willst du das?, schien er zu fragen. *Du brauchst nur zu sagen, dass ich aufhören soll, und ich höre sofort auf.*

Sie brauchte keine zwei Sekunden darüber nachzudenken. Sie nickte.

Seine grauen Augen weiteten sich. Sein ganzes Gesicht schien zu glühen. Er wirkte auf einmal wie ein Gott auf sie, trotz Bart und Narben. Was immer nun geschah, war richtig. War gut.

Seine biegsamen Finger hakten sich ins Gummiband ihres Höschens. Er brauchte auch die zweite Hand, um die Winzigkeit aus Seide und Spitze nach unten zu ziehen. Er schob das Wäschestück über ihre Schenkel, und instinktiv hob sie den Po an, um ihm zu helfen.

Als er das Höschen zur Seite geworfen hatte, stieß er zischend die Luft aus, als wäre er von einem Blitz gefällt worden. Er war schlicht atemlos vom Anblick ihrer duftenden rostfarbenen Pussy geworden. Bevor sie auf seine Reaktion antworten konnte, auf diesen unerwarteten Ausdruck von Ehrfurcht, beugte er sich über sie und presste sein Gesicht auf ihre Scham.

Es schien völlig natürlich zu sein, seinen Schädel in ihren Händen zu wiegen, und sie stöhnte entzückt auf, als sie über seine Haare strich. Die Bürstenhaare fühlten sich wie Wildleder an, wie heißes Wildleder. Als hätte er Fieber.

Er küsste ihre Schamhaare, wischte mit den Lippen über ihre empfindliche Haut und murmelte schnurrende Geräusche von Zauber und Entzücken.

Sie öffnete die Beine weiter für ihn und liebte die kräftige Form seines Schädels unter ihren Fingerspitzen. Er presste sich tiefer in sie hinein, und sie spürte, wie er etwas gegen ihre Haut murmelte. Ein einziges Wort, leise und ergriffen.

Was hatte er gesagt? Sie konnte es kaum wiedergeben, aber es hörte sich nach *Prinzessin* an.

Drittes Kapitel

Wie im Paradies. Er war im Paradies. Sie war alles, was er sich von ihr erträumt hatte. Und mehr.

Er inhalierte ihren Duft, schmeckte die Essenz ihres Geschlechts auf den weichen Härchen ihrer Pussy und fühlte sich schwindlig. Seine Knie schrien auf, der feuchte, harte Boden war nicht gut für seine Gelenke, aber der Schmerz fühlte sich an wie aus einem anderen Universum. Ihn berührten nur ihre Düfte, ihre Hitze, ihre totale Weiblichkeit.

Er presste die Lippen fester gegen sie, wühlte mit Nase und Mund und saugte noch mehr ihres berauschenden Bouquets ein.

Wie war es so schnell dazu gekommen? Er konnte es kaum glauben. Sie hatten sich bisher nicht einmal auf den Mund geküsst. Aber er wollte sich nicht beklagen. Er konnte sich nicht zurückhalten. Er konnte nur fühlen.

Und hören. Sie atmete schwer, sie keuchte, sie war nicht weniger erregt als er. Sie bewegte sich hin und her, aber diesmal nicht, um sich von ihm zu lösen, sondern um mehr von ihm zu spüren. Sie erhob sich zu ihm, öffnete ihre Schenkel und hieß ihn im Herz ihrer Weiblichkeit willkommen.

Vielleicht bin ich im Aston gestorben, und dies ist der Himmel.

Er küsste immer noch ihre Scham, legte seine Hände flach auf ihren Bauch und begann die roten Härchen mit den Daumen zu teilen. Sie wuchsen dicht und fühlten sich seidenweich an, und darunter legte er sie bloß, ergötzte sich am rosa

Zentrum ihres Geschlechts, an den vollen Lippen, dem Glanz ihrer Säfte und ihrer Klitoris, die sich stolz erhob und unter der Kapuze hervorschaute.

Er rang um Kontrolle und wurde von seinen Emotionen geschüttelt, während er die Zunge spitzte und sie delikat zu lecken begann.

»Oh, Mann. Oh, Himmel.«

Ihre Stimme klang schwach und schockiert, und er hob besorgt den Kopf.

Oh, verdammt. Was war los mit ihm? Er hatte gerade mal vor einer halben Stunde die ersten Worte mit ihr gewechselt, und jetzt lag er schon mit dem Gesicht zwischen ihren Beinen. Er wollte sich von ihr erheben, aber ihre kleinen Hände hielten seinen Kopf fest. Verwundert nahm er die Kraft ihrer Finger wahr.

»Nein, bitte … nicht aufhören.«

Ihre Augen glänzten, als er sie anschaute, ein wildes Grün, aber dunkler als vorher.

Dein Wunsch ist mir Befehl, Prinzessin, sagte er ihr stumm, und begann sie zärtlich zu lecken. Er labte sich an ihrem prächtigen Geschmack, der ihm sagte, dass sie ihn wollte, auch wenn sie ihn nicht kannte.

Dies war wunderbar. Er spürte keinen Stress, keine Angst. Er begab sich an die Arbeit, schmachtete sie an und freute sich darauf, ihr Lust zu bringen. Die Schreie, die sie ausstieß, verzückten ihn. Kleine keuchende Laute, leises Murmeln, herrliches Grunzen. Erregend, aber nicht wirklich erwartet. Nicht die hilflosen Geräusche einer Aufgabe, die er in seinen Phantasien und Träumen gehört hatte. Nein, dies waren die Laute einer erwachsenen Frau, die wusste, was sie wollte und aus ihrer Freude keinen Hehl machte, diese Lust anzunehmen.

Er erhöhte das Tempo seiner Zunge und stieß härter zu. Zugleich glitt er mit den Händen unter ihre gespreizten Schenkel, hob sie an und öffnete sie noch etwas weiter und hatte nun die reife Frucht vor sich liegen, an der er sich delektieren konnte. Er packte die Halbkugeln ihres Pos und schob die Fingerspitzen in die heiße Furche. Er spielte mit ihr, berührte und neckte sie und öffnete sie für weitere Gelüste.

Ihre Fersen traten gegen ihn, aber das fühlte er nicht. Er konnte nur schmecken, sie inhalieren und sie mit größtem Vergnügen genießen. Als sie etwas Unverständliches ausstieß und ihre Nägel durch den Stoff des Jacketts in seine Schultern grub, glaubte er, sein Herz würde platzen vor Stolz. Ihre Pussy begann zu zucken, und sein Schwanz pochte.

Er konnte es jetzt tun, dachte er, als sie sich sinken ließ und sich immer noch an seinem Jackett festhielt. Er konnte sich aufrichten, die Hose aufreißen und in sie hineinstoßen. In diesem Moment würde es genau die richtige Maßnahme sein.

Aber es war zu schnell. Es würde ein Schock für sie sein. Er konnte sie nicht einfach auf diese derbe Art nehmen. Obwohl sie wahrscheinlich in diesem Augenblick die einzige Frau war, die er leicht haben konnte.

Nein, so ging es nicht. Er musste um sie werben, musste das Vorspiel ausdehnen, denn das hatte sie verdient. Man konnte nicht fünfzehn Jahre lang von einer Frau träumen, um ihr dann schnurstracks das Hirn aus dem Körper zu vögeln.

Nach einem letzten Kuss auf die perfekte Pussy zog er sich zurück. Er wusste, dass es besser war, sich Zeit zu lassen. Aber sofort danach empfand er Reue und Unbehagen. Er hatte gerade die Chance verpasst, sich ein für alle Mal zu beweisen, dass mit seiner Potenz alles in Ordnung war und dass seine bisherigen Probleme einfach nur Teil des Heilungsprozesses gewesen waren. Er hatte sich beweisen wollen, dass er immer noch ein Mann war, ein potenter Mann.

Ich bin völlig durchgedreht, Prinzessin. Wenn ich dir nur ein Bruchstück von dem erzählen würde, was in mir abläuft, würdest du mir sagen, ich sollte abhauen und dich nie wieder anfassen.

Er richtete sich auf und unterdrückte mit grimmiger Miene den Schmerz in seinen Knochen. Er wusste, dass er ihr nichts davon erzählen konnte. Noch nicht. Er brauchte ein bisschen mehr Zeit, um sie besser kennen zu lernen. Es war wichtig, ihre Wahrheit zu erfahren.

War sie die Frau seiner Träume, oder war sie eine völlig andere Frau? Und wenn sie die andere unbekannte, unerforschte Frau war, welche Lust würden sie noch gemeinsam erleben können?

Sandy hatte Mühe, sich aufzurichten. Sie musste wach werden. Es war, als hätte sie sich in der letzten Viertelstunde in einem Traum befunden, aber nun war sie mit Macht zurück in der Wirklichkeit. Sie saß auf einer Bank und hielt einem Wildfremden ihre nackte Pussy hin.

Was habe ich mir dabei gedacht?

Um gerecht zu sein – Jay sah auch so aus, als wäre er aus irgendeinem Traum erwacht. Seine dunklen Augen waren leicht verhangen, als hätte er irgendwas genommen. Teufel, was konnte sie tun, wenn er nicht nur sexverrückt war sondern auch ein Junkie? Aber das glaubte sie nicht; er sah zu hart, zu wild aus, zu diszipliniert, um seine Lust in Drogen zu suchen.

»Wo ist mein Höschen? Der Wind weht ziemlich kühl. Hast du mein Höschen gesehen?«

Nicht gerade die romantische Eröffnung, nachdem der Mann dir Lust verschafft hatte, ohne selbst gekommen zu sein, aber der etwas gespenstische Gesichtsausdruck verwirrte sie. Sie schob ihren Rock nach unten und hielt ihn fest, als befürchtete sie, Jay hätte irgendeine Kontrolle über ihn und könnte ihn wieder nach oben zaubern.

Als sie ihn beobachtete, blinzelte er, und dann schien er neben ihr auf die Erde zurückzukommen. Die vernarbte Braue runzelte sich zu ein paar Falten, und der plötzliche harte Ausdruck seines Mundes schien ihr zu sagen, dass er verärgert war über ihre gefühllose Bemerkung – fast so sehr, wie sie selbst über sich verärgert war.

Er bückte sich und sammelte das Höschen ein, denn er wusste noch, wohin er es geworfen hatte. Aber statt es ihr zu geben, knüllte er das Höschen in der Hand zusammen, hob es an sein Gesicht und atmete tief ein. Die dunklen Brauen hoben sich, und mit den Narben und dem Piratenbart sah er aus wie der Teufel persönlich.

Sandy errötete, denn sie wusste, wie kräftig ihr eigenes Aroma sein würde.

»Ich denke, ich sollte es behalten.« Er atmete wieder tief ein. »Als Souvenir. Oder vielleicht als Belohnung für geleistete Dienste.«

Sie empfand nichts als Verwirrung. Die Verlegenheit erschwerte ihr Denken. Sie wünschte sich zurück zum harmlosen Partyplaudern. Riskante sexy Spiele mit eigenartigen fremden Männern waren nicht ihr gewöhnlicher Zeitvertreib, und in diesem Moment hatte sie sogar Angst vor ihnen.

Sie griff nach ihrem Höschen, und er überließ es ihr. Er sah ihr stirnrunzelnd zu, als sie ungeschickte Anstalten machte, sich das Höschen anzuziehen. Zuerst ignorierte sie den Arm, den er ausstreckte, um ihr Halt zu geben, als sie von einem

Fuß auf den anderen trat. Aber dann willigte sie ein, und sie spürte seine harten Muskeln, als wären sie ein Stück Granit.

»Ich muss gehen. Ich muss zurück nach Hause. Ich bin mit jemandem gekommen.«

Als sie sich zaudernd von seinem Arm löste, war die Skepsis in seinem Blick nicht zu übersehen.

»Nein, es ist kein Mann. Kat, meine Köchin, hat mich begleitet. Du kennst sie, sie hat dich im Café bedient ... Sie wird sich wundern, wo ich abgeblieben bin.«

Warum muss ich mich ihm erklären? Er ist nur ein Mann, bei dem ich vorübergehend den Verstand verloren habe. Mit etwas Glück werde ich ihn nach diesem Abend nicht wieder sehen.

»Gut. Ich bin froh, dass es kein Mann ist.«

Was bedeutete das für ihn? Glaubte er, dass sie nach diesem einen Orgasmus ihm gehörte? Verärgerung und andere verrückte Emotionen pumpten Adrenalin in ihr Blut. Sie musste von ihm weg, damit sie nachdenken und abkühlen konnte. In seiner Nähe ging sie das Risiko ein, dass er ihre Sinne manipulierte. Ihre Gefühle lagen jetzt schon im Widerstreit, nur ihr Körper reagierte noch auf seine brutale Schönheit – wie die Stute, die dem Hengst ihre Bereitschaft signalisiert.

Sie griff nach ihrer Tasche, kehrte auf dem Absatz um und wollte weggehen. Aber dann packte er ihren Arm und drückte ihn, als wäre seine Hand ein Schraubstock.

»Lass mich gehen.«

Der Schraubstock öffnete sich. Sie war frei.

Warum also rannte sie nicht weg? Sie konnte nach Hause laufen und sich nie wieder nach ihm umdrehen.

Weil er sie immer noch zu halten schien, auch ohne körperliche Gewalt. Diese dunklen Augen hielten sie genauso sicher zurück wie seine Hand. Sie waren jetzt sanfter, aber immer noch so zwingend wie vorher.

Sie starrte ihn einen langen Moment an und konnte ihren Blick nicht von ihm wenden. Warum kam er ihr plötzlich so vertraut vor? Nicht das Gesicht, sondern die Augen. Sie sahen aus wie ... nein, das konnte nicht möglich sein. Das war nur ein Trick. Es gab so gut wie keine Ähnlichkeit zwischen dem freundlichen, etwas abgerissen aussehenden, engelhaften Jungen von vor fünfzehn Jahren und diesem militaristischen Mann.

»Es tut mir leid«, sagte er mit rauer Stimme. »Ich wollte dir keine Angst einjagen ...« Er hielt inne, und sie sah wieder, wie herrlich lang seine Wimpern waren, als er blinzelte. »Aber du brauchst deine Schuhe, bevor du irgendwohin gehen kannst, nicht wahr?«

Ihre Füße sahen im Gras blass und verletzlich aus, aber ihr Anblick schickte einen Schauer durch ihren Körper, ein Echo seiner Finger, die über ihren Rist strichen. Und nicht nur dort. Und nicht nur mit den Fingern.

Während sie um Kontrolle rang, hielt Jay ihr die Schuhe hin, und Sekunden später wiederholten sie das Spiel ›Halte dich an meinem Arm fest, während du dich anziehst.‹ Ihr sturer Drang nach Selbständigkeit flüsterte ihr zu, sich an der Bank festzuhalten und ohne seine Hilfe die Schuhe anzuziehen, aber es war viel leichter, nicht zu kämpfen und seine Hilfe anzunehmen.

»Es tut mir leid, dass ich eben deine Hilflosigkeit ausnutzen wollte.«

Dieser Satz überraschte Sandy, und im ersten Moment fragte sie sich, wovon er redete. Dann wurde sie von einem Hitzeschwall erfasst, denn Jay zeigte auf seine Finger und auf seinen Mund. Das mochte Zufall sein, aber sie wusste jetzt genau, wovon er sprach.

»Es ist eine seltsame Nacht ... irgendwie zauberisch. Und

so heiß.« Sie sah ein Lächeln auf seinem Gesicht, und das war ganz sicher kein Zufall. »Das kann man auch doppeldeutig nehmen«, sagte er ihr.

Sandys Herz klopfte dumpf. Er war arrogant, er schien gefährlich zu sein, und sie hatte Angst vor ihm. Aber sie konnte sich nicht von ihm abwenden, konnte nicht fliehen. Ihn umgab eine Aura der Erregung, die sich wie ein Netz über sie legte. Wie eine aufstachelnde Fessel. Seit langer Zeit hatte sie sich nicht mehr derart mit einem Mann verbunden gefühlt. Vielleicht noch nie. War dies der Moment, in dem sie sich nach ihm streckte, um endlich was Aufregendes zu erleben?

»Mir tut es auch leid.« Ein Impuls hatte ihr diese Entschuldigung eingegeben, aber sie meinte es ehrlich. Er hatte sie nicht verletzt. Im Gegenteil, er hatte ihr selbstlos Lust beschert, und er hatte sich nicht beklagt, dass er leer ausgegangen war. »Was … was du für mich getan hast, war ganz wunderbar. Ich habe das Gefühl, dass ich dir etwas schuldig bin.«

Verstohlen blickte sie auf seinen Schritt, um zu sehen, ob er noch steif war. Aber sein Jackett verhinderte den direkten Blick. Sie schaute wieder hoch und stellte fest, dass er jede ihrer Bewegungen verfolgte.

»Um mich brauchst du dich nicht zu sorgen.« Seine Stimme klang brüsk nach der sanften Entschuldigung, aber er schob ergänzend nach: »Darauf komme ich noch zurück. Sollen wir uns einen Drink genehmigen? Aber einen richtigen. Ich habe Whisky auf meinem Zimmer. Magst du?«

Wieder fühlte sie sich beunruhigt. Auf seinem Zimmer? Das war zu gefährlich. Sein Reich. Sie musste wenigstens den Anschein der Kontrolle wahren.

»Eh … nein. Aber warum kommst du nicht zu mir? Ins Café? Wir könnten eine Tasse Tee trinken, und Kat hat bestimmt noch was vom Apfelkuchen übrig.«

Was? Er will bestimmt mit mir ins Bett, und ich biete ihm Tee und Apfelkuchen an?

Das Vergnügen in Jays Gesicht glättete fast alle Narben. Sein Grinsen wurde von seinem dunklen Bart eingerahmt.

»Nun, das ist zwar was anderes, aber warum nicht?« Er lachte leise, dann wies er mit dem Kopf zur Bar. »Aber solltest du dich nicht um die Leute aus dem Städtchen kümmern?«

»Ja, das wollte ich, doch eigentlich bin ich bloß hier, um herauszufinden, ob es neue Gerüchte über die Erschließung in der Stadtmitte gibt. Es geht um den Grund, auf dem Bradburys Supermarkt steht. Aber bisher habe ich niemanden darüber reden gehört.«

Die langweilige Wirklichkeit ließ den Zauber des Abends verfliegen. Sie wollte nicht über die zukünftige Konkurrenz denken und auch nicht an mögliche andere Dinge, die dem Little Teapot das Leben schwer machten.

»Vielleicht ist noch keine Entscheidung getroffen?«

Es gab eine seltsame Betonung in Jays Stimme. Sein Gesicht sah so aus, als hätte er eine Jalousie heruntergelassen.

»Oh, ich wette dagegen. Forbes Enterprises wird einen dieser Super-Mega-Märkte aus dem Boden stampfen, und die meisten sind an ein Kneipen-Café angeschlossen, und das wäre das Ende vom Little Teapot.«

Die Wucht in ihrer Stimme schockierte sie selbst. Warum weinte sie sich bei einem Fremden aus? Nun, wenn man es genau betrachtete, war er nicht mehr ganz fremd; schließlich hatte er ihre Pussy geküsst und ihr einen Orgasmus beschert. Aber er war für Sex zuständig, nicht für die grimmige Wirklichkeit. Ihr Geschäft hatte sie von ihrer geliebten Großmutter geerbt. Die beiden Dinge lagen in verschiedenen Welten; man konnte sie nicht vermischen.

»Aber dein Café ist ein Nischengeschäft und hat eine loyale Kundschaft, kann ich mir denken. Ich bin sicher, es wird weiterhin gut laufen.« Als hätten sie es abgesprochen, gingen sie nebeneinander den Pfad entlang. Er berührte Sandy leicht auf dem Rücken, und sie erschauerte fast so stark wie beim Einsatz seiner Zunge.

Die trüben Gedanken über eine dunkle Zukunft schienen zu verschwinden, als hätte er sie hinter eine Barriere geschoben, entfernt vom Hier und Jetzt, vertrieben von der glühenden Hitze von Jays Fingerspitzen.

»Ja, schon möglich. Aber müssen wir jetzt darüber reden?«

»Worüber sollen wir denn reden?«

»Ich weiß es nicht, aber ich bin sicher, dass du dir etwas einfallen lässt.« Sie schaute über ihre Schulter und sah, dass er sie intensiv beobachtete. Aber dann lächelte er wieder. »Doch zuerst muss ich Kat finden und ihr sagen, dass sie sich allein auf den Nachhauseweg machen soll. Das wird ihr ganz recht sein. Sie und ihr Freund Greg können die Finger nicht voneinander lassen.«

»Wirklich?« Jays Augen weiteten sich.

»Ja ... Ich könnte dir Geschichten über sie erzählen und was sie schon alles angestellt haben ...«

Könnte sie das wirklich? Könnte sie diesem Fremden die wilden Storys erzählen, die Kat ihr mit so viel Hitze in den Augen berichtet hatte? Würde das nicht noch mehr Ärger bringen? Vielleicht.

»Ich freu mich drauf. Du kannst mir alles bei einer Tasse Tee erzählen.«

Ja, gut.

In der Bar hielt Sandy Ausschau nach ihrer Köchin Kat, während Jay sein Auto holte. Sie hatten vereinbart, dass er in zehn Minuten vor dem Eingang auf sie wartete.

Aber Kat war nirgendwo zu sehen. Wo, zum Teufel, war sie? Wahrscheinlich hatte sie sich irgendwo mit Greg versteckt und trieb was Geiles.

Auch auf der vornehmen Damentoilette war von Kat nichts zu sehen. Sandy nutzte die Gelegenheit, ein paar Strähnen ihrer krausen roten Haare zurück in den losen Knoten zu stecken.

Oh, verdammt! Habe ich ihn das tun lassen?

Die Auswirkungen dessen, was sie ihm gestattet hatte, ließ ihre Hand zittern, und der Lipgloss-Stift rutschte ihr fast über die Wange. Sie kannte den Mann nicht, aber sein Atem, seine Lippen und das Tupfen seiner Zunge gegen ihre Klitoris hatten sich großartig angefühlt. Unglaublich gut. Exquisit. Ihr Körper schwankte, als leckte er sie wieder.

Sie musste noch einmal kommen. Eine Frau, die kaum masturbierte und in letzter Zeit auch nicht an Sex dachte. Aber jetzt forderten zwei stählerne Augen und ein bärtiges Narbengesicht sie heraus.

Ihr Herz und ihre Pussy pochten, als sie in eine Kabine schlüpfte und die Tür verschloss.

Viertes Kapitel

Sie saß sicher hinter der Tür, aber die Dinge kamen nicht so leicht, wie sie sich vorgestellt hatte. Die Zeit lag ihr schwer auf der Brust. Jay wartete. Aber es war nicht ihr seltsamer neuer Freund, der ihren Orgasmus stahl. Es war der Mann aus ihrer Vergangenheit, ihr Märchenprinz, der große Gegensatz zu Jay.

Es ergab keinen Sinn – sie war geiler als je zuvor in ihrem Leben, und ein aufregender Mann wartete auf sie, aber Stücke eines Traums aus ihrer Vergangenheit drehten sich in ihrem Kopf und standen ihrer Erfüllung im Weg.

Sie schloss die Augen, ließ sich auf dem Toilettensitz nieder, lehnte sich gegen den Wasserkasten zurück und versuchte, den richtigen Moment einzufangen.

Bilder tanzten vor ihren Augen. Die vagen Schnappschüsse ihres Märchenprinzen flackerten wie eine Kerze im Wind, dann sah sie Jay vor sich, und ihre Verwirrung war komplett.

Vergangenheit. Gegenwart.

Als sie sich selbst berührte, rief ihre Fingerkuppe die Erinnerung an Jays Lippen hervor. Lust brachte ihren Körper zum Schwingen, und ihr Geschlecht verspannte sich, als der schwer fassbare Orgasmus wieder in ihre Reichweite kam.

Sie rieb schnell und hart, schloss die Augen und konzentrierte sich auf ihren seltsamen, neuen Märchenprinzen, der so dunkel und beunruhigend aussah, so bedrohlich und doch so begehrenswert. Sie sah sich mit ihm zusammen auf einem Schirm der Phantasie in einem Zimmer, ausgestreckt auf einem breiten, weichen Bett. Diesmal hielt er sich nicht zurück; er nahm sich sein Vergnügen. Sie hatte keine Ahnung, wie sein Körper unter seinen teuren Klamotten aussah, aber sie stellte sich vor, dass er überall groß war. Sein Penis musste so perfekt sein wie sein Gesicht. Und er würde perfekt passen, wenn er in sie eindrang. Er würde sie füllen und dehnen.

Sie ruckte auf dem Sitz hin und her und bearbeitete sich mit beiden Händen. Einige Finger verschwanden in ihr, andere rieben die Klitoris. Sie brauchte keine Finesse – sie wollte nur kommen.

Ihr Traum von Jay endete mit einem heiseren Aufschrei; ihr Körper wurde geschüttelt, und ihre Lust musste so gewaltig sein wie seine, wenn sie sein Gesicht hätte sehen können.

Als Sandy durch das Foyer schritt, spürte sie kaum noch das Zwicken von Kats hochhackigen Schuhen. Ihr war, als liefe sie über einen dicken Teppich.

Ein Blick auf ihre Uhr sagte ihr, dass aus den zehn Minuten inzwischen fünfundzwanzig geworden waren. Was war, wenn Jay keine Lust mehr gehabt hatte, auf seine zufällige Eroberung länger zu warten? Ob er sich nach einer anderen umschaute? Wenn er den Whisky auf seinem Zimmer mit einer anderen, willigeren Frau teilte?

Diese Vorstellung ließ ihre Zähne knirschen. Aber sie vergaß sie sofort wieder, als sie unter das elegante Vordach des Waverley Hotels trat.

»Oh, Himmel.«

Ein Traumauto stand dort auf dem Kies der Hoteleinfahrt,

und daneben stand der Mann, der halb Traummann und halb Albtraummann war. Seine dunklen Brauen hoben sich amüsiert, als er sah, dass sie mit weit geöffnetem Mund auf sein Fahrzeug starrte.

Sandy war keine Autoverrückte, aber sie schaute sich oft Rennen im Fernsehen an, und deshalb erkannte sie den Aston Martin sofort. Selbst James Bond hatte in einem seiner letzten Filme einen Aston Martin chauffiert.

Jay richtete sich auf und hob die Schulter. Er geleitete sie zur Beifahrertür, ohne etwas zu sagen.

»Ein Aston Martin«, murmelte Sandy und hörte selbst, dass sie ein wenig kindisch reagierte. Sie strich mit den Fingern über das glänzende stahlgraue Chassis, und ihr kam in den Sinn, dass es nur ein paar Nuancen heller war als die Augen des Besitzers. Diese Augen waren jetzt dunkler geworden, als er ihr mit einem fast reizbaren Ausdruck die Tür aufhielt. Sie hatte das Gefühl, dass sein Groll dem Auto galt.

»Ein wunderschönes Auto«, sagte sie, als er sich neben sie setzte und hin und her rutschte, als hätte er Schwierigkeiten, sich bequem in dem Sitz zu fühlen. Sie selbst genoss ihren Sitz wie eine Wiege, umgeben vom weichen Leder. Es war eine Erfahrung, als könnte sie in einen aristokratischen Traum von Luxus auf höchstem Niveau versinken.

Jetzt drängte sich ihr ein neuer Gedanke auf.

Was hatte er eigentlich in Kissley vor? Das war nicht gerade der Ort, an dem ein alleinstehendes Mitglied des Jet Sets mit einem Aston Martin seinen Urlaub verbrachte. Oder war er gar kein Single? Er trug keinen Ring, aber das bedeutete nicht viel. Viele Männer trugen keinen Ring.

Jay sagte nichts. Sandy sah, dass er grübelnd und finster blickend hinter dem Lenkrad saß, die Gesichtszüge beherrscht von irgendeiner Abneigung.

»Was ist denn los? Gefällt dir dein eigenes Auto nicht?« Er zog die Schultern gerade und griff dann nach der typischen rechteckigen Zündung. Der Schlüssel steckte schon. Als er startete, wurde die Luft im Auto mit einem seidigen, fast erotisch klingenden Röhren des Motors erfüllt. »Es ist seltsam. Die meisten Kerle, die ich kenne, würden ihren linken Eckzahn dafür geben, einen Bond-Schlitten zu fahren.«

Nach einer langen Pause sagte er mit leiser, fast schwacher Stimme: »Es ist ein wunderbares Auto, und ich würde nie ein anderes fahren.« Seine langen Finger strichen über das feine Leder des Lenkrads. »Es ist nur, dass die Astons und ich … nun, wir haben unsere Auseinandersetzungen gehabt.«

In diesem Moment der Enthüllung erklärten sich die Narben wie von selbst. Jay hatte einen Autounfall gehabt. Es musste ein schlimmer Unfall gewesen sein. In einem Aston Martin. Er wäre fast getötet worden, wenn man seine Narben sah.

Als er den Motor hochschaltete, lief es ihr heiß und kalt über den Rücken. Wenn er einmal einen bösen Unfall gebaut hatte, konnte es ihm wieder passieren.

Er trat weiter das Gaspedal nieder und sah sie an, als hätte er die Unruhe auf ihrem Gesicht wahrgenommen. Seine Augen verengten sich zu Schlitzen. Ja, er wusste, was sie dachte. »Du hast Recht.« Seine raue Stimme klang sehr tief. »Meinen letzten Aston habe ich zu Schrott gefahren.«

Er bremste und stellte die Zündung ab. Die Stille schien lauter als das Motorengeräusch.

»Das tut mir leid. Was ist es passiert?«

Lange Finger tippten wieder über das in Leder gefasste Lenkrad. »Ich geriet ins Schleudern, weil ich einem Fuchs ausweichen wollte. Ich krachte durch ein Schlagloch, und dann überschlug sich der Aston dreimal.«

Bilder von verbogenem Metall und von einem Blutbad attackierten ihre Augen. Jays Körper geschunden und gebrochen. Sein Gesicht ... sein Gesicht ... Sie konnte es nicht sehen, ganz egal, wie intensiv sie es versuchte. Es war wie auf diesen eigenartigen surrealistischen Gemälden, bei denen die Gesichter fehlten. Sie konnte sich den ursprünglichen Jay überhaupt nicht vorstellen.

»Warst du schlimm verletzt?«

Er nickte und mied ihren Blick. »Ja. Wie durch die Mangel gedreht. Ich habe mehr Knochen gebrochen, als ich benennen könnte, und von meinem hübschen Gesicht musste ich mich verabschieden.«

Er drehte sich um und schaute sie an. Sein Kinn war ein harter Strich. Er hatte kein schönes Gesicht, das musste sie zugeben. Aber trotzdem, sie fand ihn auf eine zwingende Weise attraktiv, was nichts mit klassischen Schönheitsidealen zu tun hatte.

»Du siehst gut aus.«

»Ja, okay ...« Aber er lachte und hob die Schultern, als wäre er bereit, ihr vorsichtiges Kompliment zu akzeptieren. »Da du das jetzt alles weißt – fühlst du dich trotzdem sicher, in meinem Auto mitzufahren?«

»Ja, natürlich.«

Ein Teil von ihr fühlte sich überhaupt nicht sicher, doch die Gefahr, die sie spürte, hatte nichts mit seinen Fahrkünsten zu tun. Sie fürchtete sich in seiner Gegenwart, und nicht nur ihn, sondern sich selbst auch. Sie rutschte tiefer in ihren Sitz, der sich wunderbar an sie schmiegte, aber in ihr brodelte das Verlangen, ihr Kleid bis zur Scham hochzuziehen.

»Also gut.« Er grinste sie breit an, und sie wünschte fast, er hätte es nicht getan. Sein Grinsen war Dynamit und trieb ihr verrücktes Verlangen weiter an. »Wenn es ein Trost für dich ist – als ich mich wieder hinter das Lenkrad setzen konnte, habe ich einen Kurs in ›konservativen Fahrtechniken‹ beim Institut für Professionelles Autofahren belegt. Du siehst, du kannst völlig sicher sein bei mir.« Er hob seine dunklen Brauen. »Natürlich nur, was das Autofahren betrifft.«

»Oh, das ist sehr beruhigend«, gab sie zurück. Es klang ein bisschen spröder, als sie gewollt hatte.

Jay lachte nur, schaltete die Zündung wieder ein und trat das Gaspedal durch. Er fuhr den steilen Abhang mit dem Kiesbelag hinunter. James Bond wäre stolz auf ihn gewesen.

Wohin fahren wir?

Jay fuhr an der Hotelauffahrt vorbei und hielt mit dem Aston Martin auf Kissley zu.

Die Gegenwart einer schönen Frau in seinem Auto hätte ihn verkrampfen sollen. Aber so war es nicht.

Alexandra Jackson war nicht seine Prinzessin. Ja, sie war das Mädchen, um das er sich damals kurz gekümmert hatte. Aber sie war das edle Juwel, das seither durch seine Gedanken gewandert war. Sie war aggressiv, stur und mit einem starken Willen ausgestattet. Es war ein verdammtes Wunder, dass er sie überhaupt in sein Auto hatte einladen können.

Aber wenn es um Sex ging, schien sie willfährig zu sein. Teufel, er hatte noch nie eine Frau wie sie kennen gelernt, und sein widerspenstiger Schwanz zuckte auch jetzt wieder. Er musste an den süßen Geschmack ihres Körpers denken und an die unkontrollierten Geräusche, die sie ausgestoßen hatte, als er ihr Lust verschaffte.

Und da war noch die andere Sache. An diesem Abend war ihm alles aus der Bahn gelaufen. Er hatte nie vorgehabt, so schnell so weit mit ihr zu gehen. Aber er selbst hatte auch die Kontrolle über sich verloren, sobald er den Duft ihrer Pussy wahrgenommen hatte. Wie der geile Teenager, der er gewesen war, als er sie das erste Mal gesehen hatte.

Noch verrückter war, auch wenn alles mit dieser Frau heute Abend aus dem Rahmen fiel, dass sie trotzdem eine fast lindernde Wirkung auf ihn hatte. Er hatte keine Erklärung dafür. Sandy mochte nicht seine Prinzessin sein, aber für den Moment war es ihm egal.

Er hielt den Blick auf die Straße gerichtet. Er war sich ihres Körpers sehr bewusst, und ihr vertrautes Gesicht lenkte ihn von der Furcht ab, die ihn jetzt immer überfiel, wenn er im Auto saß. Als er in den Innenspiegel schaute, staunte er über sich, denn er sah sich lächeln. Er mochte sich auch nicht schuldbewusst fühlen, weil er sie belogen hatte.

Würde sie ihm jemals vergeben, dass er ihr nicht sofort erzählt hatte, wer er war? Der freundliche Junge, der ihr einmal aus der Bredouille geholfen hatte. Würde sie immer noch mit ihm schlafen wollen, wenn sie wüsste, dass er der Sohn des Mannes war, den sie wahrscheinlich als ihren größten Feind betrachtete? Wahrscheinlich nicht, aber er würde diesen bitteren Tatsachen ins Auge sehen, wenn sie sich zeigten.

So unauffällig wie möglich warf Sandy einen Blick auf Jay.

Ein stilles Lächeln umspielte seinen Mund und verlieh dem bärtigen Gesicht ein teuflisches Aussehen. Zusammen mit den Narben und dem allgemeinen harten Aussehen, schlug ihr Herz Purzelbäume. Ob nun Profi-Kurs oder nicht, er konnte immer noch ein waghalsiger, vom Testosteron gesteuerter Fahrer sein, dessen nächster Unfall sein letzter sein konnte. Die Geschichte über das Institut der Profi-Fahrer war vielleicht clever ausgedacht: Einmal Raser, immer Raser.

Trotzdem – sie war zwar nicht an solche Geschwindigkeiten gewöhnt, aber sein Fahrstil war elegant und sehr kontrolliert. Entgegen aller Logik fühlte sie sich sicher bei ihm. Wenigstens im Auto, wie er neckend gesagt hatte. Und das glaubte sie – sonst war er nichts als unverschämt.

Und doch würde sie ihn immer noch zu sich nach Hause einladen. Jetzt war es an ihr, das Gesicht zu einem Grinsen zu verziehen.

Sie wollte mehr von dem, was er ihr schon gegeben hatte. Das und vieles andere. Kat war nicht die einzige Frau, die sich für sexuelle Experimente interessierte. Jay Bentley, so geheimnisvoll und draufgängerisch, war Sandys große Chance, was Heißes und Neues zu erleben.

»Was denkst du?«

Es war eine klassische Mädchenfrage, aber Jay schien Manns genug, sie zu stellen.

»Oh, ich denke gerade an meine Freundin Kat. Ich habe sie auf der Party nicht finden können, und ich habe keine Ahnung, wo sie ist. Wahrscheinlich hat sie Greg getroffen, und jetzt bumsen sie wie die Karnickel.«

Jay lachte. »Ja, stimmt. Du wolltest mir einige Geschichten über die beiden erzählen.« Er leckte sich die Lippen, und dabei schoss seine Zunge über die Mundwinkel hinaus. Sie wurde an seine Geschicklichkeit im Garten erinnert. Sie spürte den Drang, im Sitz hin und her zu rutschen.

»Nun, Kat ist immer heiß auf Jungs gewesen. Sie hat ein Herz aus Gold, und sie ist eine ganz liebe Freundin, aber sie liebt ihren Spaß. Sie will mich zu den Chippendales einladen oder zu einer Party, auf der Sexspielzeuge vorgestellt werden.«

»Sie hört sich an wie eine Frau, die man kennen lernen will.«

»Ach? Sie kennt keine Scham, wenn es darum geht, ihre sexuellen Erlebnisse auszubreiten, und seit sie mit Greg zusammen ist, ist sie schamloser denn je.«

»Erzähl weiter.« Jay legte einen höheren Gang ein, aber sie hörte an seiner heiseren Stimme, dass er interessiert war. Mehr als interessiert.

»Greg steht ein bisschen auf der perversen Seite. Ich glaube, das hat was mit seinem Job im Waverley zu tun. Er und Kat treiben Sexspiele. Fesseln, Poklatschen, kleine Machtspiele, solche Sachen, die du bestimmt kennst.«

Jay lachte wieder, trat aufs Gaspedal, und dieses schamlose Lächeln spielte wieder um seine Lippen.

»Ja, Sandy, die kenne ich tatsächlich.«

Sie konnte nicht sprechen. Sie konnte nicht atmen. Das Gefühl, in einem elektrischen Feld gefangen zu sein, erhöhte sich noch. Sie erhielt den Eindruck, dass sie gar nichts mehr sagen musste. Er konnte ihre Erregung riechen wie eine Killerschlange, die ein Opfer erschnüffelt. Als hätte er ihre Gedanken gelesen, strich seine Zungenspitze über seine Lippen.

»Fesselspiele und Poklatschen? Hast du das auch mal probiert?«

»Nein.« Ihre Stimme bebte bei diesem einen Wort. Sie hatte einen trockenen Hals.

»Würdest du gern mal ...?«

»Ich ... ich weiß nicht. Vielleicht.«

»Ich glaube, du möchtest es wirklich mal ausprobieren. Du hast bestimmt schon damit angefangen.« Das Auto folgte der breiten Kurve der Straße. »Du hast einem Mann, den du kaum kennst, gestattet, dich in einem Hotelgarten oral zu befriedigen, das ist ganz sicher ein perverser Zug, mein Liebling.«

Schweißtropfen perlten ins Tal ihrer Brüste, und die Stelle, die er verwöhnt hatte, wurde immer heißer.

»Ich hatte nicht vor, das geschehen zu lassen. Es ist einfach passiert.«

Ihre Fingerspitzen prickelten. Sie wollte irgendwas tun, irgendwas berühren.

»Ja, stimmt. Aber wie wäre es, etwas zu planen und absichtlich zu tun? Mit mir? Oder für mich?«

Das Blut rauschte wilder durch ihren Körper. Sie konnte es fühlen, konnte in ihrem geistigen Auge sehen, wie es durch Adern und Gefäße schoss. Ihr Kopf nickte, ohne dass sie es wusste und wollte, und obwohl Jay den Blick auf die Straße gerichtet hatte, wusste sie, dass er es gesehen hatte.

»Berühre deine Brüste.«

Sie wurde von einem bebenden Schwindelgefühl erfasst. Es war, als triebe sie wild auf einem Karussell in einen gefährlichen Wirbel. Ihre Hand schien nicht mit ihrem Arm verbunden zu sein, aber wie durch Zauber wurde er gehoben, bis sich die Hand über die Brust legen konnte. Ihre Fingerspitzen waren wahnsinnig empfindlich, als sie über ihre Haut strichen und über die Spitze, die ihre Brust bedeckte. Sie traute sich nicht, zu fest zu drücken, denn auch schon die sanfte Berührung schickte ein prickelndes Zucken zu ihrer Pussy.

»Das ist gut«, bemerkte Jay, obwohl er immer noch aufs Fahren fokussiert schien. »Aber gib mir mehr. Streichle dich selbst. Auch ein bisschen rauer. Spiel mit deinem Nippel.«

Ich kann nicht! Das ist zu viel für mich!

Aber es war absolut nicht zu viel, und sie konnte es bringen. Weil er es gesagt hatte.

Sie stöhnte laut auf, als sie sich zwickte, und der schwere

Stoß der Erregung, der ihren Bauch erfasst hatte, machte sich breit, bevor sie ihn verhindern konnte. Ihr Nippel war so empfindlich, dass es beinahe schmerzte, als sie ihn mit dem Daumen bearbeitete. Allein diese Aktion löste einen Schwall Flüssigkeit aus, der ihre Pussy verließ und ihr Seidenhöschen nässte. Nässe. Die Natur hieß den bald anstürmenden Mann willkommen. Jay Bentley.

»Mehr. Zwick dich, dreh die Brustwarze einmal um die eigene Achse. Versuch ein bisschen Schmerz mit deiner Lust. Dann spürst du, ob es dir gefällt oder nicht.«

Sie gehorchte und stieß ungewollt einen Schrei aus. Aber er hatte Recht. Es gefiel ihr. Oder besser – es gefiel ihrem Körper. Ihre Pussy zuckte ganz köstlich, und der Schritt des Höschens tropfte noch mehr.

»Gut?«

»Ich weiß es nicht. Ich weiß es nicht.« Es kam wie ein Jammern heraus, selbst als sie auf dem Luxussitz des Aston Martin hin und her rutschte. Sie fühlte sich komplett als sein Objekt. Sie war seine Sklavin.

Wie war sie dazu gekommen? Sie hatte immer darauf bestanden, keine sexuelle Fußmatte zu sein und ihr eigenes Ding zu machen. Aber an diesem Abend war sie einem Mann begegnet, der ihr hoch überlegen schien, und nur ein paar Worte reichten, und schon wurde sie seine Marionette.

»Bist du erregt? Willst du kommen?«

Sandy biss sich auf die Lippe. Sie versuchte, ihm zu widerstehen. Zwischen ihren Beinen war sie heiß und nass wie ein Bach. Natürlich wollte sie kommen, verdammt! Aber irgendwie wollte sie auch seinen leise gesprochenen heiseren Worten trotzen, die zu ihrem Niedergang führen konnten.

»Wehr dich nicht dagegen, Sandy. Ich kann sehen, dass du erregt bist. Dein Gesicht glüht rosa, und deine Augen glänzen wie Sterne. Du siehst exquisit aus. Sage mir, wie du dich fühlst.«

»Ein bisschen erregt.« Sie quetschte die Worte heraus, während sie hart ihre Brustwarze drückte, um sich dafür zu bestrafen, dass sie so lüstern war und so schwach angesichts seiner kaum geforderten Kraft.

»Nein, nein, nein. Sage mir, wie du dich wirklich fühlst. Mit deinen Worten.«

Ich kann nicht, ich kann nicht, schrie es in ihr. Sie leckte sich die Lippen, um überhaupt sprechen zu können. Sie versuchte sich abzulenken und drückte den Nippel noch härter. Sie brach ein Stöhnen ab, als ihr Schoß zu rucken begann, ein Mini-Orgasmus, heftig, aber zu kurz, um echt befriedigend zu sein.

»Bist du jetzt gekommen?«

Sandy blinzelte und versuchte, ihn fest entschlossen anzusehen. War sie ohnmächtig geworden? Die Zeit schien hier in Jays Traummaschine seltsam langsam zu vergehen.

Sie wollte den Kopf schütteln und nein sagen, aber stattdessen räumte sie ein: »Ja, ein bisschen, glaube ich.«

»Aber das musst du doch wissen, Sandy. Ich weiß gewöhnlich, wenn ich komme.«

Ärger brach durch den Dunstschleier und brachte ihr Klarheit und den Willen zurück. »Natürlich weiß ein Mann, wann er kommt! Da ist dieses Zeug, nicht wahr? Es ist entweder drinnen oder draußen, und wenn es draußen ist, bist du gekommen!«

»Zeug?« Jay gluckste, ein seltsames junges, leichtes Geräusch, fast jungenhaft. »Was für ein poetisches Wort!«

»Nun, wie nennst du es denn?«

Zu ihrem Erstaunen fiel Sandy auf, dass sie noch ihre Brust hielt. Ihr war, als könnte sie damit erst aufhören, wenn er es ihr sagte. Unauffällig rieb sie den Daumen einige Male über den Nippel. Sie bemühte sich, ganz normal zu atmen, als die Lust sich in ihr wieder zu rühren begann.

»Weißt du, darüber habe ich nie nachgedacht«, bemerkte Jay, als führten sie beide ein ganz normales Gespräch. Sie hielten vor einer Ampel an, und er schaute hinüber zu Sandy. Sein Blick huschte von der Hand auf ihrer Brust zu ihrem errötenden Gesicht und ihren roten zerbissenen Lippen. »Samen, nehme ich an. Oder Sperma.« Die schamlose Zunge fegte wieder über seine Lippen, und als er zur Ampel schaute, fragte er: »Warum? Magst du den Geschmack?«

»Ich ...«

Mochte sie ihn? Sie war sich nicht sicher. Sie wusste nicht, ob da überhaupt viel Geschmack war. Aber der Gedanke an die Beschaffenheit des männlichen Samens auf ihrer Zunge war so lebhaft, so eindringlich, dass ihre Pussy noch mehr glühte. Sie wollte ihn schmecken, ihn kosten und seine Essenz in sich aufnehmen. Was schon seltsam genug war, denn sie hatte nie eine Schwäche für Blowjobs gehabt. Sie hatte nichts dagegen, aber aus eigenem Antrieb war sie noch nie auf die Idee gekommen.

Außer in ihren albernen romantischen Phantasien, in denen sie sich hingebungsvoll kniete und den Schwanz des so lange vermissten Märchenprinzen lutschte, um ihm ihre Dankbarkeit zu zeigen.

»Nun?« Er ließ nicht nach, obwohl er so weit, wie es überhaupt ging, von ihrem rettenden Prinzen entfernt war. Die Ampel wurde grün, und sie glitten weiter, umfangen in ihrer eigenartigen Welt des sexuellen Gefechts.

»Eh ... ja, ich nehme an, ich habe nichts dagegen.«

Ich möchte dein Sperma gern schmecken.

Als hätte er sie gehört, zeigte Jay ein wölfisches Grinsen.

»Ausgezeichnet. Du saugst gern Schwänze. Das ist gut zu wissen.«

»Aber das heißt noch lange nicht, dass ich deinen saugen will.«

Es war eine Lüge. Sie wusste es. Und sie wusste auch, dass er es wusste.

»Wir werden sehen. Wir werden sehen.« Seine Stimme klang glatt und geschmeidig, und das machte sie wütend, aber als Sandy ihm gerade eine passende Antwort an den Kopf werfen wollte, auch wenn sie noch nicht wusste, was, fuhr er fort: »Ich glaube, wir sind bald da, nicht wahr?«

Das stimmte. Die Ampel, an der sie hatten halten müssen, war die letzte vor der Ortsmitte, und jetzt fuhren sie durch das Zentrum von Kissley. Sandy nahm die Hand von ihrer Brust. Einige Leute flanierten herum, und die Straßenlaternen standen in dichten Abständen. Die Leute, die aus den Kneipen oder aus der Fußgängerzone kamen, könnten leicht ins Innere des auffälligen Autos blicken, um zu sehen, wer so glücklich war, darin zu fahren. Die Scheiben waren zwar getönt, aber bei weitem nicht undurchsichtig.

Sie war enttäuscht, als sie plötzlich nur noch sachlich miteinander sprachen. Sie wies ihm den Weg zu einem kleinen Parkplatz auf der Rückseite des Teapot. Ein kleiner Datsun parkte da, und als sie überlegte, wem er gehörte, fiel ihr ein, dass Greg manchmal so ein Auto fuhr.

»Probleme?«

Sandy merkte, dass sie die Stirn runzelte, und Adlerauge neben ihr hatte das sofort bemerkt.

»Nein. Aber es sieht so aus, dass Kat und ihr Galan vor uns den Teapot erreicht haben. Keine Ahnung, was sie gerade treiben.«

Jay schaltete die Scheinwerfer aus.

»Ah, das perverse Pärchen. Glaubst du, wir könnten sie stören?«

»Ich glaube nicht, dass eine Acht auf der Richterskala sie stören würde, wenn sie mittendrin sind. Und selbst wenn wir sie störten, würden sie einfach weiter bumsen. Eine ihrer kleineren Schwächen ist Exhibitionismus.«

»Schaust du gern zu? Macht dich das scharf?«

Sie starrte ihn an und wusste, dass er sie sogar in der Dunkelheit durchschauen konnte.

»Okay, warum steigen wir nicht aus und genießen die Show?«, schlug Jay vor und drückte seine Tür auf.

Fünftes Kapitel

Sandy ging voraus und stieg die Treppe hoch, die auf der Rückseite des Gebäudes zur Küche führte. Sie bewegte sich so leise wie möglich. Jay folgte ihr, und als sie beide auf dem Treppenpodest standen, spürte sie seinen Atem im Nacken.

Als er seine Hand auf ihre Schulter legte und sie zwang, ihn anzuschauen, sagte er nichts, aber seine Augen strahlten. Hohe Erwartungen leuchteten in den Augen, und plötzlich sah er viel jünger aus, fast wie ein geiler Teenager.

Für den Bruchteil einer Sekunde konnte sich Sandy vorstellen, dass sie mit ihrem Märchenprinzen auf dieser Treppe stand. Sah er auch gerne zu? War er zu einem sexy Mann von Welt herangewachsen?

Sie biss sich auf die Lippe und verdrängte das Bild. Sie gab dem Mann ein Zeichen, sich still zu verhalten, und gleich darauf ging sie weiter. Sie bückte sich und zog ihre klackenden Pumps aus. Jay folgte ihr, geräuschlos wie eine schleichende Katze.

Die Hintertür zum Café stand offen.

Sandy stellte Tasche und Schuhe ab und knirschte mit den Zähnen. Kat war eine hervorragende Köchin und eine noch bessere Freundin, aber sie ging ein bisschen lax mit der Sicherheit um. Erst recht, wenn sie Sex im Kopf hatte. Und das schien genau zuzutreffen, wenn Sandy die kichernden Laute und das gedämpfte Stöhnen sowie andere unmissverständliche Geräusche richtig deutete. Sie kamen aus der Küche am Ende des kurzen Flurs.

Die Tür stand einen guten Spalt offen, aber der Flur war nicht beleuchtet. Im dunklen Schatten konnten sich Sandy und Jay ziemlich sicher vor Entdeckung fühlen. Gleichzeitig hatten sie einen ungehinderten Blick auf alles, was in der Küche passierte.

Und da passierte eine ganze Menge. Sandys Kinn sackte nach unten. Sie hätte ein Keuchen ausgestoßen, aber bevor das geschehen konnte, legte sich von hinten eine große warme Hand auf ihren Mund. Zugleich spürte sie einen Arm um ihre Taille und hielt sie fest. Ohne den Arm hätten ihre Beine nachgegeben, und sie wäre zu Boden geglitten.

Kat, ihre liebe Freundin und schamlose Sexverrückte, stand mitten in der Küche, nackt von den Hüften abwärts. Die engen, glänzenden schwarzen Leggings hingen über einem der alten Küchenstühle, und ihr Geliebter, der lüsterne Gregory mit seinem unschuldigen Gesicht, stand hinter ihr, küsste ihren Nacken und drückte mit einer Hand ihren Schoß.

»Oh, Gott ... oh, ja ... mm ... oh, ja«, gurgelte Kat tief in der Kehle, während sie den Kopf zurück auf Gregs Schulter legte. Ihre schwarzen Haare verteilten sich über Gregs Hemd.

Gregs Finger verkrampften. Er bearbeitete sie langsam und hart. Und sie genoss jede Sekunde.

Getrieben von der zu Kopf steigenden Mischung aus Hormonen und Instinkten, presste sich Sandy gegen ihren eigenen sexy Mann. Jay verstärkte den Druck seines Arms um ihren Leib und zog sie fester an sich, damit sie seinen harten Schoß zwischen ihren Backen fühlen konnte. Er war steif geworden, und die warme Beule seiner Erektion stieß lustvoll in ihre empfindliche Kerbe.

Der Kontakt war leicht und nicht so mahlend, wie Greg gegen Kat stieß, aber die Wirkung rauschte in ihre Blutbahn wie der Champagner, den sie zuvor getrunken hatte. Sie wollte ihren Po gegen Jay kreisen lassen, aber irgendwie hatte sie das Gefühl, dass Jay das Tempo bestimmen wollte. Er hielt sie auf eine Weise fest, die nicht nur erotisch war, und sie konnte sich nicht erinnern, schon einmal so erregt gewesen zu sein. Nicht im Aston, auch nicht im Waverley Garten. Der Duft seines Rasierwassers ließ sie schwindlig werden.

Und die ganze Zeit schien das begeisterungsfähige Paar in der Küche damit beschäftigt zu sein, auf Kommando eine Darstellung abzuliefern, als wüssten die beiden genau, dass sie Zuschauer hatten.

Wussten sie es?

Der Aston Martin war nicht das leiseste Auto, und obwohl sie sich bedächtig genähert hatten, konnte man davon ausgehen, dass Kat und Greg die Tritte auf der Treppe gehört hatten.

»Ja, Baby, ja«, ermutigte Greg seine Geliebte und hob sie auf seine Innenhand, was Kat zum Stöhnen und Wimmern brachte. Sie wand sich wie eine heiße Katze. Sie warf den Kopf von einer Seite zur anderen, griff nach Gregs Hand und forderte ihn zu mehr Tatendrang auf, während sie mit der anderen Hand an ihre Brust fasste und den Nippel durch das dünne Top quetschte.

»Das gefällt dir, was, du schamloses Mädchen?« Greg grinste, ein träges, verwegenes, freudiges Grinsen, während seine Finger zwischen ihren Beinen arbeiteten. Der junge Mann strahlte vor Glückseligkeit. Er schien zwar den Ton anzugeben, aber er sorgte auch dafür, dass Kat genießen konnte. Diese Rücksicht und sein drahtiger Körper mit dem frischen Gesicht ... es war nicht schwer zu sehen, warum Kat so abfuhr auf ihn.

Sandy verrenkte den Kopf, um besser sehen zu können. Jay ließ seine Hand von der Taille über ihren Bauch gleiten und drückte sie gegen ihren Schoß. Als sie tief nach Luft rang, legte sich die andere Hand wieder über ihren Mund.

Ihr fielen fast die Augen aus dem Kopf. Was sie sah, entsprach genau dem, was sie gerade fühlte.

»Du bist ein sehr böses Mädchen. Lockst mich hierhin und lässt deine Freundin allein auf der Party zurück.« Greg hatte den Mund ganz nah bei Kats Ohr, während er nicht aufhörte, zwischen ihren Schenkeln zu spielen. »Das war schrecklich von dir, und für ein solches Fehlverhalten solltest du streng bestraft werden.« Während er redete, wurde deutlich, dass Gregs Finger in sie eindrangen, zwei mindestens, vielleicht auch mehr.

Sandy versteifte sich, stellte sich auf die Zehenspitzen, und Jay drückte mit seinen Fingern gegen ihre Pussy. Er schob den weichen Stoff ihres Kleids in ihre klebrige Kluft. Er machte sich nicht einmal die Mühe, ihren Rock zu heben, er drückte sie nur, packte sie und forschte.

Dies ist schon das zweite Mal heute Abend. Wieso lasse ich das geschehen? Ich kenne den Mann kaum, aber er kennt schon meine Pussy.

Kräftige Fingerspitzen pressten ihren Rock und die zarte Unterwäsche in die Ritze ihres Geschlechts; sie teilten die Schamhaare und gelangten rasch zum Kern. Er verdrehte sein Handgelenk, krümmte die Finger und rieb ihre Klitoris. Er nahm einen Fetzen des Kleiderstoffs und veränderte damit die Qualität der Reibung.

Sandy wand sich hin und her. Es hätte sie nicht gewundert, wenn ihre Schädeldecke aufgesprungen wäre, denn der Druck in ihr wurde immer stärker. Aber als sie versuchte, sich Jay zuzuwenden, damit er das Flehen in ihren Augen sah, sie fester zu reiben, in sie einzudringen, irgendwas mit ihr anzustellen, da wies er nur mit einer Kopfbewegung in die Küche.

Fast wie ein Spiegelbild wiegte sich das junge Paar hin und her, aber Kat konnte wenigstens ihre Lust ausstoßen. Sie ritt auf der Hand ihres Geliebten, als wäre sie ein kleines Pony, und auch Kat verlangte immer mehr.

»Ja, das reicht mir jetzt, du kleines geiles Luder. Ich werde dir eine Lektion erteilen.« Greg sprach mit einer sexuellen Ernsthaftigkeit, die Sandy eher einem älteren Liebhaber zugetraut hätte, einem Veteran des erotischen Lebens. Dachte sie vielleicht an Jay? Nun ja, er war soo alt auch noch nicht, Mitte dreißig vielleicht, dachte Sandy.

Es fiel ihr schwer, sich zu konzentrieren. Sein Alter war schwer zu schätzen, denn nach dem Unfall war sein Gesicht mehrmals in die Hände der plastischen Chirurgen geraten. Sie verdrängte Gedanken an Chirurgen und schaute wieder auf Greg. Wo hatte der junge Kerl diese sexuelle Vielfalt gelernt? Vielleicht von den Gästen des Waverley, über die in der ganzen Gegend gemurmelt wurde?

Sie verfolgte voller Staunen, wie Greg mit Kat zum Küchentisch ging. Sie legte den Kopf auf das karierte Tischtuch, gegen die kleinen Töpfe mit den Gewürzen und neben die paar Teller und Tassen, die noch nicht weggeräumt worden waren.

Was, zum Teufel, wollten sie jetzt tun? Würde er sie bestrafen oder bumsen? Nun ja, dachte Sandy, es gab auch noch eine andere Frage – wie verzweifelt musste man sein, um alle Hygiene in den Wind zu schießen und eine halb nackte Frau auf einer Fläche zu nehmen, die sonst der Essensvorbereitung diente?

»Also, was soll es sein? Du hast die Wahl!«

Der junge Mann beugte sich über sein williges Opfer und

flüsterte etwas in Kats Ohr. Kat quietschte protestierend, aber ihre Augen leuchteten aufgeregt, und sie ließ den Schoß gegen das Tischtuch kreisen. Sie murmelte eine Antwort, aber Sandy konnte sie nicht verstehen.

Doch Greg, der sich immer noch über Kats Rücken und ihren nackten Po beugte, hatte es verstanden und lachte. »Du bist ja so verdorben, aber ich glaube wirklich, dass ich dich liebe, Miss Pussy Kat. Du weißt wirklich, was ich am liebsten habe.«

Was ist es? Was will sie?

Und obwohl er so leise war wie ein japanischer Krieger, glaubte Sandy, Jays Gefühlsregungen spüren zu können, die ihren eigenen entsprachen.

»Mhm, du hast so einen prächtigen Arsch, Liebling«, schwärmte Greg, und seine Hände strichen über Kats runde Backen, die er mal zusammen-, dann auseinanderzog. »Und ich kann es kaum erwarten, ihn in dich hineinzurammen.«

Sandys Pussy begann sofort zu pochen, und ohne nachzudenken oder bewusstes Wollen, ließ sie sich auf Jays Finger nieder und schwenkte den Schoß. Sie mochte kaum glauben, was sie gerade gehört hatte, aber sie ging davon aus, dass die Show weiterging und ihre Pussy noch mehr schmerzen würde.

Der junge Mann bewegte sich schnell und begann mit seinen Vorbereitungen. Ab und zu hielt er inne und streichelte liebevoll über den Po oder den Schoß der Freundin, während er seine Jeans öffnete, den Penis entblößte und aus der Gesäßtasche ein Päckchen mit Kondomen nahm.

Greg hatte einen schönen Penis. Einen sehr schönen sogar, und für einen kurzen Moment überlegte Sandy, wie es sein würde, mit ihm zu schlafen. Sie konnte nicht abstreiten, dass er alles hatte, wonach sich ein Mädchen sehnte.

Aber hinter ihr warteten auch ein paar Dinge, die nicht zu verachten waren. Ein Mann, der größer war, gefährlicher und geheimnisvoller als der Spaß liebende – und offenbar auch Pobacken liebende – Greg. Als wollte sie ihre Anhänglichkeit betonen, rieb sie ihren Po gegen Jays steinharte Erektion und wurde durch ein genüssliches hartes Reiben der Klitoris und einen flüchtigen Kuss im Nacken belohnt.

»Richtig, Babe, wir brauchen etwas, um dich noch geschmeidiger zu machen«, verkündete Greg fröhlich, spielte mit einer Hand an seinem gummibewehrten Penis, und mit der anderen an Kats unteren Regionen. »Weißt du, wo ich so was finden kann?«

»Im Schrank findest du Olivenöl«, schlug Kat vor und schwang den Po hin und her.

Oh, nein! Jetzt vergreift er sich bestimmt am Virgo Extra! Er könnte das billigere Zeug nehmen.

Greg hatte schon mit der Suche begonnen und starrte mit großen Augen auf eine Butterdose, die auch noch auf dem Tisch stand. »Genau richtig! Wenn das gut genug für Marlon Brando ist, dann ist es auch gut genug für mich!«

Als ob ihre eigene Lust und ihre eigene Erfahrung irgendwie abgetrennt wären, beobachtete Sandy entsetzt, belustigt und staunend, wie Greg, der freche Teufel, nach der Butterdose griff. Sie wollte sich auf Jays Hand fertigmachen, ihn dann in eine dunkle Ecke zerren und ihn bitten, sie endlich zu vögeln. Sie wollte ihn packen und schütteln und alle Geheimnisse von ihm hören. Aber sie konnte einfach nicht aufhören, der Küchen-Show zu folgen.

Begleitet von einem Chor aus Kicher- und Stöhnlauten, der ganz allein von Kat kam, und von seinem eigenen Gelächter, schmierte Greg die Butter in die Kerbe seiner Geliebten. Sie ruckte und rieb sich an ihm.

»Okay, Baby, bist du bereit?«, rief er fröhlich und ging hinter ihr in Stellung.

Kat begann wie eine Wölfin zu heulen, als er sich langsam in sie drückte.

Es war heißer als alles, was Sandy bisher gesehen hatte. Es war derb und unerhört; sie hätte sich so etwas niemals vorstellen können. Und doch erkannte sie eine gewisse Schönheit in der groben Vereinigung.

Greg nahm Rücksicht. Er pumpte gleichmäßig in sie hinein. Er streichelte sie und trieb Kat an, er lauschte jedem ihrer Atemzüge und jedem Stöhnen. Er führte nur das aus, was sie von ihm verlangt hatte. Nach einigen Minuten wurde es noch verrückter. Man konnte deutlich erkennen, dass dieser Akt für sie beide nichts Neues war.

Kat wurde auf den Tisch gepresst. Jetzt griff sie mit beiden Armen nach hinten und klammerte sich an die Hüften ihres Geliebten. Sie keuchte laut, wandte den Kopf zur Seite und rief: »Oh, verdammt!« Ihr kam es, und Greg schloss sich ihr wenig später an.

Unter dem Spektakel von Kats Schreien und Jammern und Gregs triumphierenden Ausrufen hörte Sandy Jays leise Stimme. »Willst du kommen?«

Sie schüttelte den Kopf, aber das geschah mehr aus Verwirrung, und als Antwort auf seine Frage drückte Jay die Finger fest in sie hinein. Er spielte und neckte sie und rieb mit zunehmendem Druck ihre Klitoris.

Anspannung. Druck. Hitze. Alle Wahrnehmungen waren fast unerträglich, denn sie musste sich ja weiter still verhalten. Sandy wollte um sich treten, schreien und Jays Hand reiten, wie Kat eben erst von Greg geritten worden war. Sie wollte kommen, schreien und heulen.

Aber sie tat es nicht. Sie schaute einfach nur zu. Ihr Körper kochte, ihr Po drückte sich hart gegen Jays Erektion. Sie hielt sich an seinem Ärmel fest und an den Falten ihres Kleids. Die Knöchel ihrer Hand waren weiß geworden.

Greg und Kat gluckten vor sich hin. Sie schienen die Zeit ihres Lebens zu verbringen. Sandy wusste, wie intensiv Kat für ihren frechen Liebhaber schwärmte, und er erwiderte ihre Gefühle. Sie vertrauten einander.

Plötzlich fiel ein Eiszapfen in den Hexenkessel ihrer eigenen Lust.

Konnte sie Jay trauen? Sollte sie ihm vertrauen?

Aber der Hauch des Zweifels erhöhte ihre Erregung nur noch. Jay war unbekannt, gefährlich und kompliziert. Geheimnisvoll dunkel mit seinen Narben und einer Vergangenheit, von der sie ahnte, dass sie noch tiefer ging, als das Trauma seines schlimmen Unfalls, bei dem er beinahe zu Tode gekommen wäre.

Er könnte mich töten. Er könnte mich schlimmer zurichten, als der Aston Martin ihn zugerichtet hatte. Er könnte die Kontrolle über mich gewinnen. Er könnte mich dazu bringen, ihn zu begehren – um dann zu verschwinden.

Immer noch eine sich windende Sklavin ihrer Lust, fühlte sie, dass ihre Gedanken sich immer noch in einem kleinen Teil ihres Bewusstseins abspielten. Und zum ersten Mal seit langer Zeit – vielleicht auch das erste Mal überhaupt – spürte sie eine Abneigung gegen ihren Märchenprinzen. Er hatte sie auch verlassen. Er hatte einen Traum in ihre Gedanken gepflanzt, und seither hatte sie keine wirkliche Beziehung mehr pflegen können. Die wenigen Augenblicke, die sie zusammen verbracht hatten, bedeuteten ihm nichts, aber für Sandy waren sie das Fundament ihrer mädchenhaften und später ihrer weiblichen Träume gewesen. Und ihrer erotischen Träume, oh, ja. Tausend Phantasien, in denen ihr Prinz zurückgekehrt war und sie liebevoll mit ins Bett genommen hatte.

Ein Traum, der sich nie erfüllen würde. Aber jetzt hatte sie einen dunkleren Prinzen, der ihre Pussy bespielte.

Sie gab die Gedanken an die Vergangenheit frei und umarmte die Gegenwart voller Sex, Schweiß und Gefahr.

»Jay«, hauchte sie gegen seine Hand, und plötzlich, in stummer Wut, krümmte sie sich und kam.

Sechstes Kapitel

Jays Penis zuckte und versteifte sich noch mehr. Er konnte sich nicht erinnern, jemals so hart gewesen zu sein. Auch nicht in seinem Leben vor dem Unfall. Es war, als hätten sich seine Ängste und Verletzungen wie ein Albtraum aufgelöst; ein giftiges Miasma, von Sandys Sonne und Wärme vertrieben.

Als die Frau in seinen Armen sich in den Zuckungen des Orgasmus wölbte, wäre er fast gestolpert, überwältigt von den großartigen Gefühlen, die ihn durchfluteten bei dem Zusammenprall von Vergangenheit und Gegenwart, von Traum und Wirklichkeit.

Das Paar, das in der Küche ausgelassen lachte und schrie, bot sich ihnen wie ein Puppenspiel dar. Es war die Frau in seinen Armen, die ihn hart bleiben ließ. Und es war höchste Zeit zu handeln. Nutze den Augenblick, feiere das Wunder deiner plötzlich anhaltenden Potenz.

Er hob sie in einem plötzlichen Entschluss hoch, brachte sie weg von der Tür, und gemeinsam stolperten sie durch den Flur und die Treppe in den ersten Stock hoch. Sie versuchten erst gar nicht, ihre Anwesenheit zu verheimlichen. Wen kümmerte es, wenn das andere Paar sie hörte? Kat und Greg waren in ihrem eigenen Spiel zu weit fortgeschritten und würden nicht daran denken, nachzusehen, wer diese Geräusche verursachte.

Auf der linken Seite gab es eine Tür, und Jay trat sie auf.

Es war pures Glück, dass es die Tür zu einem Schlafzimmer war. Er sah sofort das ungepflegte Durcheinander. In seinen Träumen war seine Prinzessin immer makellos und anspruchsvoll gewesen, und obwohl er wusste, dass Sandy eben Sandy war, nicht ein Produkt seiner Einbildung, war der Anblick der verstreut herumliegenden Kleider auf Boden, Stühlen und Bett ebenso ein Schock wie die benutzten Kosmetiktücher, die leeren Kaffeetassen und die Bonbonpapierchen.

Das Bett war auch nicht gemacht, vermieft und nicht sehr sauber.

Der alte Jay, an Luxus und die feinen Dinge des Lebens gewöhnt, hätte vorgeschlagen, ein Zimmer zu suchen, das sauberer war – wenn es eins gab –, aber der neue Jay hatte nichts anderes im Sinn, als mit dieser Frau zu schlafen, ob sie nun die Frau seiner Träume war oder nicht.

Er setzte sie hastig ab und warf sie fast auf das alles andere als saubere Bett, dann folgte er ihr, schüttelte sein Jackett von den Schultern und streifte die Schuhe ab. Er baute sich über ihr auf und hatte Angst, dass die ganze verrückte Idee nichts mit der Wirklichkeit zu tun hatte. Zum ersten Mal seit ihrer allerersten Begegnung vor fünfzehn Jahren küsste er sie auf den Mund.

Ihre Lippen waren weich und schmeckten vage noch nach dem Wein, als sie den Mund öffnete. Er nahm ihre Einladung an und wälzte sich über sie. Seine Zunge drang in sie ein, und seine Hände erforschten sie gierig.

Ihr Körper fühlte sich vollkommen an, endlich eine Bestätigung seiner Phantasien. Unter der dünnen Kleidung fühlte sich Sandy schlank und geschmeidig an. Ihre Brüste waren voll und rund, und ihre Nippel gingen auf wie Knospen, als er sie durch das Kleid und ihre zarte Wäsche rieb und drückte.

Ein lustvolles Stöhnen blies gegen seine Zunge; eine Reaktion auf sein lüsternes Reiben. Er nahm sich erst den einen Nippel vor, dann den anderen. Ihre Hüften hoben und senkten sich, als könnte sie ihre Lust nicht mehr für sich behalten.

Er schmiegte sich näher an, schob einen Schenkel über ihren und ließ seinen schmerzenden Schritt gegen ihren kreisen. Sein Schwanz hüpfte, als ihre kleinen Hände über seinen Rücken streichelten, dann über seine Pobacken. Sie war nicht weniger kühn als er.

Die Berührung ihrer Finger, von der er so oft geträumt hatte, elektrisierte ihn. Köstliche Stöße stachelten seine Nerven an, drangen in seine Blutbahn, weckten seine Sinne und schossen fast sofort zu seinem Schoß.

Ein Wunder – seine Härte. Wie Stein. Sie ließ ihn nicht im Stich. Er schickte Stoßgebete zu wem auch immer hinauf, jedenfalls zu der Gottheit, die über ihn wachte. Inniger Dank an das Schicksal, das ihn hierher zu dieser wunderbaren Frau geführt hatte.

Er musste in sie eindringen. Jetzt sofort. Nicht, weil er den Verlust seiner Erektion fürchtete, sondern weil er nicht länger warten konnte. Er musste sie ficken, musste mit seinem Penis die Süße ihres Fleisches kosten, ob sie nun seine Prinzessin war oder nicht.

Sein Penis hüpfte wieder, als ihre Finger seinen Gürtel fanden und zu fummeln begannen.

Es schien, dass sie ihn ebenso verzweifelt begehrte wie er sie. Es war nicht die erste heiße Begegnung, von der er so oft geträumt hatte, aber wer fragte schon nach der idealisierten Mann-Frau-Begegnung in luxuriösen Hotels mit makellosen Leinentüchern und idyllischen Rosensträußen, wenn er eine echte Frau unter sich hatte, die sich auch auf einem ungemachten Bett so großartig anfühlte?

Sandy konnte nicht atmen. Sie begehrte Jay so sehr, dass sie kaum geradeaus denken konnte.

Sein Gewicht, seine Größe, der Geschmack seines harten Mundes und das heftige Stoßen seines Schwanzes – kein Wunder, dass sie überwältigt war. Zwischen ihren Beinen fühlte sie sich schmelzen; ein stummer Schrei nach Lust, die nur er erfüllen konnte.

Sie zurrte an seinem Gürtel und staunte über ihre eigene Schamlosigkeit. Was er im Garten des Waverley mit ihr angestellt hatte, hatte sie verändert. Sie war laut, sie forderte, war sich ihres Handelns sicher und wusste genau, was sie erwartete, damit er ihre Nöte befriedigen konnte. Eine solche sexuelle Sicherheit hatte sie noch nie zuvor gefühlt. Wenn nur die unvergleichliche Begegnung mit diesem Gott nicht auf Kats verlottertem Bett hätte stattfinden müssen!

Aber ihre Begierde war nicht aufzuhalten. Sie zog an seinem Gürtel und rieb ihren Schoß gegen seinen, ganz das geile Teufelchen, das nicht länger verzichten wollte.

»Hier, lass mich«, knurrte er, während sein Mund noch auf ihrem lag. Sein adrett getrimmter Bart fühlte sich seltsam elegant an ihrem Gesicht an, und seine großen Hände schoben ihre weg, als er sich für sie öffnete.

Ein wunderschöner Schwanz sprang in ihre Hand. Heißes, hartes Fleisch, umgeben von samtener Haut, klebrig an der Spitze von seinen ersten Sehnsuchtstropfen. Ihre Finger schlossen sich um den Schaft, als wäre er nur geschaffen worden, damit sie ihn streicheln konnte. Sie widerstand dem Impuls, ihn sofort abzupumpen und begann stattdessen leicht auf und ab zu reiben, auf und ab.

»Oh, ja …« Seine heisere, lädierte Stimme war rauer denn je, sie schien kaum Worte formulieren zu können. Seine Hüften bewegten sich aus eigener Antriebskraft und stießen die Wucht seiner stämmigen Erektion durch ihre Finger.

Aber es reichte ihr nicht, ihn nur zu berühren und leicht zu reiben. Noch während sie ihn streichelte, zog sie an ihrem Rock, dann benutzte sie die andere Hand, um sich das Höschen auszuziehen.

Lieber Himmel, bitte, bitte, lass Kat ein paar Kondome in ihrem Nachttisch liegen haben.

Hände kamen ihr zur Hilfe mit dem Höschen. Jay zog daran, und sie zog daran, und so berührten sie beide das heiße Fleisch, bis sie gemeinsam ihre Wäsche entsorgt hatten. Es war fast ein kleines Wunder, dass sie immer noch seinen Schaft in der Hand hielt, während das zarte Höschen durch das Schlafzimmer ihrer Freundin segelte.

»Sandy! Bist du okay? Was machst du da drinnen?«

Die Tatsache, dass Kat sich vor Lachen kaum halten konnte, verriet Sandy, dass ihre Freundin genau wusste, was in ihrem Zimmer geschah. Die Butterepisode in der Küche war offenbar so schnell vorbei, wie sie begonnen hatte, und das jüngere Mädchen und wahrscheinlich auch ihr Liebhaber waren nun da, um zu sehen, was sich sonst noch im Haus abspielte. Kat würde sich verdutzt fragen, warum Sandy nicht ihr eigenes Schlafzimmer benutzte, aber Kat würde sich nie in den Weg stellen, wenn es um Sex ging.

»Was glaubst du wohl, was ich hier mache? Geh, Kat ... du kannst in mein Zimmer gehen, wenn du willst.«

Jays Hand, die ihren nackten Schoß für sich in Anspruch genommen hatte, war die Ursache dafür, dass Sandy zu stottern begonnen hatte.

»Ja, alles paletti. In der Schublade liegen ein paar Schachteln mit Kondomen. Schlag zu, aber lass uns ein paar übrig.«

»Danke.«

Das Wort kam quietschend heraus, weil Jay den Daumen gegen ihre Klitoris presste.

Als er begann, den Daumen über die Klitoris kreisen zu lassen, war es ihr unmöglich, sich auf irgendetwas anderes zu konzentrieren. Sie brachte keinen gescheiten Gedanken mehr zustande. Sein Penis schlüpfte ihr aus den Fingern, und nun klammerte sie sich an seinen Körper, grub die Hände in seinen Rücken und die Backen und zog ihn mit ihrer ganzen Kraft näher an sich heran.

Er wird wieder dafür sorgen, dass ich noch einmal komme. Ja, das wird er tun. Und danach wird er mich richtig durchficken.

Zwischen ihren Beinen arbeitete er weiter an ihr; er ließ ihre Klitoris nicht locker. Sandy war schon halb verrückt nach dem nächsten Höhepunkt, und so dauerte es nur ein paar Sekunden, bis er sein Ziel erreicht hatte. Sie wölbte sich gegen ihn und spürte, wie ihre Pussy zu schmelzen begann.

Aber noch während es ihr kam, griff und packte sie ihn, denn sie wollte mehr, wollte die direkte Verbindung mit ihm, als hinge ihr Leben davon ab. Seine Hand klemmte noch zwischen ihren Leibern, und sie rieb ihren Schoß gegen seinen, ein Hilferuf, dass er endlich in sie eindrang.

»Bitte«, keuchte sie. »Bitte stoß in mich hinein. Fick mich.«

Es entstand ein Moment stummen Schocks. Hatte sie das wirklich gesagt? Noch nie hatte sie – auch im Bett nicht – diese vulgäre Sprache benutzt; sie hatte sich immer still verhalten und hatte sich vom Mann leiten lassen. Aber bei diesem Mann war sie wohl zu allem fähig.

Oder war das zu viel?

Als könnte er ihre Ängste spüren, lockerte Jay seine Griffe und blickte auf Sandy hinab.

Seine Augen sahen geheimnisvoll aus. Aber sie spürte Fragen und auch Überraschungen. War er wütend? Enttäuscht?

Angewidert von ihrem unersättlichen Hunger, den er ausgelöst hatte? Womit hatte sie ihn verärgert? Dies war es doch, was er hatte haben wollen, oder?

He, fick dich selbst, Mister! Du hast es gewollt, und jetzt kriegst du es! Und wenn es dir nicht passt, suche ich mir einen anderen Kerl, der das ernten wird, was du gesät hast!

Aber als sie sich von ihm wegziehen wollte, hielt er sie an den Schultern fest und drückte wieder einen Kuss auf ihre Lippen, hart und wild und feucht.

Er wollte sich behaupten, stellte sie fest, er wollte sie dominieren und ihr seinen Willen aufzwingen. Die Kraft seines Mundes heizte ihre Lippen auf und ließ ihr Kinn schmerzen. Aber sie liebte das. Die Begierde flammte sofort wieder in ihr auf, lodernder noch als vorher.

Sie fühlte wilde Sensationen, die durch ihre Adern flossen und sie schwächten. Das hatte nichts mit einer Art Einwilligung zu tun oder mit einer sofortigen Akzeptanz eines Mannes, der sie im Bett beherrschen wollte. Nein, damit hatte es nichts zu tun. Dies war mehr. Eine Unterwerfung. Er konnte sie biegen, wie er wollte. Dadurch wurde auch der Sex ganz einfach und selbstverständlich, aber auch fremd und neu.

Sie schmolz wieder dahin und schwebte neuen Lüsten entgegen, und das nur wegen eines einzigen Kusses. Er stieß seine Zunge gegen ihre. Als er seine Hand gegen ihren Schenkel streckte, fielen ihre Knie auseinander – sie ergab sich ihm und öffnete sich.

Und so lag sie da, wie eine Stoffpuppe, serviert auf einem Tablett, während er die Schublade aufriss und nach einem Kondom griff.

»Lege dich über mich«, ordnete er mit harter, gepresster Stimme an und nahm den Schaft in seine Finger, als ob er sie zum Bewundern auffordern wollte.

Sandy brauchte keine weitere Aufforderung. Sie empfand plötzlich, dass dieser Schwanz nur da war, damit sie ihn bedienen und verehren konnte. Vorsichtig riss sie die Folie auf, pulte das Gummi aus der Hülle und stülpte es über die Spitze.

Jay hatte die Augen geschlossen. Einen Moment lang glaubte sie, ihm zu schwer zu sein, aber dann bockten seine Hüften. Er ruckte nach vorn und forderte, dass sie ihm den Latexmantel umlegte.

Während sie den Verhütungsschutz immer weiter aufzog, wurde ihr bewusst, dass er der größte Mann war, bei dem sie je gelegen hatte, und ihre Pussy zitterte vor Freude. Ihr Ex-Mann und auch ihre wenigen, mit Bedacht ausgesuchten Freunde, waren alle nur Durchschnitt gewesen, einige auch kleiner im Vergleich zu Jay.

Plötzlich wollte sie mehr von ihm sehen, nicht nur den gewaltigen Penis. Sie begann an seinem Hemd zu zerren und sah, dass er ein weißes Unterhemd trug. Das wollte sie nach oben schieben, damit es nicht länger im Wege war und sie seinen Brustkorb sehen konnte, aber er hielt sie mit eiserner Hand fest und knurrte ein entschiedenes »Nein.«

Seine Augen blitzten wütend, dunkel wie regenschwere Gewitterwolken.

Warum war er so sehr darauf bedacht, ihr seinen Körper vorzuenthalten? Dann begriff sie.

Narben.

Er trug sie auch im Gesicht, aber im Laufe der Tage hatte sie sie gar nicht mehr bemerkt, und jetzt sah sie nur seine harte männliche Schönheit. Aber vielleicht waren die Narben seines Körpers noch tiefer und schlimmer?

Wieder fühlte sie, wie sich ihr Wille seinem unterordnete. Er war noch da, vielleicht sogar stärker als vorher, aber dies war stärker. Wenn Jay ›nein‹ sagte, dann hieß das eben nein. Sie musste nachgeben. Er wollte es so haben. Kein Argument dagegen.

Zu ihrer Verwunderung spürte sie kein Mitgefühl für ihn und seine verheilten Wunden, nur einen überwältigenden Trieb, sich niederzubeugen und seine Füße zu küssen, um seine Überlegenheit anzuerkennen. Keuchend nahm sie ihre neue Unersättlichkeit hin, die sie nicht wirklich verstand, dann glitt sie tiefer die Matratze hinunter und ließ die Beine noch weiter auseinander fallen.

Nimm ihn. Drück ihn in dich rein. Es ist dein Recht.

Ihre Blicke trafen sich, als er sich über ihr streckte. Schweigende Nachrichten gingen hin und her, die nicht in Worte zu fassen waren. Aber sie verstand einiges davon ... und wollte mehr verstehen.

Als Jays gummibekleideter Penis gegen ihre Pussy drückte, bogen sich seine Lippen zu einem kleinen Lächeln. Eine Sekunde lang überlegte sie, sich zu wehren, aber dann gab sie den Kampf auf, noch bevor er begonnen hatte. Sie wollte die alles verzehrenden Gefühle erleben, wenn er sie durchbohrte, weitete und in Besitz nahm.

Wieder klammerte sie sich an ihn, und er drückte in sie hinein. Sie hielt sich an seinem Hemd und an seiner Hose fest und nutzte sie als Hebel, um sich immer stärker an ihn zu binden. Ihre Füße hakten sich um seine Waden. Sie wollte ganz eins mit ihm sein und mehr und mehr von ihm in sich spüren.

Alle ihre Sinne waren geschärft wie heiße Nadeln, und doch kam ihr alles wie im Traum vor. Sie konnte in sich jeden harten Millimeter seines Penis spüren, der ihre Tiefe auslotete, und sein Umfang weitete die geschmeidigen Wände ihres Geschlechts. Sein Gewicht lag schwer auf ihr. Sein Geruch berauschte sie. Der scharfe Rhythmus seines Atems schien sich zu vermischen mit dem Schlag ihres eigenen Herzens, als er in sie hineinstieß. Und als sie ihre Augen wieder aufschlug, ohne zu wissen, wann sie sie geschlossen hatte, sah sie sein entspanntes Gesicht vor sich, das ihrem eigenen entsprach.

Sein Ausdruck war intensiv, aber auch besinnlich. Er schien weit weg zu sein, losgelöst von ihr. Er hatte die Augen geschlossen; die unglaublich langen schwarzen Wimpern lagen wie seidene Bögen auf seinen Wangen. Selbst das Netzwerk von Narben hatte einen eigenen, seltsamen, zauberischen Glanz angenommen.

Der kleine Denkapparat ihres Gehirns fragte sich, woran er dachte, denn sie wusste, dass er nachdachte. Jay Bentley war kein Mann, der seine Gedanken während des Sex ausschaltete. Jay Bentley war einer, der alle seine Möglichkeiten jederzeit ausnutzen wollte.

Trotz der Lust, der immer noch ansteigenden Lust, die sie spürte, während er seine Stöße platzierte, und trotz des Klatschens ihrer Körper auf Kats nicht ganz sauberer Matratze empfand Sandy neue Unzufriedenheit.

Ich bin hier! Ich bin's! Besorg's mir, zum Teufel, und nicht irgendeiner Phantasiegestalt!

Sie ging von hinten in seine Hose hinein und stieß seine Unterhose tiefer nach unten. Ihre Finger spannten sich und griffen in das harte Fleisch seiner Backen.

Er riss die Augen auf und starrte in das Licht, während sie ihre Nägel in seine Haut bohrte und die Hüften aufbäumte. Er lachte laut und pflügte tiefer in sie hinein.

»Hexe!«, zischte er.

»Bastard«, gab sie zurück und brach nun auch in hysterisches Gelächter aus. Sie warfen sich gegenseitig in die Arme, ruckten und stießen sich mit den Körpern ab. Jay war natürlich stärker als sie und behielt die Oberhand. Nach dem Unfall schien er die alte Kraft zurückgefunden zu haben, und sie war die glückliche Frau, die davon profitierte.

Bei jedem langen, harten Stoß seiner Hüften krachten ihre Körper zusammen. Er rieb ihre Klitoris und erhöhte damit ihre Lust. Immer noch lachend, knurrte sie nun vor Geilheit; sie hechelte wie ein Tier, ohne bewussten Gedanken, nur den puren Lüsten ausgeliefert.

Als ihr Orgasmus einsetzte, schrie sie, ihre Lenden schmolzen, und ihr Herz dröhnte mit einer unglaublichen Erfrischung. Vage war ihr bewusst, dass ihre Schreie überall im Haus gehört wurden, wenn nicht auf der ganzen Straße, aber sie heulte nur noch lauter und grub ihre Nägel in seinen Rücken.

Jay stieß einen Fluch aus. Seine Finger spannten sich und bohrten sich fast brutal in sie hinein, und nun wurde auch sein Körper geschüttelt. Seine Hüften ruckten wie ein Hammer, und mitten in ihr eigenes Chaos drang das Hüpfen seines Penis und das schwere Pulsieren des Samens. Er schien zu pumpen und zu pumpen, als wäre er seit Jahren nicht mehr gekommen.

Danach war es, als kämen sie aus einem Bunker, in denen sie nach einem Wirbelsturm Unterschlupf gefunden hätten. In einem Moment von Panik glaubte Sandy, sie hätte die Fähigkeit zu atmen verloren, bis ihr klar wurde, dass es nur an Jays Gewicht lag, das ihre Bronchien und Lungen quetschte.

Mit ihrer letzten Kraft gelang es ihr, ihn von sich zu schieben. Zum Glück begriff er endlich ihre Notlage, hob sich von ihr und rollte sich neben sie auf die Seite.

»Himmel.« Er hustete seinen Atem heraus. »Himmel«,

wiederholte er, als wäre sein ganzes Vokabular in der Anstrengung verloren gegangen.

Typisch Mann … Er ist fix und fertig und hat schon vergessen, dass noch jemand beteiligt war.

Sie wühlte sich in die völlig irrationale Enttäuschung, und ihre Augen füllten sich mit Feuchtigkeit. Aber sie biss sich auf die Lippe und verdrängte die postkoitale Traurigkeit. Wie konnte sie etwas anderes von einem Mann erwarten, mit dem sie sich heute Abend das erste Mal unterhalten hatte, und in dessen Bett sie wie das leichteste Flittchen gefallen war? Sie war schlimmer als Kat. Erheblich schlimmer. Selbst ihre Freundin versuchte, ihre Freunde ein bisschen kennen zu lernen, bis sie sich zu ihnen ins Bett legte.

Ich habe nur bekommen, was ich verdient habe.

Sie behielt das Nagen ihrer Unterlippe bei und versuchte, sich sitzend aufzurichten, aber dann spürte sie eine warme Hand, die sich tastend nach ihr ausstreckte. Als sie ihre Hand gefunden hatte, hielt sie sie fest und hob ihre ineinander verschlungenen Finger in die Höhe.

Die Tränen flossen, als Jay einen süßen, sanften Kuss auf ihre Knöchel hauchte.

»Ich danke dir, Sandy. Danke.«

Einige Male wischte sie sich mit der anderen Hand übers Gesicht und sah verstohlen zu ihm hinüber. Irgendwas in der gebrochenen Qualität seiner Gesichtszüge ließ sie glauben, er könnte auch geweint haben. Aber jetzt sah er gefasst aus. Er lächelte sogar. Ein breites Lächeln, ungekünstelt und ohne Argwohn.

»Eh … es war mir ein Vergnügen«, antwortete sie, dann lachte sie auch.

Es war ganz gewiss ihr Vergnügen gewesen. Wahrscheinlich hatte sie in ihrem Leben noch nie eine so intensive Lust genossen, mit keinem einzigen anderen Mann. Es hatte nicht besonders lange gedauert, aber Junge, wie intensiv!

Jay küsste wieder ihren Handrücken und lachte sie an.

»Wirst du mich für einen derben, schrecklichen Spießbürger von Mann halten, wenn ich jetzt sage, dass ich Hunger habe?« Er wandte sich auf seine Seite, und nach einem letzten Kuss auf ihre Fingerspitzen gab er ihre Hand frei. »Es war großartig, aber ich komme um vor Hunger.«

Sandy sah weg, plötzlich verlegen, als er das Kondom von seinem erschlafften Penis zog. Aber aus den Augenwinkeln heraus nahm sie doch wahr, dass er immer noch eine passable Größe hatte, und tief in sich spürte sie ein leichtes Zucken.

»Nein, denn ich selbst bin auch noch ziemlich hungrig«, gab sie zu und fragte sich, ob er den Doppelsinn ihrer Antwort bemerkte. Er reagierte nicht darauf, denn er entsorgte das Beweisstück, zog die Hose hoch und zupfte an seinem Hemd. »Ich hoffe nur, dass wir in die Küche gehen können. Es kann nämlich sein, dass Kat und Greg sich dahin wieder zurückgezogen haben.« Sie zog ihren Rock nach unten und fragte sich, wo ihr Höschen diesmal gelandet war. »Schließlich haben wir ihr Zimmer in Beschlag genommen.«

Jay stand jetzt auf den Füßen; wie ein Turm stand er da, obwohl er noch keine Schuhe trug. »Ja, das tut mir leid«, sagte er, während er seine Schuhe suchte. Er fand sie und schlüpfte hinein. »Aber … nun ja …« Er wandte sich ihr lächelnd zu, beinahe ein wenig scheu. »Es war wichtig, so schnell wie möglich zusammenzukommen, verstehst du?« Er hob seine Schultern.

Sie wusste, was er meinte, aber sie ahnte auch, dass da noch mehr war. Ein zwingenderer Trieb als Lust. Schatten lagen über Jay; Dinge, die er ihr noch nicht gesagt hatte. Dinge, die er ihr vielleicht nie sagen würde.

Es würde darauf ankommen, wie lange diese Beziehung – oder wie immer man es nennen wollte, dauerte.

Siebtes Kapitel

»Es tut mir leid.«

Sandy fuhr mit dem Kopf herum, und der Löffel Mayonnaise, den sie auf das Salat-Sandwich verteilen wollte, fiel auf die Küchenanrichte. Sie war noch nicht bereit, ihr Essen auf dem Küchentisch vorzubereiten, obwohl sie ihn mehrere Male mit einem Reiniger geschrubbt hatte und das Tischtuch (sowie die Butterdose) im Abfalleimer lagen.

Sie war es nicht gewohnt, dass Männer sich bei ihr entschuldigten, besonders dann nicht, wenn es keinen Grund für die Entschuldigung gab.

War er wie eine Dampfwalze über sie hergefallen, um Sex zu haben? Hatte sie sich ihm ergeben, hatte sie sich ihm ausgeliefert? Nun, vielleicht war das so, aber was für einen Unterschied machte das schon, wenn sie es auch haben wollte? Verdammt, sie fühlte sich verwirrt und war zu müde, um alles zu analysieren.

Sie sah zu ihm hinüber. Er saß mit nachdenklicher Miene am Küchentisch. Eine seiner langen Hände lag auf dem frisch geschrubbten Holz, und mit der anderen Hand tastete er eine Narbe im Gesicht ab.

Er war tief in Gedanken versunken, als sie vor einer Weile Kats Schlafzimmer verlassen hatten. Sandy wusste, dass die meisten Männer nach dem Sex einschlafen, deshalb war es fast ein Bonus, dass er wenigstens wach war.

Als sie sich in die Küche geschlichen hatten, waren kichernde Geräusche und verräterische rhythmische Bewegungen aus der Richtung des Wohnzimmers zu ihnen gedrungen, und eben erst hatten sie weiteres Gelächter gehört und lautes Gebalge auf der Treppe. Es schien, dass Kat ihr Schlafzimmer zurückerobert hatte. Es war Sandy peinlich, wenn sie daran dachte, dass sie und Jay dort ebenfalls der Lust gefrönt hatten. Aber Kat scherte sich offenbar nicht darum, und ihr unersättlicher Liebhaber erst recht nicht.

»Was tut dir leid?«

Sie brachte den Teller mit den Sandwiches zum Tisch und presste den Kolben der Kaffeekanne nach unten. Der aromatische Duft der gerösteten Bohnen wiederbelebte sie, und ihr klares Denken kehrte endlich zurück, erhob sich aus den verrückten Ereignissen der Nacht.

Himmel, war sie müde. Und vermutlich sah man es ihr auch an.

Jay sah sie forschend an und hielt ihr seinen Kaffeebecher hin. »Ich glaube, ich war rauer, als ich hätte sein dürfen. Als wir Sex hatten.« Er nahm einen Schluck des heißen Gebräus, und Sandy fragte sich, ob das Innere seines Mundes feuergeschützt war. »Gewöhnlich bin ich erheblich rücksichtsvoller.«

Sandy warf sich auf den Stuhl ihm gegenüber und nahm einen vorsichtigen Schluck aus ihrem Becher. Ah, wie im Paradies. Überhaupt nicht zu heiß, aber stark wie Raketentreibstoff. »Ich bin okay. Es gibt nichts, was dir leid tun müsste. Mir hat es gefallen. Wenn nicht, hätte ich dir Bescheid gesagt.«

Glaubst du, du hättest mich aufhalten können?, schienen Jays Augen zu fragen.

Hätte sie das geschafft? Er war groß und kräftig. Aber sie wusste sofort, dass er kein Mann war, der sich einer Frau aufzwingen würde. Das hatte er nicht nötig. Auch mit seinen Narben war er ein sexuell attraktiver Mann.

Jay lächelte. Ein breites, warmes Lächeln. Plötzlich sah er sehr zufrieden mit sich aus, trotz seiner Entschuldigung. Er hatte das Strahlen eines erfolgreichen Helden an sich, triumphierend, fast jubilierend. War es für ihn so eine große Herausforderung gewesen, mit ihr ins Bett zu gehen?

»Was meinst du mit ›erheblich rücksichtsvoller‹?« Sie biss in ihr Sandwich, dann noch einmal. Mann, war sie hungrig! Trotz ihrer Mattigkeit schob sie Kohldampf wie ein Arbeiter im Steinbruch. Das kommt davon, wenn man sich im Bett der besten Freundin besinnungslos vögeln lässt, dachte sie.

»Ich liebe den langsamen Aufbau. Gehe bedächtig an die erste Mahlzeit heran, bevor ich allmählich die exotischen Leckerbissen vorbereite.«

»Sprichst du von den Dingen, mit denen Kat und Greg beschäftigt waren?«

Sandy schüttelte sich. Sie starrte auf die Holzoberfläche des Küchentischs und war sofort wieder abgelenkt. Verdammt, würde sie je vergessen können, was sie auf diesem Tisch gesehen hatte? Vielleicht sollte sie ihm eine neue Oberfläche verpassen. Kat und ihren erfindungsreichen Greg zu beobachten, war geil gewesen, aber es hatte ihrer Vorstellung von Hygiene in der Küche nicht entsprochen.

Jay hob die obere Scheibe seines Sandwichs an. Seine dunklen Augenbrauen gingen hoch und nieder. »Nun, ich will nicht sagen, dass da viel Exotisches dabei war, aber zweifellos war es genau nach ihrem Geschmack.« Seine langen Finger glitten über den Küchentisch, dann drehte er die Fingerkuppen um, als suchte er nach Beweisen.

»Ich habe die Tischdecke weggeworfen! Die Butterdose auch! Und ich habe viermal den ganzen Tisch gescheuert!«

»Ich wollte dich nur ein bisschen hochnehmen.«

Sie konnte ihm nicht böse sein, deshalb lächelte sie ihn an, erstaunt von der Art, wie sein jungenhaftes Grinsen die Narben wegzuzaubern schien. Er sah dann jünger und sanfter aus.

Wer bist du?

Die Frage sprang in ihre Gedanken. Sie hatte sich ihr vorher schon mal gestellt, aber nicht so zwingend, so ernsthaft. Jetzt beschäftigte sie sich ernsthaft mit der Frage. Er war aus dem Nichts gekommen, ein geschliffener Weltmann in einem Kleinstadt-Café. Dann tauchte er bei einer Cocktail-Einladung auf, wo er nun wirklich nichts zu suchen hatte. Er hatte ihre Pussy geküsst.

Warum bist du hier?

Die Frage blieb ihr in der Kehle hängen. Sie konnte ihn nicht fragen, auch wenn sie wusste, dass sie es tun sollte. Vielleicht würde sie nie wieder die Chance auf heißen Sex mit einem geheimnisvollen Fremden haben, warum also alles verderben durch Forschen und Aufstöbern?

»Was ist denn los?«

Er starrte sie intensiv an, als wäre er derjenige mit all den Fragen und sie das Geheimnis. Seine Augen blickten härter, und die Brauen hatten sich zusammengezogen.

»Nichts. Ich habe nur an Kat und Greg denken müssen.« Sie schaute auf die neue Butterdose. »Ich meine an das, was sie gemacht haben. Ich frage mich die ganze Zeit, wie sich das anfühlt.«

Es war eine Lüge bis zu dem Moment, in dem sie es aussprach. Aber jetzt verknotete sich ihr Magen.

»Warum? Willst du es mal ausprobieren?«

»Nein! Oder … ja. Irgendwann vielleicht mal, aber nicht mit Butter.«

Jays Ausdruck hellte sich auf. Er sah wieder glücklich und ein wenig spitzbübisch aus. »Nun, es gibt eine ganze Reihe von Produkten, die den Weg bereiten.« Seine Augen glitzerten wie Sonnenstrahlen auf wilder See. »Ich glaube, du wirst deinen Spaß daran haben. Sobald du entspannst, ist es eine unglaubliche Erfahrung.«

Was?

Einen Moment lang hatte Sandy Mühe, seine Worte zu begreifen. Was sagte er ihr? Kannte er sich aus? War er bisexuell? Er schien so komplett männlich zu sein, dass sie es sich nicht vorstellen konnte. Auf der anderen Seite schien er vor keinem Experiment zurückzuschrecken.

»Nun, bei einem Mann kann ich es ja noch verstehen, aber bei einer Frau bin ich mir nicht so sicher.«

Er ließ wieder sein sexy Lachen hören. Sie liebte dieses Lachen.

»Nun, ich habe in meiner Zeit fast alles ausprobiert ...« Er blinzelte. »Wenn es das ist, was du wissen willst. Ich war auf dem Internat, was schon alles erklärt, und einige Male hat eine Frau mich mit dem Dildo bearbeitet.« Er sah sie ernst an. »Ich weiß also, wovon ich rede.«

Jetzt musste Sandy lachen. Es war mehr ein Reflex als alles andere. Bilder fluteten durch ihren Kopf, die sie kaum einordnen konnte.

»Ich kann nicht glauben, dass wir diese Unterhaltung führen. Ich kenne dich erst ein paar Stunden, und du sitzt in meiner Küche und erzählst mir deine bizarren Geheimnisse.«

»Ich mache aus meinem Sexleben keine Geheimnisse.« Er legte den Kopf schief, als wollte er ihre Reaktionen besser sehen können. »Aber woher willst du wissen, ob sie so bizarr sind?«

»Oh, Mann!«, rief sie. »Ich habe tatsächlich bisher ein behütetes Leben geführt!« Sie nippte an ihrem Kaffee, nicht unbedingt, weil sie durstig war, sondern um sich abzulenken. Was gehörte zu den Dingen, die Jay in einem Schlafzimmer trieb? »Ich habe noch nichts erlebt. Ich komme mir wie eine Novizin vor.«

»Das ist kein Fehler.« Er hob die Schultern, sein Mund wölbte sich, und die Augen blickten herausfordernd. »Das heißt nur, dass du noch viel lernen kannst, du junger Hüpfer.«

Was bot er ihr an? Wissen? Erfahrung? Den Schlüssel zur sexuellen Erleuchtung? Was immer es war, es würde viel mehr beinhalten als ein paar weitere Verabredungen, dann ins Bett und vielleicht ein bisschen oral zur Abwechslung. Teufel, sie hatten schon einige Stationen abgehakt und dabei ein paar Lektionen übersprungen.

»Heißt das, du bietest deine Dienste als ›Master Po‹ an?«

Jay leerte seinen Kaffeebecher und stellte ihn laut zurück auf den Tisch.

»Ja, so ähnlich kann man es ausdrücken.« Er schob seinen Stuhl zurück und stand auf. Die Bewegung seines großen muskulösen Körpers fächerte ihr Luft zu. »Aber heute Abend keine weiteren Spiele, nicht wahr, Prinzessin? Du bist müde. Du brauchst deinen Schlaf.« Er schaute auf die Reste der Sandwiches auf dem Teller, dann griff er nach einem und steckte es in den Mund. »Und manchmal kann ein Sandwich genauso befriedigend sein – wenn man Hunger hat.«

Seltsamer Mann.

»Warum nennst du mich immer Prinzessin?«

Dunkle Jalousien schienen hinter seinen Augen hinabgelassen zu werden, und für einen Moment fürchtete sie, dass er sie wieder ganz kühl behandeln würde. Aber nach einer kurzen Pause lächelte er. »Nur ein Kosewort. Warum? Ist dir ›junger Hüpfer‹ lieber?«

»Nein, Prinzessin genügt mir.« Das Blut schoss Sandy in die Wangen, weil sie an den Garten denken musste, als er das Wort gemurmelt hatte, nachdem er sich zwischen ihren Schenkeln erhoben hatte.

»Also, Prinzessin, wie willst du das fortsetzen?« Er strich mit einer Hand über ihr Gesicht. »Willst du den ganzen Freundschaftszirkus? Mit Verabredungen, Essenseinladungen und all diesen Sachen?« Seine Augen blickten zunächst hart, aber dann lächelte er wieder. »Bringt vielleicht Spaß.«

»Was ist die Alternative?«

»Gleich zum Sex kommen ohne das ganze Brimborium.«

Das schien ehrlich und frei von Heuchelei, die sie in vorauf gegangenen Beziehungen kennen gelernt hatte, aber auch ein bisschen sehr auf das Eine fokussiert. Nichts Romantisches. Gut, sie machte sich nicht viel aus Romantik, abgesehen von ihren Träumen über den Märchenprinzen. Der Unterschied zwischen dem wahren Leben und ihren Phantasien bildete eine so große Kluft, dass kein Fußweg hinüber führte.

»Vielleicht können wir beides haben«, hörte sie sich sagen. Ihr Körper fühlte sich wieder zu ihm hingezogen. Die sentimentalen Gefühle für ihn hatten die Oberhand gewonnen. Verdammt! Jay war nur ein Durchreisender, rief sie sich zur Ordnung. Emotionale Bindungen waren deshalb völlig unsinnig. »Ich habe nicht viel Zeit, denn das Café braucht mich. Aber ab und zu ein Abendessen, das würde mir gefallen. Und ich gehe gern spazieren, das könnten wir vor oder nach dem Bett einbauen, oder?«

»Abgemacht, Prinzessin.«

Seine Fingerspitzen bewegten sich über ihre Wange, ganz langsam, wie ein Hypnotiseur, der sein Versuchskaninchen in Stimmung bringt. Seine Berührung war so sanft, so tröstend. Ihre Lider fielen plötzlich zu, obwohl sie wach bleiben und jede Sekunde mit ihm erleben wollte.

»Du bist wirklich müde.« Seine raue Stimme klang leise und seltsam verlockend. Ob er tatsächlich hypnotische Kräfte hatte? »Es kommen noch andere Nächte. Und Tage. Hast du überhaupt einen freien Tag?«

»The Teapot ist an Mittwochnachmittagen und an Sonntagen geschlossen.«

»Mm. Morgen ist Mittwoch. Ich glaube, du solltest jetzt zur Ruhe finden.« Er blinzelte ihr zu. »Du wirst deine Kraft brauchen. Ich komme morgen früh auf eine Tasse Kaffee vorbei.«

Er bückte sich, und seine Lippen drückten auf ihre, aber nur einen kurzen Moment lang. Dann, als sie noch von der zarten Süße der Berührung zehrte, ließ er sie los und ging zur Tür.

»Ciao«, murmelte er.

Dann war er weg.

Sandy berührte ihr Gesicht, wo er sie gestreichelt hatte, und ihre Lippen, die er geküsst hatte.

Oh, verdammt. Das fühlte sich genau wie der Anfang einer Beziehung an.

Jay trat in die Dusche und hob sein Gesicht dem prasselnden Wasser entgegen. Es trommelte auf seine Haut und schien ihn aus einem Traum zu wecken.

Er konnte sich kaum an die Rückfahrt von Kissley nach Waverley erinnern, außer der Tatsache, dass er zu schnell gefahren war, was sehr selten vorkam, seit er wieder Auto fuhr. Aber es hatte ihm gutgetan. Er hatte sich wieder eins mit seinem Auto gefühlt. Er beschrieb die Kurven in der Dunkelheit und schwang den Aston Martin wild in unbekannte Biegungen, wodurch er wieder Zutrauen gewann, das sich wie der Mantel eines Superhelden um seine Schultern legte. Das erste Mal seit dem Unfall fühlte es sich richtig gut an, das Auto zu fahren.

Er wurde an seinen Steifen erinnert, der sich regte. Er nahm ihn in die Hand.

»Danke, Prinzessin.« Er lächelte ins prasselnde Wasser, dann öffnete er den Mund und ließ es über die Zunge laufen.

Sein Penis versteifte sich noch mehr, als er an sie dachte, und er musste lachen. Wie konnte das sein? Er war zu dieser Wildentenjagd gefahren und hatte diese Frau seiner Träume getroffen, und als er ihre Bekanntschaft machte, war sie gar nicht sein Traummädchen. Und doch hatte die Frau ihm den Glauben an seine Potenz zurückgegeben. Sein Schaft zuckte, als erinnerte er sich daran, wie er in sie gepumpt hatte.

Kein Schwächeln, keine Zweifel. Nichts als Vergnügen, Härte und köstliche Erfüllung.

Dafür dankte er Sandy, ob sie nun seine Prinzessin war oder nicht.

Er schäumte die Seife auf und rieb seine Erektion mit dem Schaum ein. Auf und ab fuhr die Faust am Schaft entlang. Er stellte sich vor, dass es die seidige Enge ihres süßen Körpers war, die ihn umfing.

Mm ... das war so gut. So gut.

Er sah ihre wunderbaren Haare vor sich, und in seiner Phantasie hatte sie ihn mit ihrer Haarpracht umschlungen, um seine Lust noch zu vergrößern. Sie schien vor ihm in der Nässe zu knien, als wollte sie ihn einladen, sich selbst zu befriedigen, damit er sich in ihre langen roten Strähnen ergießen konnte.

Er pumpte und pumpte und genoss seine eigene feste Fleischstange ebenso wie seine Phantasie. Jetzt öffnete sie den Mund und nahm ihn auf. Er stieß zu, und sie akzeptierte alles und öffnete den Mund weiter. Sie griff um ihn herum und streichelte seine Backen, als es ihm kam.

Sein Samen schoss heraus, und er keuchte: »Sandy.« Die Prinzessin war vergessen.

Aber danach, als er sich den Bademantel überwarf, kamen die Gedanken zurück, die von der sexuellen Euphorie unterdrückt worden waren.

Warum hatte er vorgeschlagen, dass es ihm bei ihr nur um Sex ging, dass er ›das ganze Brimborium‹ nicht haben wollte?

Er goss sich einen Whisky ein und dachte über seine eigene Heuchelei nach. Sie hinterließ einen bitteren Geschmack in seinem Mund und er wollte ihn mit einem Schluck Whisky vertreiben.

Vergiss die Lügen, Mann. Vergiss den Konflikt. Vergiss, dass du Jason Bentley Forbes bist, und dass sie deinen Vater verabscheut – und dich wahrscheinlich auch. Genieße es für eine kurze Zeit. *Und sorge dafür, dass sie es auch genießt.*

Allzu schnell würde die Zeit ihn dazu zwingen, den harten Wahrheiten ins Gesicht zu schauen.

Achtes Kapitel

»Ich weiß nicht genau, was es ist. Nicht das übliche Verabreden und so, und es hat auch nichts mit einer tieferen Beziehung zu tun.«

Sandy konzentrierte sich auf den Würfelzucker, den sie in den Halter am Ende der Theke steckte, wo auch das Besteck und die Gewürze vorgehalten wurden. Ein paar Päckchen Zucker hatte sie schon aus der Dose gerissen und auf den Boden fallen gelassen. Sie hatte fegen müssen. Kat hatte frische Teilchen gebracht und bot sie dem Auge des Betrachters dar.

»Ich glaube, es ist eher der Beginn einer wilden Vögelei, will ich mal sagen.« Sandy trat hinter die Theke zurück. »Ein bisschen so wie bei Greg und dir. Hauptsächlich Sex.«

»He, Greg und ich haben manchmal auch was von einer tiefen Beziehung«, wandte die jüngere Frau ein, zwinkerte Sandy zu und stellte einen frischen Kuchen in die Auslage. »Es ist nur so, dass uns das Vögeln so viel Spaß macht.« Sie hob und senkte ihre gezupften Augenbrauen. »Und wir experimentieren, wenn du weißt, was ich meine.«

»Ja, ich weiß, und entschuldige, was ich über die tiefe Beziehung gesagt habe. Ich weiß, dass du und Greg verrückt nach einander seid.« Sie schaute zu Kat in ihrer knappen Weste und versuchte, das Bild von Kat auf dem Küchentisch loszuwerden, aber das war hoffnungslos. Sie sah es immer wieder. Bis ihr Kopf ein anderes Bild entwarf, in dem sie sich zusammen mit Jay sah. Würden sie bald genau das tun, was Greg mit Kat getrieben hatte? Und auch noch andere Dinge?

Die beiden arbeiteten eine Zeitlang schweigend nebeneinander und bereiteten das Café für die Öffnung vor. Mittwochs war nie besonders viel zu tun, weil auch kein Markttag war, aber die Stammgäste ließen sich trotzdem sehen.

Die Leute zum Beispiel, die in den Büros in der Nachbarschaft arbeiteten, Rechtsanwaltsgehilfen, Reisebüroangestellte und Banker, die auf ihre Cappuccini warteten. Junge Mütter, die froh waren, dass sie mal kurz aus dem Haus kamen. Ältere Gäste, die sich gern in die Sonne setzten, wenn das Wetter mitspielte, die aber bei Eis und Schnee die Treppenstufen nicht schafften. Aber sie alle waren bestimmt bereit, zum neuen Coffee Shop zu wechseln, wenn es da mehr zu erleben gab.

Sie seufzte. Aber ihre Gedanken beschäftigten sich nicht mit dem Little Teapot, sondern mit Jay. Und mit ihrer Verrücktheit, mit Jay was erleben zu wollen.

Ja, Ehrlichkeit ist gut. Nicht so tun, als wäre alles rosarot, wenn es in Wirklichkeit um Sex ging.

Offen bleiben, sich nicht betrügen. Ein Verhältnis ohne Verpflichtung, solange er in der Gegend war.

Das ist viel besser für alle Beteiligten, dachte sie, und plötzlich hielt sie es für richtig, grollend zum Blumengeschäft zu blicken, mit dem sie sich das Gebäude teilte. Die pinkfarbenen Rosensträuße in durchsichtigen Eimern waren hübsch, aber wahrscheinlich auch bedeutungslos. Solche Sträuße brachten schuldige Ehemänner oder Freunde nach Hause, um die Partnerin glauben zu lassen, dass ihnen was an ihnen lag, was aber oft nicht der Fall war.

Keine Blumen. Nur Sex mit Jay. So war es viel besser.

Der Morgen zog sich zäh dahin. Seine Schuld, dachte sie,

als sie zum hundertsten Mal aufschaute, wenn ein Gast die oberste Treppenstufe erreicht hatte. Wenn sie nicht auf ihn gewartet hätte, würde sie sich auf den freien Mittwochnachmittag freuen. Aber stattdessen wuchs ihre Spannung, und ihr Adrenalinspiegel machte wilde Sprünge.

»Er kommt«, sagte Kat fröhlich voraus, als Sandy zurück ins Lokal kam, nachdem sie draußen die Tische gewischt hatte – wie zuletzt vor fünf Minuten.

»Und wenn nicht, ist es auch kein großer Verlust. Dann schreib ich ihn als Erfahrungswert ab.« Ein dicker Knoten in ihrer Magengrube sagte zwar etwas anderes, aber sie blinzelte Kat zu. »Immer wieder haben Leute One-Night-Stands. Dann darf ich doch auch einmal im Leben einen haben, oder?«

»Das war keine einmalige Sache. Er mag dich, das hat man ihm angesehen.« Kat hörte sich zuversichtlich an, aber Sandys Zweifel wuchsen.

»Wenn du meinst.«

»Ja, ich meine es.« Kat trat ans Fenster, von dem aus man den Marktplatz direkt vor dem Rathaus sehen konnte. Dann grinste sie breit wie eine Cheshire Katze. »Also wirklich, wenn man vom Teufel spricht ...«

Sandy widerstand dem Drang, quer durchs Café ans Fenster zu laufen, die Freundin mit dem Ellenbogen beiseite zu schieben und ihren ersten Blick des Tages auf Jay zu werfen. Einen kurzen Moment lang konnte sie sich sein Gesicht nicht mehr vorstellen. Ihr Herz raste vor Panik. Es war lächerlich, aber statt Jay sah sie ihren Märchenprinzen, lieb und lächelnd, als er sie beruhigte, die Lippen weich und süß. Jays Lippen waren gestern Abend auch süß gewesen, aber von Weichheit konnte keine Rede sein.

Widerstehe ihm. Er könnte aufschauen und dich am Fenster sehen.

Im nächsten Augenblick stand sie neben Kat am breiten Fenster.

Oh, Himmel! War ich wirklich im Bett mit ihm?

Jay schlenderte über den Marktplatz, eine Kamera um den Hals, und fotografierte. Er schien sich in Kissley auszukennen, auch wenn er ein Fremder war. Ein hoch aufgeschossener, leicht bedrohlich aussehender, schöner und lässig gekleideter Fremder in Jeans und einer dunklen Sommerjacke, darunter ein schwarzes T-Shirt.

Andere Frauen schauten ihm auch zu, als er das Rathaus fotografierte, dann das Kriegerdenkmal und schließlich – eigenartig – den leer stehenden Supermarkt, der zum Streitobjekt geworden war.

Ein oder zwei der Kinderwagenmütter vergaßen ihren störrischen Nachwuchs für eine Weile und beobachteten Jay, sie stießen sich an und zeigten mit dem Finger auf ihn. Aus dieser Entfernung konnten sie vermutlich die Narben auf seinem Gesicht nicht sehen, aber Sandy bezweifelte, dass die Frauen sich davon hätten beeinflussen lassen. Die Merkmale seines Unfalls und die anschließende erstklassige Arbeit von plastischen Chirurgen trugen zu seinem geheimnisvollen Äußeren bei.

Ihr könnt so viel gucken, wie ihr wollt, hätte sie den Frauen gern gesagt. *Ich habe ihn vergangene Nacht gehabt. Er ist in mir gekommen, und ich habe noch nie so guten Sex gehabt.*

In ihr schrie etwas. *Er gehört mir!* Und gleich darauf sagte sie sich, sie sollte nicht so albern sein. Jay gehörte niemandem, nur sich selbst.

Doch es blieb dabei; er war ein großartiger Mann, und sie konnte sich nicht zurückhalten, auf den Schoß seiner Jeans zu schauen und an den großen warmen Penis zu denken, der drinnen schlummerte, bereit für jede Menge Aktionen, sobald er eine Chance witterte. Ihr erging es nicht anders, stellte sie fest, denn allein sein Anblick ließ sie feucht und bereit werden.

Er wölbte die Lippen und runzelte die Stirn, als er das Gebäude des Supermarkts betrachtete. Sandy fragte sich, was ihn verärgerte. Er sah irritiert aus. Bedrückt. Ob sie der Grund für seine Unzufriedenheit war? Sie bezweifelte das. Es gab nur eins, was er von ihr wollte.

Sex.

Hitze und Nässe in ihrer Pussy schienen zu wallen, und sie begann unter Atemnot zu leiden und fragte sich, wie lange es dauern würde, bis sie wieder gemeinsam im Bett lagen. Es musste nicht unbedingt das Bett sein.

Geräusche auf der Treppe durchbrachen ihre Überlegungen, und sie und Kat drehten sich um und sahen eine Gruppe von Arbeitern, die in der Nähe einen Parkplatz neu asphaltierte und jetzt das Café stürmen wollte. Widerwillig zog sich Sandy vom Fenster zurück. Sie suchte das Terrain nach Jay ab, doch sie sah ihn nicht mehr.

Die folgende Viertelstunde brachte eine Menge Spaß. Die Jungs vom Parkplatz flirteten die ganze Zeit, und Kat befand sich in ihrem Element. Sandy musste über ein paar frivole Bemerkungen lachen. Sie waren auch gute Gäste und legten sich einen Vorrat an Getränken, Kuchen und Sandwiches an, damit sie für den Tag versorgt waren.

Sandy wurde jetzt auch von einigen der Männer angemacht und gefragt, wann ihr Dienst beendet wäre. Ihr lief es heiß und kalt über den Rücken. Es war wie ein flacher Stein, der übers Wasser geworfen wird und viele Kreise zieht.

Sie brauchte sich nicht umzudrehen. Sie wusste es genau.

»Kundschaft für dich, Sandy.« Kat wies fröhlich grinsend auf eine Stelle hinter Sandys Schulter.

Sandy drehte sich um und wischte einige Male ihre verschwitzten Hände an den Jeans ab. Der Anblick war trotzdem ein Schock. Natürlich hatte sie Jay erwartet. Sechste, siebte und achte Sinne wussten, dass er es war. Aber womit sie nicht gerechnet hatte, war der Rosenstrauß.

Für einen großen, harten Mann hielt er sie locker und fast natürlich in den Händen. Die meisten Männer waren nervös und verlegen, wenn sie dem weiblichen Objekt ihres Interesses Blumen überreichten, aber Jay schien sich pudelwohl zu fühlen, als er auf sie zuschritt.

»Ich hoffe, du magst Rosen.«

Alle Augen im Café waren auf Jay und sie gerichtet, und aus der Ecke mit den Arbeitern kamen Pfiffe und Kommentare.

»Eh, Blumen! Was verspricht er sich wohl davon, meine Liebe?«

»Jetzt aber ran, mein Junge! Lass dich nicht abspeisen!«

Jay grinste gutmütig und hielt Sandy den Rosenstrauß hin.

»Danke, sie sind wunderschön.«

Sie waren auch wunderschön. Die Rosen stammten aus dem Geschäft nebenan. Die Blüten leuchteten in einem samtenen, verführerischen Pink und dufteten herrlich.

»Sie haben mich an dich erinnert«, sagte Jay, als sie den Strauß entgegennahm. »Feucht und pink und duftend.« Er sah ihr in die Augen und leckte sich die Lippen, langsam und lüstern.

Also keine Romantik, nur eine sexuelle Geste. Sie erinnerte sich an seinen Mund zwischen ihren Beinen. Dabei brauchte sie gar keine Erinnerung. Die Dinge, die er mit ihr getrieben hatte, waren in ihr Gedächtnis eingebrannt, seit er am frühen Morgen gegangen war. Auch wenn sie gewollt hätte, wäre sie von diesen Gedanken nicht losgekommen.

»Ich stelle sie in Wasser«, sagte sie spröde. »Was kann ich für dich tun?«

Sein Mund, der schon so unvorstellbare Lust bei ihr ausgelöst hatte, verzog sich zu einem Grinsen.

»Das meine ich nicht«, stellte sie klar.

»Dann einen schwarzen Kaffee, bitte, und einen süßen, klebrigen Kuchen. Was gerade da ist. Ich überlasse dir die Auswahl. Ich setze mich an diesen Tisch.« Er wies zum Fenster, hinter dem sie eben mit Kat gestanden und ihn beobachtet hatte.

Das Gesicht so pink wie die Rosen, enteilte Sandy, aber sie rief noch über die Schulter: »Kate bringt dir den Kaffee und eine Marmeladentarte.«

Männliches Lachen von den Arbeitern und von Jay begleitete sie, als sie im schmalen Korridor verschwand, der zur Gästetoilette führte. Unter dem Waschbecken stand eine Vase, die sich für den Strauß eignete.

Der Duft erfüllte sofort den kleinen Raum, und Sandy öffnete das obere kleine Fenster, weil sie fürchtete, ihr könnte schwindlig werden.

»Rosen! Warum musstest du mir Rosen mitbringen?«, murmelte sie, während sie die Stiele arrangierte und Wasser in die Vase füllte. Das kleine WC war ihr noch nie als sexy vorgekommen, aber jetzt fand sie es so. Dank Jay Bentley fand sie heute alles als sexy.

Die Rosen ließen sie daran denken, im Bett zu liegen, umgeben von den duftenden Blütenblättern. In einem Film hatte sie mal eine solche Szene gesehen. Sie würde nackt sein, und er würde sich von den Zehen nach oben arbeiten, bis zu den Stellen, die er gestern Nacht besucht hatte.

Das Wasser ließ sie daran denken, gemeinsam mit ihm unter der Dusche zu stehen. Er stieß sie hart gegen eine Fliesenwand, und Tränen der Erleichterung und der Lust rannen ihr übers Gesicht.

Während sie sich in dem engen Raum bewegte, flogen ihr bizarre Gedanken zu. Sie schaute in den Spiegel und kam sich wie eine Kurtisane vor, die sich für ihren Geliebten vorbereitete, ein geheimnisvoller Mann aus dem Nirgendwo, der ihr Rosen und unbegrenzte Lüste schenkte, ohne etwas zu erklären, ohne zu sagen, woher er kam.

»Was willst du in Kissley, du blöder Hund?«, wollte sie von dem abwesenden Jay wissen, während sie das Wasser aufwischte und das Papiertuch in den Abfalleimer warf. »Ich weiß, dass du heute meinetwegen hier bist – das hoffe ich wenigstens, aber ich weiß immer noch nicht, was dich hergebracht hat.«

»Autsch«, stieß sie dann hervor, weil sie sich den Finger an einem Dorn geritzt hatte. Sie saugte an der kleinen Wunde und arrangierte die Rosen mit einer Hand.

Ihr war bewusst, dass sie sich versteckte, um Zeit zu gewinnen, aber als sie sich beeilen wollte, ritzte sie sich wieder einen Finger an den Dornen.

»Oh, verdammt!«

In diesem Moment schwang die Tür auf, und Jay stand da und füllte fast den ganzen Raum aus.

»Kann ich helfen? Du scheinst Probleme zu haben.« Mit einer flinken Bewegung stand er im kleinen Toilettenraum, bevor sie antworten konnte. Er hatte lautlos die Tür geschlossen.

»Nein, schon gut, danke. Aber ich erhalte nicht oft Blumen, deshalb dauert es eine Zeit, bis ich sie in der Vase schön arrangiert habe.«

»Von hier aus sieht alles wunderbar aus.«

Im Spiegel sah sie seine Augen, dunkel wie Feuerstein.

Seine Blicke tasteten sie ab, vom Hals bis zu den Brüsten und von dort zum Delta ihres Geschlechts, das sich in den engen Jeans sanft abbildete.

Sandy begann zu lachen. Er war keiner, der um den heißen Brei herumging.

Jay lachte auch, von den eigenen Klischees amüsiert. Er griff um sie herum, nahm die Rose, die sie in der Hand hielt, und steckte sie in die Vase. Er verteilte auch noch einige andere Stiele, bis die Rosen perfekt in der Vase standen – genauso, wie Sandy es sich vorgestellt hatte.

»Es gibt wohl keine Grenze deiner Begabungen, was?«, fragte Sandy. Ihre Stimme zitterte; sie konnte sie nicht kontrollieren. Ihre Hände zitterten, und sie wusste, dass sie es nie geschafft hätte, die Rosen so gekonnt zu arrangieren. Sie hielt sich am Waschbecken fest, weil sie fürchtete, sonst hinzufallen. Ihre Knie wackelten wie Pudding.

»Oh, du kennst nicht einmal die Hälfte von ihnen, Prinzessin«, sagte er.

Kräftige Arme legten sich um sie, und seine Hände drückten ihre Brüste. Im Spiegel sah sie, wie sein herrlicher, harter Mund sich wölbte. Er stieß seinen Schritt gegen ihre Backen, und sie spürte seine Härte.

Ohne darüber nachzudenken, erwiderte Sandy den Druck und massierte seine Erektion. Er knetete ihre Brüste mit festen, empfindsamen Griffen.

»Ich habe die ganze Nacht an dich gedacht und habe mir vorgestellt, dass wir es immer wieder getrieben haben«, hauchte er in ihr Ohr. Ihre Klitoris zuckte, als hätte er sie angefasst. »Ich muss ein halbes Dutzend Mal gekommen sein, während ich im Bett lag und träumte, ich wäre in deiner Muschi oder in deinem Mund. Die Zimmermädchen im Waverley werden mich für einen Sexverrückten halten.«

»Bist du das nicht?«

Jay knurrte in ihr Ohr. Eine Hand schlüpfte von ihrer Brust zum Delta und schob sich zwischen Schoß und Waschbecken. Sie grunzte vor Lust, als er genau die richtige Stelle erwischte. Er drückte den Jeanssaum gegen ihre Klitoris.

»Ja, ich bin es, seit ich dich gesehen habe.« Er verstärkte den Druck seiner Finger noch, und seine Hüften nahmen ihren Rhythmus auf.

Zwischen ihren Beinen konzentrierte sich ihr Körper. Alle Sinne waren angespannt. Wie schaffte er das nur? Ausgerechnet hier in dieser Enge mit den Blumendüften.

Oh, Teufel, die Tür war nicht einmal abgeschlossen!

»Bitte, schließ zuerst die Tür.«

Sein raues Lachen schien den ganzen Raum auszufüllen.

»Zuerst? Und was folgt dann?« Er drückte härter, hob sie an und rieb den Baumwollstoff. »Was willst du, Prinzessin? Sage es mir. Sage es mir mit deinen Worten.«

Warum wollte er unbedingt, dass sie ihm ihr Verlangen gestand?

Sandy schüttelte den Kopf. Nicht, weil sie ablehnen wollte, was er von ihr erwartete, sondern um ihre Gedanken zu klären. Der Duft der Rosen wirkte wie ein Halluzinogen, und die Sensationen zwischen ihren Schenkeln ließen ihren Verstand schwinden. Sie wollte kommen, und wenn er die Tür nicht verschloss und für Privatsphäre sorgte, würde sie trotzdem kommen, selbst unter der Gefahr, erwischt zu werden.

Sie legte beide Hände auf die marmorne Ablage und ließ die Hüften gegen ihn kreisen. Er behielt den Kontakt und hörte nicht auf, ihre Klitoris durch die Jeans zu reizen.

»Sag's mir«, grunzte er. Er drückte den Mund gegen ihren Hals, und im nächsten Moment attackierte er ihre empfindliche Haut mit Beißen und Saugen. Er nahm sich die Stelle zwischen Hals und Schulter vor. Das leichte Kitzeln seines Barts versetzte sie in Trance.

»Ich will kommen. Ich will dich in mir spüren. Ich will, dass du es mir besorgst.«

»Ich dachte schon, du würdest es nie über die Lippen bringen.« Sein Atem schien auf ihrer Haut zu kochen. Er drückte wieder fester zu und quetschte seine Hand zwischen ihrer Hüfte und dem harten Waschbecken. Er gab nicht zu erkennen, dass es ihn schmerzte; er drückte immer fester gegen sie.

»Ich bitte dich nicht, ich verlange es«, zischte sie durch zusammengebissene Zähne. Der Flur draußen war sehr kurz, also befanden sie sich nicht weit vom Café entfernt.

»Ah, ja, ich liebe eine Frau, die weiß, was sie will und sie sich nicht scheut, es auszusprechen.«

Sie zitterte sich dem Rand des Orgasmus entgegen, dann raunte sie: »Verdammt, ich bestehe darauf, dass du die Tür abschließt, bevor du sonst etwas machst.«

»Dein Wunsch ist mir Befehl.« Ohne seinen Griff zu lockern, langte er zur Tür und drehte den Schlüssel. Dann, bevor sie realisierte, was er unternahm, packte er sie mit beiden Händen an, öffnete ihre Jeans und zog sie mit dem Höschen bis auf ihre Knie.

»So, das ist schon viel besser.«

Er lehnte sich gegen die Tür, zog Sandy an sich und griff wieder zwischen ihre Beine, hart und kompromisslos wie zuvor. Aber diesmal fanden seine Finger ihre Falten und die nun offen liegende Klitoris.

Sandy verschluckte ein Stöhnen, als er sie geschickt zu manipulieren begann.

Es erinnerte sie an die Szene im Flur, als er und sie ihre Freundin und Greg beobachtet hatten, doch nun konnte sie sein festes Streicheln und gleichzeitig ihre Reaktion erleben.

Ihr Gesicht glänzte rot, und ihre Haare lösten sich aus dem lose geflochtenen Zopf. Unter dem weißen T-Shirt und dem dünnen BH leuchteten ihre Nippel dunkel und steif, fest wie kleine Beeren. Wie die Brombeeren in Kats köstlichem Streuselkuchen.

Die Vorstellung ließ sie laut auflachen.

»Was ist denn so lustig, schönes Mädchen?«, raunte er in ihr Ohr. Sein Gesicht war nicht gerötet, aber es sah konzentriert aus und strahlte mit einem rohen Verlangen, das sie noch bei keinem anderen Mann gesehen hatte, selbst nicht in einer solchen Situation. Aber wann hatte sie sich je in einer solchen Situation befunden? Egal, sie hatte noch keinen Mann gekannt, der sie so schnell besitzen wollte.

»Verrückte Gedanken im Kopf. Ignoriere mich einfach. Mach weiter.«

Er lachte wieder, ein tiefes Rumpeln, das durch ihre beiden Körper floss und im Zentrum ihres Geschlechts vibrierte. Er drückte sie fester gegen das Waschbecken, streichelte ihre Klitoris und rieb in kleinen Kreisen über ihren nackten Po.

Was willst du denn jetzt? Willst du mir den Po versohlen, weil ich so ein geiles Mädchen bin?

Sie konnte ihn nicht fragen, weil ihre Kehle eng vor Lust geworden war, aber er schien sie trotzdem zu hören. Als sie aufschaute und ihn wieder im Spiegel sah, blinzelte er ihr zu. »Vielleicht ein anderes Mal. Ich glaube, jetzt will ich dich lieber vögeln, wenn du nichts dagegen hast.«

»Ich … ich habe nichts dagegen.« Sandy stieß ein unterdrücktes Quietschen aus, als ein leichter, fast zufälliger Orgasmus ihre Pussy in Zuckungen versetzte. Es war kein richtiger Höhepunkt, aber trotzdem ein lustvoller Moment.

»Gutes Mädchen. Warum ziehst du nicht dein T-Shirt hoch, damit ich deine süßen kleinen Brüste sehen kann?«

»So klein sind sie nicht!«

»Natürlich nicht. Sie haben die perfekte Größe.« Als wollte er seine Aussage erhärten, schob er seine Hände unter das T-Shirt und umfing beide Brüste. Er strich mit den Daumen durch den dünnen Stoff des BHs über die Nippel. Eigentlich hatte sie einen Spitzen-BH anziehen wollen, aber sie fürchtete, dass er dann nicht gekommen wäre, deshalb hatte sie sich für den zweitbesten BH entschieden.

Beinahe hätte sie wieder lachen müssen. Weitere verrückte Gedanken, während sie sich von einem Fast-Fremden die Brüste streicheln und quetschen ließ.

Sie richtete sich auf, schob ihr T-Shirt nach oben, dann den BH. Sie stupste seine Hände weg, damit sie ihre Brüste befreien konnte. Wegen ihrer Geilheit war sie so verlegen, dass sie sich kaum anschauen mochte. Jays warme Hand legte sich unter ihr Kinn, sodass sie gezwungen war, in den Spiegel zu schauen.

Unter dem Stoffstreifen aus T-Shirt und BH sahen ihre Brüste rosafarben aus. Man sah ihnen die hungrige Erregung an. Sandy hatte ihre Nippel noch nie so hart erlebt. Sie waren verrunzelt und derart erigiert, dass es fast an Schmerz grenzte. Aber es war ein guter Schmerz, und sie keuchte auf, als Jay mit den Daumen über die Brustwarzen strich.

»Sehr schön … sehr schön.« Sein Mund drückte sich wieder gegen ihre Halsseite, und eine Hand zerzauste ihre Haare. Er schob ihre Brüste zusammen, und im Spiegel bewunderte er die tiefe Schlucht dazwischen. »Irgendwann muss ich dich mal zwischen deinen festen Brüsten nehmen. Es wird dir bestimmt gefallen.«

Sandy sah die Szene vor sich. Ihre Knie wurden schwach, und sie wäre fast gefallen, aber Jays Körper drückte gegen ihre Rückseite. Ihre Arme und Hände fühlten sich wie Watte an, sie hatte sie zwar auf den Marmor gestützt, aber sie wären nicht in der Lage gewesen, sie aufrecht zu halten.

»Aber nicht jetzt. Nicht jetzt. Ich will ganz schnell in dich hinein und dich noch einmal zum Orgasmus bringen, aber diesmal mit meinem Schwanz.«

Nach einem letzten liebevollen Drücken verließ er ihre Brüste und legte ihren Oberkörper über das Waschbecken. Das Porzellan fühlte sich kühl an ihrem brennenden Gesicht an, und das beruhigte sie. Sie legte die Wange dagegen und wartete auf Jay. Er hatte seine Hose geöffnet und holte den Penis heraus, den er mit einem Kondom aus seiner Gesäßtasche ummantelte.

»He, nicht schlafen während der Arbeit.«

Der leichte Klaps auf ihren Po war kaum mehr als eine liebevolle Berührung, aber Sandy richtete sich abrupt auf, als hätte er sie mit einem Laserstrahl erhitzt. Ihre Pussy zuckte. Sie blickte im Spiegel in ihr Gesicht und sah ihre vor Schock weit geöffneten Augen, dunkel vor Erregung.

»Hat dir der Klaps Spaß gemacht?«

Jays Augen waren ebenso dunkel wie ihre, ebenso intensiv vor Lust. Und nun strich er erneut mit der Zunge über seine Unterlippe.

»Ich ... ich weiß nicht.« Das entsprach der Wahrheit, obwohl ihr Körper zu wissen schien, um was es ging. Sie drückte ihre Backen gegen seine Erektion und beschrieb kleine Kreise. Er hielt ihre Handgelenke fest und schwang mit den Hüften vor und zurück, ehe auch er den Schoß mahlen ließ und ihren Rhythmus aufnahm. Sie sah im Spiegel, wie er den Kopf schief legte, als wollte er ihre Empfindungen wahrnehmen und die Ströme ihrer Lust, die sie nicht artikulieren konnte.

»Ich glaube, es würde dir Spaß machen. Aber du weißt

nicht genau, ob du es heute ausprobieren willst«, sagte er. Er lehnte sich über sie, die Stimme tief und leise. »Ich glaube, heute willst du nur das, was ich auch will. Vögeln.«

Ihr Gesicht wurde wieder flammendrot. Warum hatte er die Angewohnheit, sie zu einer Sexverrückten zu machen? Bei keinem anderen Mann war das bisher so gewesen. Ja, sie liebte Sex, und prüde war sie auch nicht, aber sie hatte es nicht so eilig damit wie Jay Bentley.

»Okay, ich will es! Aber du bist es, der mich so geil macht. Verdammt, ich habe noch nie einen Mann gekannt, der mich so leicht zum Sex verführen kann. Du brauchst mich nur anzusehen, und schon bin ich bereit.«

Sie brach ab, als sein in Latex verpackter Penis in die Kerbe ihres Pos stieß, und wieder musste sie an Kat und Greg denken, die diese Erfahrung gestern Abend ausgelebt hatten.

Zum Glück gab es keine Butter auf der Gästetoilette!

»Bist du immer so heiß?«, fragte sie und hielt den Atem an, als ein Rinnsal ihres glitschigen Honigs über die Innenseiten ihrer Schenkel rann. »Das muss ich dir auch noch sagen. Kein anderer Mann hat es geschafft, dass ich spontan so nass werde. Hast du immer einen Steifen in der Hose?«

Es war, als wäre Jay zu Stein geworden. Sein ganzer Körper war reglos, angespannt, und er sah verkrampft aus.

»War das falsch? Habe ich was Falsches gesagt?«

Sandy wollte sich umdrehen, damit sie sein Gesicht sehen konnte, in dem sie einen plötzlichen Schmerz erkannte.

»Nichts. Du hast weder was Falsches gesagt noch getan.«

Aber sein Gesicht blieb verschlossen, verborgen in ihrer Halsbeuge, seine Wange auf ihre nackte Haut gedrückt. Sie glaubte fast, die leichten Erhebungen seiner Narben zu fühlen, obwohl das kaum möglich war, weil sie so geschickt zusammengenäht worden waren.

»Nein, Sandy, in Wirklichkeit hast du alles richtig gemacht. Alles.« Er schaute wieder hoch. Seine Augen leuchteten, als erlebte er eine besondere Emotion, mehr als Lust, die Feuchtigkeit in seine Augen brachte. »Und ich kann dir nicht genug danken, denn ich weiß nicht, ob ich das verdient habe, was ich jetzt bekomme.«

Der Schein in seinen Augen schwand, und sein Gesicht verzog sich zu einem trockenen Grinsen.

»Und bist du so sicher, dass du es erhalten wirst?« Frech schob sie den Po weiter zurück und massierte diesen fabelhaften Eindringling, der sich von hinten in die weichen Falten ihrer Pussy vorschob.

»Oh, ich glaube doch.« Himmel, dieses Lächeln. »Sonst hätte ich dich nicht so leicht überreden können, deine Hose nach unten zu ziehen und mir deine Pussy zu zeigen. Oder du hättest dein Top und den BH nicht nach oben geschoben, damit ich deine köstlichen Brüste kosen kann.« Er legte eine Hand unter ihre Brust und massierte sie mit wachsender Begeisterung, während er gleichzeitig die andere Hand auf ihr Dreieck presste. »Meiner Meinung nach sind das unmissverständliche Anzeichen für deine Bereitschaft.«

»Brutaler Kerl.«

»Sexkätzchen.«

»Schwein.«

»Geiles kleines Frettchen.«

Sandy kicherte und schmiegte sich an ihn. »Frettchen? Seit wann nennen Männer ihre Frauen ›Frettchen‹? Ich dachte, so was liest man nur in alten Büchern.«

»Aber es passt. Du bist ein Frettchen.«

Grinsend änderte er seine Annäherung und langte von hinten in sie hinein. Sandy wollte gefügig sein und stellte die Schenkel weiter auseinander, wobei Jeans und Höschen ihr

Grenzen aufwiesen. Aber er hatte jetzt mehr Platz für seine Finger.

»Gutes Mädchen«, lobte er. »Nur noch ein bisschen mehr.« Sie knickte in den Knien ein, Jay folgte dem neuen Einfallwinkel und hielt sie an Hüfte und Brust fest. Dann raubte er ihr den Atem, als er hart in sie hineinglitt.

Oh, Mann!

Sie war nie auf Größe versessen gewesen. Überhaupt hatte sie noch nicht viele Männer gehabt. Aber Jay war groß und heiß und fabelhaft. Er verharrte am tiefsten Punkt und hielt sie gefangen mit der Kraft seines Körpers.

»Geht es dir gut, Prinzessin?«

Seine raue Stimme klang sanft und nervös.

»Ja, ja, ich fühle mich bestens.« Es fiel ihr schwer, die richtigen Worte zu finden; sie war auf ihren Körper konzentriert und darauf, wie er sich in ihr anfühlte.

»Gut.« Er stieß die Hüften vor, ließ sie kreisen und fühlte, wie er sie dehnte. Auch sie kreiste mit dem Po und spürte, dass sie schon fest am Ziel war. Sie stützte sich auf einen Ellenbogen und griff an seinen Schenkel, der noch in den Jeans steckte. Sie wollte ihn näher bei sich haben, wollte ihn nackt spüren, wollte seine ganze Haut abtasten.

»Fass dich selbst an, Prinzessin, nicht mich. Ich will, dass es dir kommt. Spiel mit dir, oder mach irgendwas, was dir gefällt und was dir hilft.«

Er keuchte, war schon ziemlich weit, nicht weniger erregt als sie. Während sie dem eigenen Orgasmus entgegenwankte, versuchte sie, ihm zu gefallen. Sie griff nach unten, fand ihre Klitoris und quietschte vor Vergnügen, weil sie so bereit war. Es brauchte nur noch zwei Stöße, um den Höhepunkt auszulösen. Ihre Pussy wrang seinen Penis aus, denn kippte sie nach vorn, den Kopf tief über dem Waschbecken.

Jay stieß ein tiefes, gebrochenes Geräusch aus, er langte um sie herum und hob ihren Kopf, während seine Hüften heftig arbeiteten, ein und aus, ein und aus.

Noch wenige Momente, dann erstarrte er, bevor er ruckte und mit neuer Wucht in sie eindrang. Seine kräftige Hand blieb auf ihrer Stirn, damit sie mit dem Kopf nicht auf das Porzellanbecken krachte.

»Oh, Sandy, Sandy, Sandy ... du bist wirklich eine ganz erstaunliche Frau. Ich danke dir.«

Einen Augenblick später ergoss er sich mit einem langen Seufzer in ihr.

Nach all der Aktion und nach dem Grunzen und Keuchen legte sich die Stille wie eine Decke über die beiden. Sandy konnte fast hören, wie der Schweiß auf ihrer Haut trocknete. Als sie wieder genug Kraft hatte, presste sie den Kopf gegen seine Hand, wie eine Katze, die gestreichelt werden will. Sie schnurrte auch wie eine Katze, als seine Finger über ihre Brauen strichen.

»Oh, Himmel.« Seine Stimme klang abgehackt und rauer als sonst. »Das war phantastisch. Himmel, ja, phantastisch.«

Behutsam hob er ihren Oberkörper an und drehte sie um. Seine Augen blickten immer noch wild und stürmisch, aber diesmal erkannte sie auch seine Zärtlichkeit in diesem Blick. Er schaute auf ihren Mund, dann drückte er seine Lippen auf ihren Mund und strich über ihre Haarsträhnen. Ihr Zopf war so zerzaust, dass er als solcher kaum noch zu erkennen war.

Er stieß einen Seufzer aus, der aus der Tiefe kam, aber nicht traurig klang. Sandy wusste nicht, was sie sagen sollte. Sie war mit ihren eigenen Gedanken beschäftigt, verschwommen aber beunruhigend. Sie hatte das Gefühl, dass alle Sicherheit in ihrem Leben verschwunden war, verschollen im Treibsand.

Alle ihre Erwartungen und alles, woran sie glaubte, glitten ihr durch die Finger.

Der Türgriff wurde geräuschvoll nach unten gedrückt, und das Paar zuckte zusammen wie in einem Albtraum.

»Oh, verdammt!«

Sally zog ihr Höschen hoch, dann die Jeans – wenigstens versuchte sie es. Wie konnte sich so ein unkompliziertes Wäschestück derart verheddern? Jay hatte seine Jeans noch geöffnet, und der schlaff gewordene Penis hing noch in seinem Latexmantel heraus, aber er schob ihre Hände weg und zog ihr Höschen hoch, was schon im ersten Versuch gelang. Er tätschelte ihre nun wieder bedeckte Muschi und blinzelte Sandy zu. Dann nahm er sich ihre Jeans vor, bevor er sich um seinen Zustand kümmerte und das Kondom im Abfalleimer entsorgte.

Sandy schnüffelte. »Teufel, hier stinkt es wie in einem Sexkino.«

Jay gluckste. »Ich wollte sagen, wie in einem türkischen Bordell, aber ich fürchte, du hast Recht.« Er öffnete das kleine Oberlicht, wodurch die Vorhänge zu flattern begannen. »So, jetzt wird es bald besser.« Er atmete die frische Luft ein. »Obwohl ich deinen Duft sehr mag«, fügte er hinzu, dann wandte er sich an sie, und wieder hatte er einen hungrigen Blick, obwohl er glaubte, für eine Zeitlang gesättigt zu sein. »Und deinen Geschmack.«

»Tu das nicht.«

Seine Zunge ... wie er sich die Lippen leckte. Sie wurde wieder gierig, wenn sie das sah, und am liebsten hätte sie seine Zunge wieder in sich gespürt wie gestern Abend.

»Hör mal, dein Kaffee wird kalt sein, und die Leute werden sich wundern, warum wir uns so lange verdrückt haben. Geh jetzt hier raus, bitte.«

»Ja, Ma'am.« Er lachte, eine Hand auf der Türklinke. »Ich höre besser auf dich, was? Ich will nämlich nicht, dass jemand sich an meinem Kuchen vergreift.«

Bevor Sandy reagieren konnte, zwinkerte er ihr zu und verließ die Gästetoilette.

Oh, lieber Gott, was habe ich gerade getan?

Eine Sensation aus Schock und totaler Erheiterung schoss durch sie hindurch. Sie hat es auf der Gästetoilette des Little Teapot mit einem wunderbaren Mann getrieben. Hatte sie darüber je phantasiert? Es war verrückt. Sie hatte Tagträume über sexy Begegnungen an allen möglichen Orten, aber nie bei sich zu Hause. Meistens träumte sie von luxuriösen Lokalitäten. Hotels wie das Waverley oder kostspielige Urlaubsorte. Aber niemals in der Enge des WCs, und niemals über dem Waschbecken.

Im Spiegel sah ihr Gesicht immer noch gerötet aus, und in ihren Augen blieb der Glanz erhalten. Irgendwie sah sie nicht mehr wie sie selbst aus. Vielleicht war sie die ›Prinzessin‹? Vielleicht war sie zur Prinzessin der Hitze geworden, ins Leben gerufen durch einen Kuss zwischen ihren Schenkeln.

Ganz egal, was sie war – bevor sie zurück an die Arbeit ging, musste sie ihr Höschen wechseln.

Habe ich das wirklich getan?, murmelte sie, als sie die Tür hinter sich schloss und die Treppe hinunter lief, in die eigene Wohnung.

Neuntes Kapitel

Habe ich das wirklich getan?

Jay blickte auf zum Fenster des Little Teapot und blinzelte ins Sonnenlicht, das auf die Scheibe traf. Es war nicht das Fenster der engen Gästetoilette, denn die befand sich auf der Rückseite, und das Fenster wies auf den Hof. Trotzdem führte ihn die Erinnerung dahin zurück, und er stellte sich vor, Sandy wieder in den Armen zu halten.

Was hatte sie mit ihm angestellt? Er war von einem sexuell gestörten Mann, der nicht einmal wusste, ob er überhaupt einen hochkriegen würde, zu einem unersättlichen Geilhund geworden, allein durch ihren Anblick, durch ihre Berührung oder auch nur durch den Gedanken an sie.

Jetzt saß er da und stellte sich vor, wie ihr köstlicher runder Po gegen seinen Schritt drückte, wie die heiße, süße Pussy sich um seinen Schaft wand, und schon rutschte er unruhig auf der Bank herum, um seine Erektion zu verbergen.

Sie war nicht die Frau, die er in Kissley hatte treffen wollen. Sie war nicht die Frau aus seinen Träumen. Aber irgendwie war diese andere Frau die richtige für den Moment. Sie war es, die ihn wieder zum ganzen Mann gemacht hatte.

Ja, sie hatte es geschafft, dass er wieder eine Erektion bekam. Nicht einmal die unglaublich zärtlichen Zusammenkünfte ihrer Körper konnten ihn von seinen Schmerzen befreien. Nachdem die Endorphine des Orgasmus verflogen waren, erinnerten ihn die schmerzenden Knochen an seine

Vergangenheit, aber die Wirkungen wurden durch ein befriedigendes sinnliches Glühen gefiltert.

Er streckte sich auf der Bank aus und ging seine Glieder durch, seine Gelenke. Es ging ihm besser. Hatte der Sex geholfen? Wer konnte das schon wissen, aber er würde sich einer Fortsetzung der Therapie nicht widersetzen.

Wenn sich die anderen Probleme auch so leicht lösen ließen. Er drehte sich um auf seinem Platz und schaute hinaus auf den alten Supermarkt. Früher oder später würde er Sandy gestehen müssen, wer er wirklich war. Wenn er daran dachte, dass er sie hintergehen würde, schüttelte es ihn. Sie würde verletzt sein, was er wirklich nicht wollte, ob sie nun seine Traumfrau war oder nicht. Es gehörte sich nicht, jemanden zu hintergehen.

Er würde es ihr bald sagen, nahm er sich vor. Sehr bald. Aber noch nicht.

Ich lasse mir noch ein bisschen mehr Zeit, damit ich genießen kann, wieder ein Mann zu sein. Eine kleine Weile noch für den süßen unkomplizierten Sex mit einer süßen komplizierten Frau.

Dann würde er sich der Wahrheit stellen. Auch wenn er Gefahr lief, sie so schnell zu verlieren, wie er sie gefunden hatte.

Der Schmerz in seinen Knochen hielt sich zurück, als er an diese Aussicht dachte.

Sandy blieb oben auf der Treppe stehen, wo Kat sie nicht sehen konnte. Ihr Herz raste. Sie hatte Angst, aber sie wusste nicht genau, wovor sie Angst hatte.

War es wegen Jay? Oder wegen ihr selbst? Die neue, sexuell unersättliche Sandy, die sie erst gestern am späten Abend kennen gelernt hatte.

Sie hatte sich umziehen müssen und hatte sich dem unterzogen, was ihre Mutter eine ›Katzenwäsche‹ genannt hatte. Diesmal stand sie vor dem Waschbecken in ihrem eigenen Badezimmer, aber sie konnte nicht aufhören, über das nachzudenken, was vor kurzem im Gäste-WC geschehen war. Jedes Mal, wenn sie in den Spiegel schaute, erwartete sie Jays Bild hinter sich, und als sie sich zwischen den Beinen wusch, begann ihr erregtes Fleisch wieder zu zucken, als wäre er es, der sie behutsam säuberte.

Für eine gründliche Reinigung blieb ihr keine Zeit. »Wir sehen uns in zehn Minuten«, hatte er gesagt. »Ich warte draußen auf dich.«

Er kommandiert gern, dachte sie und versuchte, ihre rebellische Ader zu aktivieren, aber in ihr jubilierte etwas, als sie sich alle möglichen dominanten Spiele vorstellte, zu denen er bestimmt fähig war.

Am Fuß der Treppe hing ein Spiegel, damit die Gäste überprüfen konnten, dass sie sich weder Schlagsahne noch Ketchup am Kinn oder auf der Kleidung eingefangen hatten und beruhigt hinausgehen konnten.

»Verdammt, Frau, du siehst immer noch so aus, als wärst du frisch gevögelt worden«, murmelte Sandy, als sie die rosa Wangen und die verräterisch strahlenden Augen sah. Von den erigierten Nippeln, die ein eigenes Leben zu führen schienen, ganz zu schweigen. Sie stießen durch den Spitzen-BH und durch die Baumwolle ihres Tops.

Sie hatte frische Sachen angezogen, cremefarbene Spitze drunter und weinfarbenes Jersey drüber, ziemlich tief ausgeschnitten und durchgeknöpft. Es passte gut zum schwarzen weiten Rock, der ein wenig an die Hippiezeit erinnerte. Aber er war bequem und schnell angezogen, was gut war, denn sie hatte lange nach einem passenden BH suchen müssen.

Es war ein Modell, das die Brüste leicht anhob, wodurch sie noch größer wirkten, aber der Hauptgrund war, dass der BH einen Vorderverschluss hatte.

Du hast ihn ausgesucht, damit er leichten Zugang zu deinen Brüsten hat, du Schlampe!

Ihre Wangen flammten auf und sahen wie reife Pfirsiche aus.

»Geh hinaus! Lass ihn nicht warten!«, rief Kat ihr von oben zu. »Du vergeudest wertvolle Bumszeit!«

»Wir gehen essen, Kat!« Sandy warf die Haare nach hinten. »Da gibt's nichts zu bumsen!«

Kat lachte. »Also mehr noch als bumsen.«

Sandy lachte auch. »Einen schönen Nachmittag, Kat. Wir sehen uns später.«

Sie öffnete die Tür und trat hinaus in die Sonne. Da stand er und wartete auf sie, wie er gesagt hatte. Wieso überraschte sie das?

Ein Teil von ihr fragte sich immer noch, ob diese ganze Geschichte mit Jay eine Ausgeburt ihrer Phantasie war. Genau wie die Phantasie ihres Märchenprinzen vor all den Jahren. Ihr Retter war nur ein großer Junge gewesen, der ein paar Minuten lang freundlich zu ihr gewesen war, nicht der strahlende Prinz und Kavalier, der eine Dame beschützte. Aber Jay war da, saß drüben auf einer Bank und wartete auf sie, lebensgroß und doppelt so gefährlich.

Sie erwischte ihn in einem Moment, in dem er sich unbeobachtet fühlte. Er sah seltsam angespannt aus, sein Gesicht verzerrt und die Lippen wie ein Strich. Er hatte die Beine ausgestreckt, und neben ihm lag die Tasche des Fotoapparats auf der Bank, und sein Jackett hatte er ausgezogen und über den Rücken der Bank geworfen. Trotzdem sah er alles andere als entspannt aus.

Er sieht aus, als hätte er Schmerzen.

Man konnte es deutlich erkennen. Hochgeschwindigkeitsunfälle in einem Aston Martin gibt es nicht ohne schmerzhafte Nachwehen. Gesicht und Körper waren wieder zusammengeflickt worden, aber unter der Oberfläche quälten ihn die Spätfolgen.

Aber als er in ihre Richtung schaute, verschwanden alle Spuren dieser Spätfolgen. Sein Lächeln war heiß und nur für sie da. Welches Unbehagen ihn auch bedrückt haben mochte, es war verflogen, und in seinem Ausdruck und in der Körpersprache sah sie nur Verlangen. Und als er sich erhob, bewegte er sich rasch und geschmeidig auf sie zu.

»Du siehst fabelhaft aus«, murmelte er, als er vor ihr stand, drückte seine Lippen auf ihre, als hätten sie nicht eben erst die Szene über dem Waschbecken im Gäste-WC erlebt. Er hatte sich offenbar ebenfalls gesäubert, denn er roch frisch und kühl wie immer, einschließlich des Rasierwassers, das sie in den Wahnsinn trieb. Nur in ihren Gedanken roch er nach Samen und Sex.

»Danke«, sagte sie, als er sich von ihr löste. Ja, sie fühlte sich begehrenswert, heiß und unruhig in seiner Gegenwart. Seine dunklen Augen musterten sie. Sein Blick blieb am Top hängen, durch das sich die Nippel noch stärker drückten.

Verdammt, sie hätte in der Öffentlichkeit was weniger Auffälliges anziehen sollen. Sie musste zwar zugeben, dass sie Jay so schnell wie möglich wieder verführen wollte, aber er war nicht der einzige Mann auf der Straße, der ihre Brüste betrachten konnte, die ihre Begierde verrieten. Tatsächlich lachte der Schuft auch noch, als ein Kerl, der wie ein Banker aussah, offenbar in die Mittagspause ging und sie unverhohlen anstarrte.

»Und dein Top gefällt mir auch«, sagte Jay fröhlich und

betrachtete sie schamlos. Sandy fragte sich, wie er wohl reagieren würde, wenn er wüsste, dass sie auf das Höschen verzichtet hatte, das zu dem Push up BH gehörte.

Er macht eine Schlampe aus dir, Sandy. Sei auf der Hut. Wenn du dich ihm so willig anbietest, verliert er vermutlich das Interesse an dir.

Das war etwas, woran sie nicht denken wollte. Jedenfalls nicht im Moment. Wenn er ging, dann ging er eben. Das war's dann. Aber während er hier war, wollte sie bei ihm sein, und sie würde nichts tun, um ihr Verhältnis zu gefährden. Dazu gehörte auch, dass sie ihn nicht mit Fragen bombardierte, denn er war offenbar ein Mann, der nicht viel von sich verriet.

»Wohin?«

Er warf die Schnur des Fotoapparats und sein Jackett über eine Schulter und langte mit der freien Hand nach ihrer. Es war eine kleine vertraute Geste, aber sie ließ Sandy desorientiert und voller Panik zurück.

Sie kannte ihn nicht, aber ihre Finger irgendwie doch. Sie erkannten seine Berührung, und das hatte nichts mit Sex zu tun. Ihr Atem staute sich in ihrer Brust, und plötzlich musste sie etwas trinken, obwohl sie sonst tagsüber keinen Alkohol anrührte.

»Versuchen wir Fox and Grapes in Bank Street. Sie haben gutes Essen. Hierher.« Sie ging in die Richtung, und er folgte ihr. Seine Berührung ihrer Hand fühlte sich federleicht an, gleichzeitig aber auch fest wie ein Sekundenkleber.

»Ist das überhaupt ein Vergnügen für dich, zum Essen in einen Pub zu gehen? Ich meine, die meisten werden Fast Food für die Arbeiter der Umgebung anbieten.«

Da war was dran. »Ja, stimmt, aber der Unterschied ist, dass ich bedient werde, und das gefällt mir.«

Er sah sie von der Seite an. Seine Augen tanzten, und sein Mund wölbte sich gefährlich. »Oh, ich möchte dich auch gern bedienen.« Er strich wieder die Zunge über seine Lippen, diese nun schon vertraute Geste, bei der sich ihr Magen verkrampfte. »Ich würde dich gern nackt aufs Bett fesseln und dich mit Champagnertrüffeln füttern, während ich dich mit meinem Schwanz durchbohre.«

»Jay!«

Obwohl es Mittwoch und kein Markttag war, herrschte im Einkaufszentrum reger Betrieb. Eine junge Frau, die vor einem Geschäft wartete, zuckte zusammen, als sie das Wort ›Schwanz‹ hörte. Jay lächelte und sah sie an, die Brauen ständig in Bewegung. Sandy hätte ihm einen Stoß versetzen können. Jetzt lächelte die Frau sogar zurück; offenbar gefiel es ihr, dass der große Mann schmutzige Reden führte.

»Aber es würde dir gefallen, nicht wahr?«, beharrte er im Weitergehen.

Sie musste auf ihre Schritte achten, weil sie zu stolpern drohte, obwohl sie heute ihre flachen Schuhe trug und nicht die hohen Pumps von Kat. Ihre Knie wurden schwach, wenn sie sich das Bild ausmalte, das Jay entworfen hatte.

Ans Bett gefesselt, nackt und verletzlich, weit geöffnet vor ihm. Er würde zwischen ihren Schenkeln knien und ihre Hüften anheben. Seine Erektion würde sie pfählen und dehnen und in Besitz nehmen.

Sie konnte die Sensationen fast fühlen, und die Schokolade auf der Zunge schmecken, als er sie aus einer Schachtel speiste, die neben ihnen auf dem Bett stand. Das mächtige Konfekt schmolz in ihrem Mund, und er langte zwischen ihre Beine und fingerte geschickt ihre brennende Klitoris.

»Schokolade sollte ohne jede Ablenkung genossen werden«, gab sie spröde zurück und versuchte, ihre Phantasie zu verdrängen. Da sie kein Höschen trug, fühlte sie schon, wie die seidige Feuchtigkeit ihre Schenkel hinunterlief.

Jay lachte nur, dann blickte er auf. »Da sind wir schon, glaube ich.« Er zeigte nach links zu einem Pub. Unter einer breiten Markise standen ein paar Tische und Stühle. »Drinnen oder draußen?«

»Drinnen, glaube ich. Manchmal fühlen sich im Sommer die Tauben eingeladen, wenn man draußen isst.«

Fox and Grapes war ein dunkler, traditioneller Pub, und als sie eintraten, dauerte es eine Weile, bis sich ihre Augen an die trübe Beleuchtung gewöhnt hatten. Aber es war ein beliebtes Lokal, und Sandy erkannte ein paar Gäste, die im Little Teapot zu Mittag aßen, wenn sie nicht früher schlossen. Sie nickte ihnen freundlich zu. Im Barraum gab es keine freien Plätze mehr.

»Sollen wir nur ein Bier trinken und dann ins Waverley fahren?«, schlug Jay vor.

»Nein, nicht nötig. Nebenan wird es genug Platz geben.« Sie nahm seine Hand und führte ihn durch ein Labyrinth zu mehreren Nischen, in denen jeweils nur ein Tisch stand. »Hier«, sagte sie und glitt hinter einen Tisch, der am weitesten von der Bar entfernt stand. Sie nahm auf einem gepolsterten Stuhl Platz.

»Das gefällt mir.« Jay sah sich um. Die einzelnen Separees waren durch Eichenwände getrennt, die in der oberen Hälfte mit getönten Scheiben versehen waren. Als er sie wieder anschaute, die Augen gesenkt und spekulierend, verkrampften sich Sandys Bauchmuskeln wieder.

Woran dachte er? Wahrscheinlich genau an das, woran sie auch dachte, zuerst unbewusst, aber dann ganz vorn in ihrem Kopf.

Aber das ging doch nicht ...

Oder doch? Ja …

Lust breitete sich in ihrer Magengrube aus, und von dort zog die Erregung in ihre Spalte. Sie rutschte auf dem Stuhl herum und zwang sich, stillzusitzen. Jay fing ihre Bewegung auf. Seine Augen verengten sich, als ob der Tisch und ihr Rock durchsichtig wären und er den Zustand ihrer Pussy sehen könnte.

»Was kann ich dir bringen?«, fragte er. Er verzog keine Miene, und seine Stimme klang ganz normal.

Ein Glas Wein und einen Orgasmus.

Beinahe hätte sie es ausgesprochen. Aber in letzter Sekunde bekam sie es mit der Angst zu tun.

»Ein Glas Zinfandel und Scampi und Kartoffelchips, bitte.«

Jay schürzte die Lippen. Sie konnte sehen, dass er am liebsten gegrinst hätte, vielleicht über ihren mädchenhaften Weinwunsch oder weil er ahnte, was sie hatte bestellen wollen.

»Ja, ich mag den süßen Roséwein. Das ist doch kein Verbrechen.«

»Das habe ich auch nie gesagt, Prinzessin. Du kannst trinken und essen, was immer du magst.« Jetzt ließ er sein Grinsen zu, und das verriet ihr, dass er ihre unausgesprochene Bestellung sehr wohl begriffen hatte und er sie lieber früher als später liefern wollte. »Alles klar. Bin sofort wieder da.«

Sandy sah sich um und redete sich ein, dass es ihr nicht darum ging festzustellen, ob andere Leute in ihren Nischen sie in ihrem kleinen Versteck sehen könnten. Sie bemühte sich, die unanständigen Gedanken zu verbannen, aber das schien völlig unmöglich zu sein. Jede Zelle in ihrem Körper schien vor Erregung und Vorfreude zu vibrieren.

Nach ein paar Minuten kam Jay mit den Getränken zurück und einem gedruckten Zettel, auf dem die Essensbestellung notiert war. Als er sich neben sie setzte, schob er ihr ein großes Glas Wein über den blanken, mit Getränkeringen verzierten Tisch zu. Sie wunderte sich über sein eigenes Getränk; es war ein hohes Glas mit einer klaren Flüssigkeit, die in gestoßenem Eis schwamm, obendrauf eine Zitronenscheibe.

Gin and Tonic? Nein, denn es fehlte der ölige Anblick des Gins. Es war Wasser, schloss sie, reines, stilles Wasser. Kein Alkohol, wenn du noch fahren willst, dachte Sandy. Sehr vernünftig. Aber gestern Abend hatte er Champagner getrunken und war doch noch in den Aston gestiegen.

»Prost«, sagte sie und stieß ihr Glas gegen seins. »Auf die Ablenkungen.«

»Ja, genau«, sagte Jay und beobachtete ihren Mund auf dem Glasrand, bevor er selbst trank.

Der Zinfandel war süß und leicht und gut trinkbar. Sie hätte das Glas kippen und gleich noch ein zweites Glas bestellen können. Das Gefühl der Unbekümmertheit erinnerte sie an eine Karussellfahrt in den Kindertagen. Sie wollte immer schneller und schneller fahren.

Aber als Jay sein Glas absetzte, langte er in die Tasche seines Jacketts, das er neben sich auf die Bank gelegt hatte, und nahm eine Folie mit Tabletten heraus. Er kommentierte nicht und schluckte zwei Tabletten mit Wasser.

Schmerzmittel, dachte sie. Daher seine Anspannung, als sie ihn draußen auf der Bank gesehen hatte.

»Hat deine Medizin was mit dem Unfall zu tun? Geht es dir nicht gut?«

Verdammt! Hatte sie sich nicht vorgenommen, keine neugierigen Fragen zu stellen? Sie hatte nichts sagen wollen, aber Neugier und Sorge waren stärker gewesen, als ihr Sinn für Diskretion.

Jay bedachte sie mit einem langen Blick, und sie sah, dass

er kämpfte. Machostolz. Ein Mann ließ sich vom Schmerz nicht unterkriegen. Und auf der anderen Seite Ehrlichkeit und die schlichte Reaktion auf Sympathie.

»Es geht mir nicht gut. Wenigstens nicht jetzt.« Er trank noch einen Schluck Wasser. »Aber keine Sorge. Es wird mit jeder Woche besser.«

Sandy wusste nicht, was sie sagen sollte, aber sie ahnte, dass er das Thema nicht vertiefen wollte, auch wenn er seine ›Schwäche‹ eingeräumt hatte.

»Aber man könnte schon sagen, dass ich deshalb so versessen auf Ablenkungen bin, Sandy«, fuhr er fort und setzte sich auf seinem Sitz zurück. Jetzt sah er wieder entspannter aus. Was immer er genommen hatte, es mussten Wunderpillen sein, denn seine grauen Augen strahlten auf eine Weise, die ihr angenehm vertraut geworden war.

»Wie zum Beispiel Sex?«

Er grinste und schüttelte den Kopf, als hätte er es mit einem ungezogenen Kind zu tun.

»Ja, wie Sex.«

»Vermute ich denn richtig, dass du in diesem Moment Sex haben solltest, damit die Pillen wirken?«

Jays Gesicht leuchtete bewundernd auf. »Du bist ein verblüffendes Mädchen. Sandy. Ich weiß nicht, was ich getan habe, um dich zu verdienen. Im Gegenteil, ich habe nichts getan, was eine Belohnung bringen könnte. Aber in diesem Augenblick bist du wie ein Geschenk des Himmels für mich. Das weißt du, nicht wahr?«

Sie war nicht sicher, was er meinte. Es fiel ihr überhaupt schwer, folgerichtig zu denken. In seiner Nähe, in der kleinen verborgenen Nische, wurde sie zu einem Nervenbündel von Hormonen und seidigen Flüssigkeiten, die pumpten und Begierden auslösten.

Sie wollte ihn anfassen. Nicht nur seine kräftigen Schenkel oder seinen großen Penis in den Jeans. Sie wollte seinen ganzen Körper berühren und alles von ihm sehen. Sie wollte mit den Fingern über sein Gesicht streicheln und die dunklen Barthaare sowie seine Narben spüren. Sie wollte seinen Körper studieren und ihn in seiner ganzen Pracht sehen.

Und sie wollte, dass er sie anfasste. Da, wo es drauf ankam.

Langsam rutschte sie näher zu ihm, bis ihre Körper sich durch die Kleider berührten. Sie starrte die ganze Zeit in seine Augen, die sie an eine stürmische See erinnerten, griff mit den Händen unter den Tisch und zog ihren Rock auf der Seite, die ihm am nächsten war, Stück für Stück ein bisschen höher, bis der Saum ihre Hüfte berührte, während der Stoff auf der anderen Seite immer noch ihr Bein bedeckte.

Sie langte unter dem Tisch nach seiner Hand und legte sie auf die nackte Haut ihres Oberschenkels. Seine Fingerspitzen fühlten sich kühl an, aber wahrscheinlich nur, weil ihre eigene Haut fast dampfte.

Er sah sie an, das Gesicht gefasst, das Lächeln mild, als ob nichts geschehen wäre. Aber seine Hand folgte ihr und übernahm die Kontrolle. Seine Finger wanderten auf und ab, und seine Mundwinkel zuckten leicht. Als er die Seite ihrer Hüfte erreichte, biss er sich auf die Lippe und verdrehte die Augen.

»Also, das nenne ich eine Ablenkung.«

Er breitete die Hand aus und ließ sie über ihren Bauch gleiten. Der kleine Finger strich am Rand ihres Buschs entlang, dann tauchte er hinab, koste die sanfte Böschung, verharrte einen Moment und glitt dann noch tiefer, suchend und forschend.

Er schmiegte sich an sie und küsste die Seite ihres Halses,

dicht unterhalb des Ohrs. »Zieh deinen Rock auf dem Rücken hoch. Ich will, dass dein nackter Po gegen den Sitz gepresst wird, während ich dich berühre.«

Sandy schwankte und war plötzlich überwältigt von der Dreistigkeit ihrer Idee. Nackt in der Öffentlichkeit. Sie hatte dieses Spiel gewollt – warum sonst hätte sie ohne Höschen das Haus verlassen? Aber die Wirklichkeit verursachte ihr Herzrasen.

»Du hast doch keine Angst, oder?« Sein Mund öffnete sich gegen ihre Haut, und seine Zunge strich über den Hals, dass sie sich feuchtere Stellen für seine Zunge vorstellte. Dann war der Kontakt weg, und er presste den Kopf gegen die Seite ihres Gesichts. Es war ein seltsames Kosen, fast wie von einer Katze. Jetzt schien er die Katze zu sein, nicht sie.

Als er wieder aufsah, waren seine Augen voller Feuer. Hart und zwingend. Sie konnte sich ihm nicht widersetzen. Sie wollte es auch nicht. Einige Male lupfte sie den Rock vom Po hoch. Seine Miene wurde sanfter, verspielter und amüsierter.

Sie hätte gern gewusst, ob sein Schmerz verflogen war, oder ob die Ablenkung durch das Fehlen ihres Höschens schon genügte, um den Schmerz zu ignorieren.

Der weite wirbelnde Rock war mit einer Menge Stoff ausgestattet, und es dauerte einige Zeit, bis sie ihren Po blank gelegt hatte. Sandy schaute immer wieder mal zur Bar, denn sie fürchtete, dass jeden Moment die Kellnerin das Essen bringen würde und sofort ahnte, was sich am Tisch – und unter dem Tisch – abspielte. Denn in solchen Separees mussten sexuelle Spielereien fast üblich sein.

Aber dies war die Zeit des Hochbetriebs im Pub, und noch ließen sich die Scampi nicht sehen.

Schließlich hatte sie den Rock auf der Rückseite gehoben

und diskret unter dem Tisch arrangiert, sodass jemand, der zufällig vorbeikam, nichts Außergewöhnliches bemerken würde. Das Gefühl der rauen Polsterung auf ihrem nackten Po war beunruhigend. Sie fragte sich, wie viele nackte Hintern schon auf dieser Bank gesessen hatten. Der Gedanke ließ sie wieder hin und her schunkeln, ohne es zu wollen. Jays Augen verengten sich.

»Gutes Mädchen«, flüsterte er und griff mit der linken Hand nach seinem Glas. Der Teufel war beidhändig, stellte Sandy fest, denn die andere Hand war auf Forschungsfahrt gegangen. »Trink jetzt deinen Wein, er wird dich entspannen. Du hast schon einen anstrengenden Morgen hinter dir.«

Es war gut, dass sie das Glas noch nicht an den Mund gehoben hatte, denn sie hätte sich verschluckt. Nicht nur wegen Jays Bemerkung über den anstrengenden Morgen. Seine Finger hatten ihre Spalte erreicht.

Sie langte nach dem Glas. Sein Zeigefinger wischte über die Klitoris.

Sie benetzte die Lippen mit dem Wein. Er kreiste um den Eingang ihrer Vagina. Sie nahm einen kleinen Schluck Wein, und er drang kurz in sie ein, gerade mal bis zum ersten Glied seines Fingers.

Als sie zu zucken begann und das Glas wieder auf den Tisch stellen wollte, sagte er streng: »Nein, nein.« Er zog den Finger heraus und strich über den Damm nach unten.

Der Wein war köstlich und süffig, aber es kam ihr fast obszön vor, dass sie sich am Wein labte, während er mit ihr spielte. Es war, als hätte ihr Gehirn einen Kurzschluss erlitten, deshalb konnte sie die beiden unterschiedlichen Stimuli nicht auseinanderhalten. Schweiß brach sich durch die Poren ihres Körpers, und sie konnte fühlen, wie ihr die Hitze ins Gesicht stieg, während der Schweiß sich zwischen den Brüsten und in den Achselhöhlen sammelte. Sie nahm noch einen Schluck, und Jay griff mit zwei Fingern an die Klitoris und zupfte daran.

Das Glas zitterte, und fast wäre der Wein übergeschwappt.

»Vorsichtig«, mahnte er und zupfte immer noch.

»Ich ... ich kann nicht ...«

»Doch, du kannst.«

Sie führte das Glas wieder an die Lippen und schluckte. Trotz der Süße drang ein Grunzen aus ihrer Kehle, als er drückte und streichelte, drückte und streichelte. Tränen sammelten sich in ihren Augen, nicht, weil sie traurig oder gestresst war, sondern weil sie von den widersprüchlichen Erregungen übermannt wurde.

»Bitte«, murmelte sie und stellte das Glas auf den Tisch. Es war wie in einem Spiel, in dem man um eine Auszeit bittet. Sofort zog Jay seine Hand zurück und gab ihrer Pussy einen letzten freundlichen Klaps.

»Hat es dir nicht gefallen?« Er hörte sich besorgt an. Sandy griff wieder nach dem Glas und leerte es fast in einem einzigen Schluck.

»Ich weiß es nicht. Es war eigenartig. Ich bin es nicht gewohnt, zwei Dinge gleichzeitig zu tun oder zu fühlen.« Sie drehte den Stiel des Weinglases in ihren Fingern. »Nein, es ist nicht so, dass es mir nicht gefallen hat. Es war nur so ungewöhnlich. Ein bisschen zu intensiv.«

»Intensiv ist gut«, sagte Jay und schwenkte das Wasser im Glas. »Wenn du etwas intensiv erlebst, wirst du daran erinnert, dass du noch lebst. Deine Sinne werden gedehnt. Ein Mädchen wie du hat intensive Gefühle verdient. Keine halben Sachen.«

Sandy starrte ihn an, staunend und ein bisschen schockiert. Irgendwie hatte er einen Nerv bei ihr getroffen. Sie erkannte, dass sie noch nie etwas ›Intensives‹ getan hatte, jedenfalls nichts auf sexuellem Gebiet. Bis er sie gestern Abend im Waverley zwischen den Beinen geküsst hatte. Sie mochte den Sex, klar, aber sie war noch nie so hoch geflogen, selbst wenn sie einen Orgasmus erlebt hatte. Aber mit Jay flog sie jedes Mal.

Er saß neben ihr, nippte am Wasser und schaute sie über den Glasrand an. Es fühlte sich immer noch so an, als hätte er noch seine Finger in ihrer Pussy. Wenn er weg war, würde sie dann jemals vergessen, wie er sich angefühlt hatte?

»Da haben wir's. Tut mir leid, dass Sie haben warten müssen.«

Die Stimme der Kellnerin klang so, als käme sie aus einer anderen Dimension. Sandy blinzelte mehrmals, versuchte den Blick zu fokussieren und dem Mädchen zu danken, das sie gut kannte. Während sie den Tisch deckte, das Besteck auslegte und die Gewürze reichte, bestellte Jay noch einen Wein für Sandy, diesmal eine halbe Flasche.

»Ich werde noch betrunken«, murmelte sie, als die Kellnerin gegangen war.

»Nein, du wirst dich nur mehr entspannen.« Jay grinste, langte nach einem Kartoffelchip und schob ihn in den Mund. Dann leckte er sich langsam die Finger.

Sandys Pussy zog sich zusammen. Es war nicht Fett und Salz, was er ableckte, es waren ihre eigenen Säfte.

Er lachte, und sie blickte ihn finster an. Sie würde niemals zugeben, dass seine Geste sie erregte.

Eine Weile aßen sie schweigend. Sandy konnte nicht glauben, wie hungrig sie war. Jay offenbar nicht so sehr; er stocherte in seinem Essen herum, während Sandy alles verschlang. Als Barbara, die Kellnerin, den Wein gebracht hatte, lehnte er sich an Sandy und sagte: »Ich möchte dich gern wieder anfassen. Ich bin ganz wild danach. Jetzt sofort.«

Sandy wollte ihr Glas füllen, aber ihre Hand zitterte so sehr, dass Jay übernehmen musste. Es ging kein Tropfen verloren, und sie führte das Glas an die Lippen und saugte gierig am süßen Wein. Seine Hand wühlte sich durch den zusammengerafften Stoff ihres Rocks, zielstrebig auf ihr Delta zu.

»Oh, du bist ja so nass. Das liebe ich. Ich liebe es, wenn du so saftig und bereit bist. So geil.«

Sandy trank die Hälfte ihres Glases in einem Schluck, dann stellte sie das Glas ab. Sie fürchtete, das Glas vor Erregung nicht halten zu können, wenn Jays Fingerspitzen um ihre Klitoris kreisten. Er tat es auf eine Art, die perfekter nicht hätte sein können, auch wenn sie ihm genaue Anweisungen über ihre Präferenzen gegeben hätte.

Ihre eigenen Hände verloren sich auf dem Sitz, als hätte sie vergessen, was sie mit ihnen anstellen sollte. Sie konnte Jays muskulösen Schenkel an ihrem fühlen, aber offenbar hatte sie nicht einmal die Kraft, eine Hand darauf zu legen.

Streicheln und kreisen, streicheln und kreisen. Jay war unermüdlich, und Sandy spürte wieder, wie ihr der Schweiß ausbrach, als ihre Anspannung und ihre Lust zu kommen, größer wurden. Ihr BH war durchgeschwitzt, und sie glaubte, dass auch ihr Top Schweißflecken aufweisen würde.

Ihre Pussy war wie ein Teich, in dem Jay so gekonnt ruderte. Sie war überzeugt davon, dass der Sitz unter ihr durchnässt war und nach ihren Säften duften würde.

Jay war ein Teufel; eine böse Bestie, die neckte und reizte, attackierte und sich zurückzog. Jedes Mal, wenn sie spürte, dass sich der Orgasmus näherte und sie auf der Bank herumrutschte und zu keuchen begann, lehnte er sich zurück und spielte mit den Falten des Eingangs, statt ihre Klitoris zu manipulieren. Manchmal schob er nur einen Finger in sie hinein und zeigte dabei, dass sein Handgelenk mit einer erstaunlichen Flexibilität ausgestattet war, wenn man bedachte, dass sie nebeneinander saßen.

»Ich glaube, ich ertrage das nicht länger«, keuchte Sandy schließlich und griff nach ihrem Glas, auch wenn sie überzeugt war, dass sie den Inhalt überschwappen ließ, wenn Jay auch nur einen Muskel berührte. Der Wein schmeckte süß und blumig in ihrem Mund, inzwischen war er ein bisschen zu warm geworden, aber das war ihr egal, sie saugte ihn ein, als hinge ihr Leben davon ab. »Bitte, ich kann nicht, ich kann nicht ...«

Warum konnte sie ihn nicht um das bitten, was sie wirklich wollte? Es musste ihr klar sein, dass Jay darauf wartete. Seine Augen waren verengt und sahen sie verspielt an. Lange Wimpern wischten wie winzige schwarze Fächer auf und ab, langsam und neckend.

»Ich gebe dir, was du haben willst, wenn du mich darum bittest.« Er nippte wieder am Wasser, dann setzte er das Glas ab, als brauchte er beide Hände, wenn sie sich ihm offenbarte. Wenn ...

Sandy wusste nicht, ob sie lachen oder wütend werden sollte. Ihre Gefühle trieben weit auseinander. Sie wollte beherrscht werden, aber sie wollte es auch nicht. Sie wusste, dass es keinen Sinn ergab, aber sie konnte auf ihren Orgasmus nicht länger warten.

»Du kannst mich mal, Jay Bentley. Ich nehme mir, was ich haben will.«

Als wäre ein plötzlicher Stromstoß durch ihren Körper gefahren, wurden ihre untätigen Hände plötzlich lebendig. Unter dem Tisch schob sie Jays Hand weg und ersetzte sie durch ihre eigene. Mit ihrer freien Hand hielt sie seine fest, damit er sie nicht anfassen konnte. Natürlich hätte er sie mit seiner Kraft bezwingen können, aber das versuchte er erst gar nicht. Er beobachtete nur ihr Gesicht, das wie sein eigenes brannte, und dann begann sie sich selbst zu streicheln.

Es war rau und gierig, aber es war auch effektiv. Er hatte sie derart angemacht, dass es nur Sekunden dauerte, bis sie ihren Orgasmus erreichte. Als ihre Pussy zu zucken begann und die Leere in sich spürte, grub sie die Nägel tief in Jays Hand, sie knirschte mit den Zähnen und unterdrückte den Schrei ihrer Lust und den Ruf seines Namens.

Auch als sie kam, wusste sie, dass sie ihm Schmerzen zufügte. Zum Glück waren ihre Nägel kurz, aber sie waren kräftig und hart.

Er gab keinen Laut von sich.

Aber er lächelte.

Zehntes Kapitel

»Aber was ist mit dir?«

Sie gingen auf den Platz zu, an dem Jay seinen Aston geparkt hatte. Das Parkhaus befand sich auf der Rückseite des Rathauses, aber Sandy hatte keine Ahnung, wie ihm das gelungen war. Jay hatte was von einem Autonarr gemurmelt, den er im Waverley kennen gelernt hatte. Von ihm hatte er einen Pass für den Sicherheitsbereich dieses Parkhauses erhalten, ›weil so ein feines Kunstwerk wie der Aston nicht auf der Straße stehen darf‹, hatte der Fan im Brustton der Überzeugung gesagt.

Aber im Moment war das wunderbare Superauto nicht im Mittelpunkt von Sandys Gedanken. Sie dachte mehr an Jays Gerät als an seine Räder. Sie war im Fox and Grapes zweimal gekommen, und er nicht einmal.

Es war schwierig, auf seinen Schritt zu schauen, ohne aufzufallen, aber sie wusste, dass er im Pub eine Erektion gehabt hatte, denn einmal hatte er ihre Hand gegriffen und auf seinen Schoß und auf die Härte dort gedrückt. Sie hatte seinen Penis herausholen und reiben wollen, aber er hatte sie weggeschoben, behutsam, aber doch entschieden.

»Aber was ist mit dir?«, wiederholte sie und warf wieder einen unauffälligen Blick auf Jay, als der gerade das Sicherheitssystem des Astons ausschaltete. Er trug jetzt seine Jacke, sodass Sandys Sicht behindert war. Eigentlich war das ein vernünftiger Schachzug. Sie glaubte nicht, dass es Jay gestört hätte, aber sie wäre hochrot vor Verlegenheit am hellen Tag in Begleitung eines Mannes mit einer prächtigen Erektion über den Marktplatz gegangen.

»Mach dir um mich keine Sorgen«, sagte er, hielt ihr die Tür offen und schaute auf ihre Schenkel, als sie sich in den niedrigen Sitz fallen ließ. Obwohl sie den weiten Rock trug, war ihr sofort das fehlende Höschen bewusst, denn er stellte die Klimaanlage an, deren Zugigkeit ihre feuchten Labien kitzelte.

»Aber ... musst du denn nicht kommen?«, fragte sie verdutzt. Die Pillen, die er genommen hatte, waren offenbar verantwortlich, dass er schmerzfrei war und sich leichtfüßig bewegen konnte. Sollte sie sich eher sorgen, dass er unter dem Einfluss dieser Pillen Auto fuhr?

Sie vertrieb den Gedanken. Im Pub hatte er nur Wasser getrunken. Er warf sein Jackett auf die Ablage und verstaute die Kamera hinter seinem Sitz. Jetzt fiel ihr auf, dass seine Erektion kaum schwächer geworden war.

»Alles zu seiner Zeit.« Er schnallte sich an. »Es sei denn, du willst dich noch bemühen, bevor wir losfahren?« Seine neckenden Blicke huschten über ihre Lippen, dann zu seinem Schoß.

Sandy war noch ein wenig schwindlig vom Wein, aber als sie jetzt den Atem ausstieß, wurde ihr Mund wässrig. Sie war nie übermäßig scharf auf einen Blow Job gewesen, aber in diesem Augenblick wäre sie ihm gern zu Diensten gewesen. Sie hätte diesen wunderbaren Penis, der ihr so viel Lust gebracht hatte, gern mit der Zunge erforscht. Wie schmeckte er? Wie heiß würde er sein? Würde sie viele Zentimeter von ihm in ihrem Mund unterbringen können? Er war verdammt groß.

Ihre Finger bewegten sich aus eigenem Antrieb, aber als

sie sich auf Jays Oberschenkel niederließen, musste er lachen. Sie schaute zu ihm hoch, verärgert, dass er sich lustig machte über sie, aber er wies auf eine kleine Gruppe von Rathausangestellten, die in einem kleinen Parkstück ihre Sandwiches aßen und aus den Wasserflaschen tranken. Ziemlich viele von ihnen schauten in ihre Richtung, offensichtlich neugierig auf das Paar, das gerade in das Bond-Auto eingestiegen war.

»Verdammt, und ich hätte es fast getan!«, fauchte sie ihn an. Dann brach sie in Gelächter aus, und er musste auch lachen. »Du bist ein schlechter Einfluss auf mich, Mr. Bentley. Ich kenne dich kaum, aber du bringst mich dazu, dich im Auto französisch zu bedienen ... Und ich lasse zu, dass du mich im Pub zu zwei Orgasmen bringst. Wo man mich kennt, möchte ich noch anfügen. Und dann machst du mich so betrunken, dass ich dir im Parkhaus fast einen geblasen hätte!«

»Liegt es nur am Wein?« Er bedachte sie mit einem enttäuschten Jungengesicht, was wahnsinnig attraktiv aussah und gleichzeitig auch verwirrend wegen seines vernarbten Gesichts. »Ich dachte, es wären meine strahlende Persönlichkeit und mein hübsches Gesicht, die dich gewonnen hätten.«

Der Wein hatte geholfen, aber sonst war er es, größtenteils jedenfalls, der sie dazu brachte, sich so aufzuführen, so außer Kontrolle. Auch jetzt spürte sie noch den Drang, ihn anzufassen oder ihn sogar zu schmecken.

Ihre Finger juckten. Sie konnte die Nervenenden in ihren Händen fühlen, die sich darauf vorbereiteten, den Jeansstoff in seinem Schritt zu umschmiegen. Sie wollte die Hitze fühlen, die von dort ausging. Es war eine Obsession, die sie schon seit tausend Jahren hatte.

Und seine lachenden Augen sagten ihr, dass sie alles verstanden, was sie fühlte, verdammt noch mal!

»Fahr endlich los.« Sie schnallte sich an und konzentrierte sich auf ihre eigenen Finger. »Lass uns hier verschwinden, bevor du mich dazu bringst, etwas zu tun, für das wir verhaftet werden könnten.«

Sie fuhren eine kurze Strecke. Kissley war eine kleine Stadt, und im Norden, dem Markt und dem Einkaufszentrum gegenüber, breitete sich das Grün der Gegend aus.

Aber Sandy war nicht wirklich in Stimmung, die Schönheit der Natur zu genießen. Jay war ruhig und schien sich auf die Fahrt zu konzentrieren, obwohl er moderat unterwegs war. Entweder war er tief in Gedanken versunken, oder er wollte sie mit seinem Schweigen herausfordern.

Sie wusste nicht, was sie sagen sollte. Was konnte man einem Mann schon sagen, der sich nur via Sex verständigen konnte? Dutzende Male hatte sie Fragen nach seiner Herkunft stellen wollen, nach seiner Familie, nach dem Grund, warum er überhaupt in dieser Gegend war.

Dutzende Male hatte sie in sein hartes Gesicht geschaut, und obwohl sie wusste, dass es dumm war, diese Fragen nicht zu stellen, brachte sie sie trotzdem nicht über die Lippen. Es war, als ob etwas Ungewöhnliches und ganz Besonderes zu ihr gefunden hatte, das von ihren Fragen vertrieben würde.

Stattdessen schaute sie auf seinen Schritt.

Seine Erektion hatte leicht nachgelassen, aber sie fühlte sich immer noch versucht von ihr. Sie stellte sich vor, wie es wäre, wenn sie sich an ihn schmiegte, seine Hose öffnete und seinen Schaft schmeckte, während er fuhr. Aber dann dachte sie daran, dass er bereits einen schrecklichen Unfall in einem Aston Martin erlebt hatte, und sie wollte nicht, dass dies ein zweites Mal geschah. Nicht, weil sie eine preisgekrönte Bläserin war, sondern eher, weil sie sich vielleicht besonders tollpatschig anstellte.

»Wohin schaust du, Sandy?«

Oh, weh! Sie hätte nicht gedacht, dass sie so auffällig vorging. Jay hatte also nicht die ganze Zeit ausschließlich auf die Straße geschaut.

»Ich habe mir nur deine Jeans angesehen«, log sie und wusste, dass er sie leicht durchschauen würde. »Sie sind nett. Sind es vielleicht Designerjeans?«

»Armani.« Er machte bei ihrem Spiel mit. Er lachte nicht offen, aber er war nicht weit davon entfernt.

»Cool.«

»Lieb von dir.«

»Du musst eine Menge Geld haben. Designerklamotten, der Aston Martin, du wohnst in einem guten Hotel …«

Oh, verdammt, warum habe ich das gesagt? Ich wollte doch keine Fragen stellen …

»Ja, ich habe Geld. Ist das ein Problem? Wäre es dir lieber, ich wäre arm, aber ehrlich?«

Er klang nicht verärgert, aber sie ahnte, dass er sie testen wollte.

»Nein, Geld zu haben, ist kein Unglück. Aber es ist auch nicht unbedingt eine Notwendigkeit.« Sie sah ihn an, aber in diesem Moment ließ sich in seinem Gesicht nichts lesen. Wenn er nicht lebhaft schaute, waren die Narben viel auffälliger. »Wenn ich es mir richtig überlege, könnte ich ein bisschen mehr gebrauchen, als ich habe. Ich müsste ein Lokal haben, das mehr Kundschaft anzieht, dann hätte ich eine bessere Chance, der verdammten Attacke von Forbes zu widerstehen.«

Er sah sie stirnrunzelnd an. »Und dann würdest du den Little Teapot einfach vergessen? Hängt dein Herz nicht daran?«

»Nein, eigentlich nicht. Als meine Großmutter das Café gegründet hat, war das gar nicht hier, sondern in einem anderen Dorf, in Otterley.« Sie schaute aus dem Seitenfenster und fragte sich, wie sie etwas erklären sollte, das sie selbst nicht wirklich verstand. »Nein, es ist die Seele des Cafés, die mir wichtig ist. Der Little Teapot, das ist ein Gemütszustand und mehr als Steine und Mörtel.«

Es entstand wieder eine Stille. Es hätte Sandy nicht gewundert, wenn er gelacht hätte. Aber stattdessen sagte er: »Ja, das verstehe ich.« Als sie ihn von der Seite anschaute, hatte er die Stirn wieder gerunzelt, als müsste er an etwas sehr Unangenehmes denken. Vielleicht hatte er seine eigenen Probleme, an die er jetzt durch ihr Café erinnert worden war.

Sie wollte die harten Linien nicht auf seinem Gesicht sehen. Sie wollte das sexy Zwinkern und das neckende Lächeln sehen. Das Verlangen in seinen Augen. Sie wollte auf seinen Schoß schauen und seine Härte sehen.

»Reden wir an diesem Nachmittag nicht über den Teapot und die anstehende Konkurrenz. Das nervt und langweilt mich, und an meinem freien Nachmittag will ich nicht genervt und gelangweilt werden.«

Er warf ihr einen Blick zu, die Finger locker am Lenkrad. Seine Anspannung verflog, und Sandy meinte sogar, sie davonfliegen zu sehen, als verdampfte sie wie eine unangenehme Krankheit. Seine Zunge leckte wieder über die Unterlippe, was ihr Inneres in Honig verwandelte. Das war sein Zeichen. Das Zeichen für Sex. Ob er das wusste? Wahrscheinlich. Sie hätte wetten wollen, dass er es mit Absicht tat.

»Worüber sollen wir denn reden? Diesmal sah er sie nicht

an, aber er lächelte, während er auf die Straße schaute. Sie fuhren an Äckern vorbei, manche durch Hecken voneinander getrennt. Die Straße, der sie folgten, verzweigte sich in mehrere unbefestigte Feldwege; einige waren offenbar viel befahren, andere schienen ins Nichts zu führen.

Die Sonne stand noch hoch am Himmel, aber sie wurde von Dunst umgeben, der sich über das ganze Land gelegt hatte und sich jetzt auch auf der Haut bemerkbar machte. »Wir wäre es dann mit Sex? Sollen wir darüber reden?« Jay stellte die Frage mit einem Glucksen.

»Ach, das schon wieder.«

Aber sie wollte es. Und sie wollte mehr tun, als nur darüber reden. Sie konnte ihre eigene Geilheit kaum glauben. Sie konnte sie nicht auf den Wein zurückführen, den sie getrunken hatte, denn als er ins Café gekommen war, war sie stocknüchtern gewesen.

»Es muss nicht sein«, sagte Jay, beinahe lässig. »Ich kann Gedichte rezitieren, oder wir können Hand in Hand über die Wiese da drüben laufen.« Er wies mit dem Kopf auf eine große Weide auf der linken Seite. Der Weg, auf dem sie sich befanden, schlängelte sich eine kleine Anhöhe hoch und begrenzte die Weide.

Ohne sich mit ihr abzusprechen, parkte er den Aston an der nächsten Wegkreuzung, die nicht nur zur Wiese, sondern auch zu einem Wäldchen führte.

Sandy blinzelte und wusste plötzlich, wo sie sich befanden. Sie schnaufte. »Also, wenn wir über die Wiese laufen, werden wir bestimmt bald Zuschauer haben, und sie werden mehr erwarten als Poesie.«

»Wie meinst du das?« Er wandte sich ihr zu. Sein Interesse war geweckt.

»Nun, das ist der Weg der Verliebten.« Sie wies auf den

sich schlängelnden Pfad vor ihnen. In der Ferne verbreiterte sich der Weg neben einem Tor, und sie sah ein geparktes Auto. »Die Gegend ist berüchtigt, weil sich Pärchen zu Schäferstündchen treffen. Man sieht fast immer ein Auto oder zwei, in dem die Pärchen ihren Spaß haben.«

Jays Grinsen wurde breiter. »Und woher weißt du das?«

Gute Frage.

Einmal war sie mit ihrem Ex hier gewesen, ganz zu Beginn ihrer Beziehung. Aber ihm hatte es nicht gefallen, und als ein anderes Auto hinter ihnen hergefahren war, entweder zum Spannen oder um sie einzuladen, dass sie ihnen zuschauten, hatte er den Motor gestartet und behauptet, er hätte vergessen, dass er ein Programm im Fernsehen anschauen wollte.

Sandy konnte sich noch gut an ihre Enttäuschung erinnern, sie war enttäuscht über ihn und auch über sich, denn sie hatte gar nicht gewusst, dass sie mehr gewollt hatte, als ein bisschen schmusen.

»Ach, das weiß hier jeder. Kat und Greg kommen oft hierhin, obwohl sie genug andere Plätze haben, um sich auszutoben.«

Wie Jay die Brauen hob, wusste sie, dass er sie durchschaut hatte: Sie hatte nicht die ganze Wahrheit gesagt. Er brauchte nichts zu sagen.

»Okay! Ja, ich war einmal hier, und das ist Jahre her. Aber damals ist absolut nichts passiert. Der Typ, bei dem ich war, hat einen Rückzieher gemacht. Es stellte sich heraus, dass er nicht so abenteuerlustig war, wie ich geglaubt hatte. Oder ich war ihm zu spröde.«

»Er hört sich nach einem Dummkopf an.«

»Er war mein Ex-Mann.«

»Aha.«

»Noch ein nerviges, langweiliges Thema, über das ich

nicht reden will.« Sie warf den Kopf zurück, ihre Haare flogen, als wollten sie die Vergangenheit abschütteln. »Bleiben wir nun hier, oder fahren wir weiter?«

»Bleiben wir.« Es klang wie ein Schnurren. Dies war kein Mann, der einen Rückzieher machte. Sie konnte sich nicht vorstellen, was er in seiner Vergangenheit alles getrieben hatte. »Ich habe gespannt, und ich bin von anderen beobachtet worden.« Er griff ins Handschuhfach und holte eine Sonnenbrille heraus. »Soll ich noch ein Stück weiter fahren? Dann könnten wir uns die Beine vertreten und sehen, was uns begegnet.« Er setzte die Sonnenbrille auf, und sie konnte nichts mehr in seinen Augen lesen.

»Okay.«

Als sie auf dem Weg standen, kramte sie in ihrer Tasche und holte ihre eigene Sonnenbrille heraus. Es war keine Designerbrille, sondern eine aus dem Supermarkt, aber sie genügte. Sie war recht bekannt in Kissley, wegen des Cafés und ihrer roten Haare, aber mit der Sonnenbrille war sie ein bisschen anonymer.

»Ist es nicht zu gefährlich, das Auto auf einem Feldweg zu parken?« Der Aston sah schon von weitem aus, als gehörte er nicht hierhin.

»Kein Problem. Er hat ein Sicherheitssystem, das es kein zweites Mal gibt. Komm, ich bin neugierig.«

Er nahm ihre Hand und führte sie den Weg entlang, als wollte er tatsächlich Gedichte rezitieren. Sandy war auch neugierig. Zum Beispiel, wann Jay das letzte Mal beim Sex beobachtet worden war.

»Wann ist es denn passiert, dieses Spannen? Wann warst du der Voyeur, und wann hast du Exhibitionismus betrieben?«

Er war undurchschaubar, nicht nur wegen der dunklen

Brille, sondern auch wegen seines Gesichtsausdrucks – trotz eines leichten Lächelns.

»Oh, auf einigen elitären Partys. Wochenenden auf dem Land. Treffen gleich gesinnter Leute. Es gab immer was zum Experimentieren.«

»Aha.«

»Und du hast mir gesagt, du wolltest auch experimentieren. Dann komm mit.« Seine Hand hielt ihre nun kräftiger, und er schritt ein wenig schneller.

Sandys Herz klopfte wie wild, und die Tatsache, dass sie kein Höschen trug, wurde ihr hier erst richtig bewusst. Es war windstill, und doch fühlte es sich so an, als würde ihre Pussy von einer Brise gekitzelt.

Auf der Rückbank des Ford, der etwa hundert Meter vom Aston entfernt parkte, war ein Paar zugange. Als sie sich näherten, konnte Sandy kaum mehr sehen als den Kopf und die Schultern eines Mannes, und Frauenbeine streckten sich über den Rücken des Fahrersitzes. Es war kein besonders schöner Anblick, aber den Schreien und Stöhnlauten nach zu urteilen, die aus dem Innern drangen, ging es dem enthusiastischen Paar nicht so sehr um ästhetische Bilder.

Als Jay und Sandy nur noch wenige Schritte vom Ford entfernt waren, schaute der Mann über seine Schulter, als hätte er eine Ahnung, dass da jemand in der Nähe war. Sofort erhöhte er seine Anstrengungen und stieß härter zu. Er warf den Kopf in den Nacken und schrie irgendwelche Obszönitäten heraus, die den Schluss zuließen, dass es ihm gerade gekommen war.

Noch bevor die Vorstellung auf der Rückbank des Autos ihr Ende gefunden hatte, spürte Sandy, wie Jay ihre Hand drückte und weiterging. Sie folgte ihm in schweigender Übereinkunft. Sie hatte kein Interesse, den beiden länger zuzusehen, und wenn sie weitergingen, mochten die anderen glauben, dass sie nur zu einem Spaziergang aufgebrochen waren. Schwache Ausrede, aber immerhin.

Hinter einer lang gezogenen Biegung hielten sie aber doch an. Die langen gebeugten Äste eines alten Baums gaben ihnen Deckung. Jay hielt ihre Hand immer noch, und mit der freien Hand nahm er seine Sonnenbrille ab. Seine Augen leuchteten vor Übermut und Begierde.

Als Sandy auf den Schritt seiner Jeans schaute, sah sie, wie der Penis den Stoff ausbeulte.

»Oh, Mann, es braucht nicht viel, um dich auf Touren zu bringen!«

Jay lachte plötzlich, es klang fast wie ein Bellen. Er schüttelte den Kopf. »Nein, das ist wohl so.« Lächelnd schaute er selbst an sich hinunter. Sandy hätte schwören können, dass sich Überraschung auf seinem Gesicht abzeichnete. Es war nicht der übliche Männerstolz auf sein Gemächt, sondern echtes Staunen über seine eigene Kondition.

Ich frage mich, warum er über seinen Steifen erstaunt ist. Hängt es damit zusammen, dass er sonst nicht mit ganz normalen Frauen zusammen ist?

Sandy runzelte die Stirn, verärgert über sich selbst wegen dieses Gedankens; auf der anderen Seite musste der Fahrer eines Bond Autos auch an Frauen gewöhnt sein, die zu Bond passten.

Aber warum dachte sie so negativ? Er war jetzt hier bei ihr, nicht bei irgendeinem aufgemotzten Bond-Mädchen. Nutze den Tag. Sie starrte auf seinen Schritt.

»Was willst du damit jetzt anfangen?« Es fiel ihr schwer, nicht einfach den Arm auszustrecken und ihn in die Hand zu nehmen. Und der Drang verstärkte sich noch, als er immer noch so aussah, als könnte er seine sexuelle Bereitschaft nicht glauben. Er streichelte seine Beule, und Sandy hatte Mühe zu atmen und spürte das Zucken ihrer Pussy. Sie wünschte, er würde ihre Hand an seinen Schritt führen.

»Was schlägst du denn vor?« Er sah ihr direkt in die Augen, hielt immer noch seine Erektion und strich mit dem Daumen über den Baumwollstoff.

»Ich ... eh ... könnte ...« Es war lächerlich, aber sie konnte es nicht aussprechen, auch wenn sie es unbedingt tun wollte.

Seine Augen glitzerten. Er forderte ihren Mut heraus, nicht weniger, als sein Schwanz es tat.

»Ich könnte dir einen Blowjob geben.«

»Was für ein unglaublich süßes Angebot. Wie könnte ich da widerstehen?«

»Mach dich nicht lustig über mich«, rief sie, auch wenn sie selbst lachen musste. Klang die Sprache des Sex manchmal nicht völlig absurd?

»Ich mache mich nicht lustig über dich, wir lachen doch beide.« Seine Stimme senkte sich, klang jetzt rauer denn je, als hätte er ihre heimlichen Gedanken längst gelesen. Er zog ihre Hand zu seiner Erektion und drückte seine Hand auf ihre. »Das ist ein großer Unterschied.«

Seine Form war ihr inzwischen vertraut geworden. Lieb geworden. Sie lechzte danach. Sie kreiste mit der Handfläche über die starke Beule und erlebte ein Triumphgefühl, als er zu keuchen begann und seine Hüften vorstieß, ihrer Hand entgegen. Er schloss die Augen, und sie trat einen Schritt vor, sodass sie dicht beisammen standen, und spannte ihre Finger an. Sie atmete sein Rasierwasser ein und die Düfte von Weizen und Wildblumen. Sie gaben bestimmt ein seltsames Bild ab. Zwei Menschen auf einem Feldweg, die Körper eng zusammen, sich umarmend und berührend. Als stellte er sich das auch gerade vor, atmete er tief ein.

»Ja«, seufzte er, küsste ihre Braue und rieb sein Kinn wieder gegen ihres wie eine schnurrende Katze. Sein Bart fühlte sich überraschend weich auf ihrer Haut an. »Ja ... ja ... fass mich an.«

Sie wusste, was er meinte. Sie sollte seine Haut berühren, nicht nur die Jeans. Sie schob seine Hand weg und begab sich an die Aufgabe, schnallte den Ledergürtel auf und zog den Reißverschluss der Jeans hinunter. Sie schob die Finger in die Unterhose und befreite seinen Penis.

Er griff ihre Hand und sorgte dafür, dass sie ihn sofort hielt. Sie hätte ihre Finger gern unter sein T-Shirt geschoben und seinen Bauch liebkost, seinen Nabel, ihn einfach ein bisschen besser kennen gelernt. Aber das schien er nicht zu wollen. Er wollte, dass sie ihn hielt.

Jays Schwanz füllte ihre Faust, sprengte sie sogar. Sie war eine Frau normaler Größe und mit schlanken Händen, aber ihre Finger konnten ihn nur knapp umfassen. Er stöhnte, als sie es versuchte, und sie fiel in das Stöhnen ein, fasziniert vom süßen Gefühl seines Fleisches. Er war heiß, samten, hart und sauber, und aus dem Auge der Eichel sickerten die Sehnsuchtstropfen. Ihr lief das Wasser im Mund zusammen. Sie brannte darauf, ihn zu schmecken.

Wer bist du?

Da war sie wieder, diese Frage. Er trat zurück und lehnte sich gegen den Zaun. Sie folgte ihm und ging vor ihm in die Knie. Sie hielt ihn immer noch.

Trockene Grashalme stießen durch ihren Rock, aber das störte sie nicht. In ihrem Universum existierten nur Jay und sein Penis. Alles andere gab es nicht, auch nicht das Pärchen im Ford, der wahrscheinlich immer noch um die Biegung parkte. Vielleicht waren sie ausgestiegen, getrieben von der Neugier, und würden jede Minute hier auftauchen.

»Öffne dein Top«, ordnete er an, als sie sich gerade nach vorn lehnen, die Zunge ausstrecken und ihn schmecken wollte. »Ich will deine Brüste sehen.«

Die Rauheit seiner Stimme war aufregend für sie, ebenso wie der Gedanke, sich unter freiem Himmel für ihn zu entblößen. Ihr Plätzchen war zwar nicht gerade öffentlich, aber es bestand die Möglichkeit, entdeckt zu werden. Seit sie ihn das erste Mal gesehen hatte, war sie bereit gewesen, Risiken mit diesem Mann einzugehen, auch wenn sie das anfangs nicht erkannt hatte.

Mit zittrigen Fingern öffnete sie die winzigen Knöpfe ihres Baumwolltops, dann gratulierte sie sich für die Entscheidung, den BH mit dem Vorderverschluss angezogen zu haben. Nur ein Griff, und ihr BH fiel auseinander. Die Sonne schickte ihr diffuses Licht auf ihre Haut, aber Jays Augen brannten.

Als sie vor ihm kniete, ebenso entkleidet wie er, rutschte er seitlich weiter, zog sie mit sich und setzte sich auf einen Felsstein.

»Küss mich.«

Einen Moment lang war sie verwirrt und fragte sich, ob sie sich nach oben strecken sollte, um ihren Mund auf seinen zu pressen, aber ihr Bauchgefühl sagte ihr, was er meinte. Sie beugte sich nach vorn und drückte mit geschlossenen Lippen einen kleinen Kuss auf seine Eichel, quasi als Begrüßung.

Seine Hüften ruckten, drückten gegen ihr Gesicht, und die glitschige Spitze rutschte über die Wange. Sie öffnete die Lippen und versuchte, ihn zu lecken, aber er rieb sich weiter an ihrer Wange, grub seine Hände in ihre dichten Haare und kontrollierte den Vorgang.

Kreisend und gleitend massierte er den Penis über ihr ganzes Gesicht, als wollte er es erforschen und ölen. Der salzige Männergeschmack war kräftig, und doch kam er Sandy sauber vor. Um sich nützlich zu machen, griff sie an den Saum seines T-Shirts, damit sie ihn berühren und streicheln konnte, aber er sagte nur: »Nein.« Dann wiederholte er das Nein noch mal mit fester Stimme.

Sie drückte die Lippen gegen seinen Schaft. »Warum nicht?«

Er beugte sich über sie und flüsterte: »Meine Narben sind hässlich, Prinzessin. Die will man nicht sehen. Ich will nicht, dass du dich ekelst.«

Konnte er das wirklich annehmen? Sein Körper war kräftig, und sein Schwanz fabelhaft. Wie konnte ein bisschen Narbengewebe diesen Haupteindruck verderben?

»Lass mich das entscheiden«, flüsterte sie, und als er sich verspannte, leckte sie an der Seite des Schafts entlang.

Jay stöhnte, aber ob das etwas mit der Lust zu tun hatte, die ihre Zunge auslöste, oder ob er sich sorgte, dass sie seine Narben sehen könnte, war schwer zu sagen. Der Geschmack seines harten, seidigen Fleisches machte sie schwindlig.

Sie küsste ihn. Sie leckte ihn. Sie spielte mit ihm. Sie nahm ihn nicht in den Mund, aber sie hörte nicht auf, ihn zu necken und damit auch abzulenken. Als er sich nach hinten legte, zupfte sie wieder am Saum seines T-Shirts, und diesmal hinderte er sie nicht daran.

Die Narben waren schlimm, das galt besonders für die auf Bauch und Unterleib. Gerunzelt und stark gerötet, zogen sie sich über den ganzen Unterleib, und eine stieß gefährlich nach unten, ein Zentimeter nach rechts, und das zerborstene Metall hätte ihn entmannen können.

Sandy versuchte, sich die Schmerzen vorzustellen und die Furcht, die gerade diese Verwundung bei ihm ausgelöst haben musste, aber das Ausmaß seiner Ängste und Schmerzen konnte sie nicht erfassen. Ihn mussten diese Narben schockieren, aber sie war nicht angeekelt.

Sie hielt seinen Körper immer noch für schön. Die Narben mussten ihre Wirkung auf ihn haben, doch nicht auf sie. Sie hauchte einen Kuss auf die Spitze, dann pflanzte sie weitere Küsse auf den Schaft bis ganz hinunter und von dort auf den Bauch und nahe den Narben.

Sie küsste und leckte das zusammengezogene Gewebe mit der gleichen ungestümen Art, wie sie seinen Schaft saugte. Sie ließ die Finger leicht auf und ab gleiten. Ein Traum, eine Erinnerung aus der Kindheit, drang in ihre Gedanken, und sie murmelte: »Ich werd' mal blasen, dann tut's nicht mehr weh.« Im nächsten Moment hatte sie die Lippen wieder auf die Narbe gedrückt.

Jays Körper erschütterte unter ihrem Mund, gefolgt von einem langen Schütteln. Seine Hände griffen fester in ihre Haare. »Oh, Mann!«, stöhnte er und zitterte immer noch. Einen Moment lang glaubte Sandy, dass er kommen würde. Oder dass er sie wegdrücken würde. Als sie aufschaute, starrte er in den Himmel, sein Gesicht eine Maske aus Seelenqualen. Aber die Augen strahlten. Nicht vor Lust, erkannte sie, nein, sie sah eine helle Flüssigkeit.

»Jay! Ist alles in Ordnung? Ich habe dich nicht verletzt, oder?« Sein Ausdruck bekümmerte sie, auch wenn nur wenige Zentimeter vor ihrem Gesicht sein erigierter Penis zuckte. »Was ist es?«, fragte sie, als er nicht antwortete.

»Nichts« antwortete er mit heiserer Stimme. »Überhaupt nichts.« Er schaute wieder nach unten, dann lächelte er, und sein Blick huschte von ihrem Gesicht zu seiner Erektion und wieder zurück. »Willst du nichts dagegen tun?«

»Soll ich?« Sie war immer noch besorgt. Er lächelte, aber er blieb angespannt. Vielleicht wollte er nichts anderes als kommen? Aber sie hatte das Gefühl, dass ihn noch etwas anderes bekümmerte.

»Da fragst du noch?« Jay brachte seine Hüften näher und schob den Penis dichter an ihre Lippen.

Die Nähe seiner Hitze und seiner Härte waren unwiderstehlich. Sandy umschlang ihn und faltete die Lippen um die Krone seines Penis, dann begann sie zu lecken und wieder zu saugen. Er schmeckte fein und salzig, warm und gesund. Weitere Sehnsuchtstropfen setzten sich auf ihrer Zunge ab, und sie stöhnte: »Mmm, mmm.«

Seine Jeans passten ihm wie angegossen, deshalb konnte sie nicht nach seinen Hoden greifen. Ihr blieb nichts anderes übrig, als sie durch den Denimstoff zu drücken und zu streicheln. Obwohl der Stoff robust war, konnte sie fast fühlen, wie sie sich langsam im Beutel hoben. Sie bereiteten sich darauf vor, seinen Samen herauszuschießen, wenn er so weit war. Er befand sich am Rand des Orgasmus, und Sandy fühlte, dass sie Kontrolle ausübte.

Sie saugte die Spitze in den Mund, saugte hart und ließ die Zunge über den Schaft kreisen.

Jay schrie auf, und seine Hüften ruckten vor und zurück, einem wilden Orgasmus entgegen. Er stieß in ihren Mund und hatte keine Kontrolle mehr über seine Bewegungen, wie sie die Kontrolle verloren hatte, ihn zu beherrschen. Seine Finger gruben sich in ihre Kopfhaut, dann schrie er: »Prinzessin! Oh, verdammt!« Im nächsten Moment füllte er ihren Mund mit seinem süßen Erguss.

Sandy war schockiert und erregt zugleich und musste sich anstrengen, um atmen zu können. Gierig schluckte sie seine Essenz. Sie hatte dies noch nie gemacht, jedenfalls nicht freiwillig, aber jetzt wollte sie es unbedingt. Sie wollte diesen kleinen Teil von ihm in sich aufnehmen.

Nach ein paar Augenblicken gab sie ihn frei, und er glitt von ihren Lippen. Er löste den harten Griff um ihren Kopf, und bevor sie sich zurückzog, hauchte sie einen federleichten Kuss auf seine Eichel, dann noch einen auf seine Narbe. Sie schöpfte Luft und drückte ihre Wange gegen seinen Schenkel.

Eine Weile verharrten sie auf diese Weise, sie redeten nicht, und für Sandy galt, dass sie auch ihr Denken einstellte. Jays Gegenwart war beruhigend.

Sie war so entspannt, dass die Frage, vor der sie sich fürchtete, gar nicht mehr wichtig schien. Im Moment war es nicht mehr wichtig, wer er war.

»Ich danke dir.« Jay beugte sich hinunter und küsste ihren Kopf. Seine Finger glitten unter ihr Kinn und hoben ihr Gesicht an. »Ich danke dir«, wiederholte er, dann küsste er beinahe keusch ihre Auenbrauen.

»Du brauchst dich nicht zu bedanken. Ich habe es genossen.« Das stimmte. Oralsex war nie eine bevorzugte Übung von ihr gewesen, aber mit Jay war das anders. Da verglich sie die Liebe mit dem Mund mit der göttlichen Pflicht einer Priesterin. Sie musste lachen über diesen Gedanken; er sah sie verdutzt an, dann lachte er mit ihr.

»Ich habe nie gern einen Blowjob gegeben«, gab sie zu, berührte seinen Penis mit den Fingerspitzen und sah zu, wie er zuckte und anzuschwellen begann. »Egoistisch, nehme ich an. Schließlich bringt es mir nichts. Aber du schmeckst besser als alle anderen.« Er schwoll noch etwas mehr an, als brauchte er das Lob genauso wie ihre Berührung.

Jay atmete tief ein. »Es war nicht so sehr der Blowjob wie das andere.« Er legte eine Hand auf seinen Unterleib und drückte das T-Shirt gegen die Narbe darunter. »Ich meine, dass dich die Narbe nicht stört.« Sein Mund verspannte sich plötzlich. »Obwohl das nur ein Bruchteil der ganzen Narben ist.« Er hob den Blick und schaute weg.

»Das wird mich nicht schrecken, ganz egal, wie viele Narben du hast. Du bist kräftig, und du hast einen schönen Körper. Das sind nur Markierungen, nichts anderes.« Sie lachte leise. »Alles funktioniert, und das zählt.«

Er grinste. Strahlte sie an. Er sah wie ein Heranwachsender aus, der zum ersten Mal das Phänomen der Erektion entdeckt.

»Ja, du hast Recht. Er funktioniert.«

Er beugte sich wieder über sie und küsste diesmal ihren Mund. Ein tiefer, langer, feuchter Kuss, zwingend und forschend. Er langte tiefer und umfasste ihre nackten Brüste, während er sie schmeckte, und die Daumen strichen über ihre Nippel.

Als sie nach Luft rang, löste er seinen Mund von ihrem, sein bärtiges Gesicht hell und glücklich.

»Ich möchte Liebe mit dir machen. Lange, langsam und träge. Aber nicht hier.« Er schaute über die Wiese. »Ich möchte dir ein bisschen Luxus zeigen, kein Herumwälzen im Dreck, ohne Grashalme, die uns in den Hintern beißen und ohne Insekten, die uns beim Vögeln stechen.«

»Wir könnten zurück in den Teapot fahren. Ich glaube, Kat ist irgendwo unterwegs mit Greg; er hat den Nachmittag nämlich auch frei.«

Er schlang die Hände um ihre Mitte, und gemeinsam erhoben sie sich. Während sie den BH schloss, zog er den Reißverschluss der Jeans hoch. Sie war ein bisschen traurig, dass sie nicht sehen konnte, wie sich sein prächtiger Schwanz erhob.

»Nein, lass uns ins Waverley gehen. Sie haben einen guten Zimmerservice da, und wir können es krachen lassen.« Er half ihr beim BH und bei ihrem Top, als ob er jeden Tag Frauenkleidung zuknöpfte. »Was dagegen?«

»Natürlich nicht. Das wäre großartig.«

Ja, sie würde gern mehr vom berüchtigten Waverley sehen. Bisher hatte sie nur die Räume gesehen, die der Öffentlichkeit zugänglich waren, aber sie konnte die erotischen Bilder nicht vergessen. Gab es auf den Zimmern auch pornografische Bilder und Fotos an den Wänden, um die Gäste aufzugeilen? Sie hatte bisher nur Gerüchte gehört, und was Greg erzählt hatte, aber vielleicht hatte er Kat nur anmachen wollen.

Als sie die Biegung hinter sich hatten, war der Ford mit dem Pärchen verschwunden. Ihr Herz begann schneller zu schlagen. Was konnte besser sein? Das berüchtigte Hotel, ein bisschen Luxus und ... Jay.

Elftes Kapitel

Chintz! Himmel, so viel Chintz hatte sie noch nie in ihrem Leben gesehen!

Das Dekor des berüchtigtsten Hotels in der ganzen Grafschaft war nicht so, wie Sandy es sich vorgestellt hatte. Es machte einen gemütlichen Eindruck. Fast wie zu Hause. Intim und altmodisch. An der Wand hing das Bild einer Obenohne-Frau, aber es war sehr geschmackvoll.

Jay hatte ein mittelgroßes Zimmer, nichts Protziges. Das Zimmermädchen hatte aufgeräumt, nachdem er das Hotel am Morgen verlassen hatte; auf einem Tablett waren die Teebeutel und die Kaffeeportionen nachgefüllt worden. Trotzdem rief er an, um einen Nachmittagstee zu bestellen.

Auf einem niedrigen Schrank unterhalb des Fensters lagen Magazine ausgebreitet, dazu noch die Lokalzeitung *Kissley Gazette* sowie die *Financial Times*. Jay hatte seine Ledertasche und einen Laptop auf das Sideboard gelegt, dazu noch zwei Mobiltelefone.

Was machst du beruflich, Jay?

Bisher hatte sie sich immer nur gefragt: Wer bist du? Die Wirtschaftszeitung und der elektronische Kram deuteten auf Geschäftliches hin. Sandy blies die Wangen auf. Ihr war unbehaglich, und ihr Magen spannte sich. Sie hatte mit auf sein Zimmer gehen wollen, aber jetzt schien das nicht mehr so eine gute Idee zu sein. Plötzlich wollte sie nicht mehr wissen, wer er war oder welchen Beruf er hatte. Im Café und auf dem

Liebespfad war alles einfacher gewesen. Nur Sex und ein bisschen kuscheln.

Das Geräusch von Bettfedern ließ Sandy herumfahren.

Jay hatte sich aufs Bett gesetzt und schaute sie intensiv an. Sie sah, dass er sie begehrte. Schon auf der Autofahrt hierhin war er erregt gewesen, auch wenn sie beide die ganze Zeit geschwiegen hatten. Einige Male hatte er die Lippen geschürzt, als befände er sich tief in Gedanken, aber wenn er sie anschaute, hatten seine grauen Augen immer noch Feuer gesprüht.

Im Moment sah er verdutzt aus, als ob sein Körper ihn in eine Richtung zöge – zum Bett eben – während sein Kopf ihn in die andere Richtung führen wollte, zu einem längst nicht so angenehmen Problem.

»Was ist los?« Besser, sie brachten es rasch hinter sich.

Sie ging zum Bett und setzte sich, aber sie berührte ihn nicht. Die Beule seiner Erektion, die den Schritt dehnte, schien nach ihren Fingern zu rufen, aber sie wollte ihn in ganzer Pracht sehen, nicht nur die Erektion, denn sie wollte ihm zeigen, dass seine Narben der Schönheit seines Körpers nichts anhaben konnten.

Er fasste sie nicht an, auch wenn sie ahnte, dass er das so gern getan hätte wie sie. Sein Mund zuckte wieder, dann rieb er sich den Bart und biss auf die Lippe.

Was soll das? Irgendwas nagte an ihm.

»Was meinst du?«, fragte er.

Oh, Mann, er ist verheiratet!

Die übliche beschissene Lage. Man hörte immer wieder davon. Männer auf Geschäftsreisen. Frauen, die sich langweilten oder von ihren Männern enttäuscht waren, suchten irgendwo anders Trost. Alle möglichen Gründe.

In einigen Fällen hatte Sandy Verständnis für die Leute,

aber sie selbst hielt nichts davon. Solches Verhalten hinterließ nur Verlierer.

Sie öffnete den Mund, um was zu sagen, aber sie wusste noch nicht, was herauskommen würde. »Du siehst aus, als müsstest du mir was Unangenehmes sagen. Warum spuckst du es nicht einfach aus?«

»Und wenn ich es nicht tue, ist das unser Ende? Können wir nicht unseren Spaß haben ohne viele Fragen?«

Hitze legte sich über Sandys Brust. Sie wollte nicht so empfinden, so lieblos und vorwitzig. Sie wollte sexy und eine Frau von Welt sein und das Leben genießen. Jay konnte morgen schon weg sein, oder übermorgen, ohne noch einen Blick zurückzuwerfen. Wahrscheinlich war es besser, nicht zu viel über ihn zu wissen. Das war weniger schmerzlich.

Und doch wollte sie bestimmte Dinge über ihn wissen. Seine Geheimnisse kennen lernen. Aber das war dumm.

Jay stand auf und blieb neben ihr stehen, viel größer als sie. Sie sah ihn an, und er wirkte stark und hart wie ein Fels. Und er beobachtete sie. Er erklärte sich nicht, und er sah ziemlich defensiv auf sie hinab.

Warum fühlte er so? Er hatte gesagt, sie wollten nichts als Spaß miteinander haben. Das Bild, wie er im Garten vor ihr auf dem Boden kniete, stieg vor ihren Augen hoch.

Sie erinnerte sich an das Gefühl seines Mundes und der erfahrenen Zunge, die ihre Pussy belagerte, und ihre Erinnerung war so stark, dass ihre Klitoris zu brennen begann. Aber auch jetzt konnte sie noch nichts sagen, und Jay sah sie stirnrunzelnd an, als frustrierte ihn ihr Schweigen.

»Du hast keine Fragen gestellt, als du zugelassen hast, dass ich deine Pussy geleckt habe.«

»Musst du so derb sein? Es war lächerlich, dass er das jetzt zur Sprache brachte. Aber es war nicht derb. Es war die

Wahrheit. Und es hatte ihr sehr gefallen. Es würde ihr auch jetzt wieder gefallen, trotz seines plötzlichen ausweichenden Verhaltens.

»Also gut. Wie soll ich es denn nennen?«

»Ich weiß es nicht. Aber ich wünschte, du hättest es nicht getan.«

»Lügnerin. Du hast es genossen. Die Tatsache, dass wir uns gerade erst kennen gelernt hatten, hat dich nicht abgehalten. Du hast erfahren, was ich für dich tun kann.«

»Jetzt würde ich dich vielleicht davon abhalten.«

»Unsinn!«

Sie starrte ihn an, und er starrte zurück. Sein Gesicht war so sehr Maske, wie sie es noch nie gesehen hatte. Plötzlich leuchteten die Narben kräftiger, aber er blieb der attraktivste Mann in ihrem Leben. Und in seinen Augen ... entdeckte sie etwas Undefinierbares.

»Komm her«, sagte er. »Schließe die Lücke zwischen uns, damit ich dich anfassen kann. Und sage mir, dass du nicht mehr feucht wirst, wenn ich dich anfasse.«

»Nein.«

»Feigling.«

»Fick dich.«

»Mit dir sofort.«

Ihre Verärgerung rotierte, und ihre Begierde schwoll an. Aber sie war unentschlossen. Sie war nie feige gewesen, jetzt auch nicht. Sie würde diesen fremden, geheimnisvollen, arroganten Bastard nehmen und ihn benutzen. Dann würde sie ihn wegwerfen und versuchen, das Beste aus ihrem Leben und dem Café zu machen. Jay Bentley war eine Erfahrung auf dem Weg, sexuelle Experimente kennen zu lernen.

Sie trat auf ihn zu, umfasste seinen Kopf, und zog sein Gesicht zu ihrem herunter. ... und stieß ihren Mund auf seinen.

Seine Arme umschlangen sie; eine perfekte Umarmung, die wie ein Uhrwerk funktionierte, als ob ihre Körper eins wären. Sie versuchte, ihre Zunge in seinen Mund zu schieben und Kontrolle zu gewinnen, aber das geschah nicht. Es konnte nicht geschehen, weil seine Zunge schon zwischen ihre Lippen drängte.

Sie ließ es zu, erkannte sie, weil sie ihn immer noch begehrte, trotz allem. Sie wehrte sich jetzt auch nur, weil sie wusste, dass er das erwartete.

Ihre Zungen duellierten sich, und Sandy packte Jays T-Shirt, zerrte daran und zog ihn näher. Sie hielt ihn fest, und ihre Nägel gruben sich durch den Baumwollstoff, während sie ihn anknurrte und versuchte, »Bastard, Bastard« an seiner Zunge vorbei zu sagen.

Seine Antwort bestand darin, ihren Rock hochzuziehen. Er hielt ihn mit beiden Händen fest, um ihren Po blank zu legen. Er hielt den Stoff mit einer sehnigen Hand auf einer Backe fest, und mit der anderen Hand gab er ihr einen Klaps auf die andere, dann noch einen und einen dritten.

»Du Brutalo«, schnarrte sie und löste ihren Mund von seinem, während ihr Herz pochte und ihre Pussy in unverständlicher Lust triumphierte. Er klatschte wieder auf ihren Po, und ihre Klitoris begann zu summen, erregt und geschwollen. Sie konnte sich nicht helfen und drückte ihren Schoß gegen ihn, sie mahlte und teilte ihre Schenkel.

»Ja, ich kann auch brutal sein«, schnurrte er in ihr Ohr. Seine Stimme klang rau und erregend. »Aber du willst mich trotzdem haben.«

Sie warf den Kopf zurück, als könnte sie damit ihre Gefühle abschütteln. Aber selbst wenn 99,9 Prozent des Sex sich im Gehirn abspielten, konnte sie die Geilheit auf Jay nicht ignorieren, weder jetzt noch in Zukunft. Sie wollte nur, dass er sie anfasste, jetzt sofort, um sie wieder zum Orgasmus zu bringen. Danach sollte er sie aufs Bett werfen und sie ficken, bis sie einen Arzt brauchte.

Sie konnte ihm nicht in die Augen schauen, aber er zwang sie dazu. Er ließ ihren Rock fallen, nahm ihr Gesicht in die Hände, eine Hand auf jede Wange, und zwang sie, ihn anzusehen.

»Was willst du?«

»Ich will, dass du aufhörst zu glauben, dass du alles mit mir machen kannst, und dass du mich in Ruhe lässt«, log sie, obwohl ihr bewusst war, dass sie es nicht ertragen würde, wenn er sie in Ruhe ließ.

»Das geht nicht. Höre auf zu lügen und sage mir, was du im Augenblick willst.«

Sie konnte sich nicht vorstellen, dass sie jemals geglaubt hatte, seine Augen wären kühl. Sie wirkten jetzt metallisch, und sie sah sie funkeln. Sein ganzes Gesicht schien zu glühen, und sein Starren war so intensiv, so voller Sex.

»Ich will, dass du mich berührst und mich zum Orgasmus bringst, und dann sollst du es mir gründlich besorgen.«

»Und?«

»Und was? Ist das nicht genug?«

»Nicht für dich.«

»Okay, ich will, dass du mir den Po versohlst und all die wilden Dinge mit mir anstellst, die du schon mit anderen Frauen in der Vergangenheit ausprobiert hast. Du glaubst vielleicht, dass ich ein ungebildetes Kleinstadtmädchen bin, mit dem du ein bisschen spielen kannst, um dann weiterzuziehen.« Sie erwiderte sein Starren, als wollte sie ihn herausfordern, diese Dinge mit ihr zu treiben – klatschen, beißen, ringen, reiten ... Er war stark, aber sie hatte Zorn in sich und genug Wildheit, um ihm überlegen zu sein. »Aber ich nehme es auf mit dir, du Bastard, und das weißt du genau.«

Jay lachte, warf den Kopf in den Nacken und entblößte seine schönen, regelmäßigen Zähne. Voller Wut hob Sandy eine Hand und wollte sie ihm ins Gesicht schlagen, aber er fing sie mühelos ab und hielt sie auf ihrem Rücken fest. Ein Zittern rauer Angst vermehrte noch ihre Lust. Er konnte ihr Schmerzen zufügen, wenn er das wirklich wollte, und die Gefahr, dass er seine Kontrolle über sich verlor, ließ ihre Begierde anschwellen und die Stelle zwischen ihren Schenkeln flüssig werden.

Wieder hob er ihren Rock, und einen Moment später griff seine Hand in das Delta ihres Geschlechts. Ohne Finesse und ohne seine sonstige Rücksicht schob er zwei Finger in sie hinein und drehte sie, um ihren G-Punkt zu suchen, während er mit dem Daumen über ihre Klitoris strich.

»Nein«, stöhnte sie, stellte sich auf die Zehenspitzen und meinte: Ja, ja, ja! Seine Hand hob sich mit ihr, ohne Erbarmen, denn er behandelte sie grob, gebieterisch und voller Enthusiasmus. Er quetschte und rieb hart über ihre Klitoris, beinahe brutal. Sie schrie: »Ja!«, und dann kam es ihr hilflos, und sie tränkte seine Hand mit ihrem Honig.

Das wellenartige krampfhafte Pulsieren ihres Orgasmus ließ alle Gedanken aus ihrem Kopf fliegen. Sie fühlte sich leicht. Sie schwankte auf den Füßen, fiel gegen ihn, hielt seine Hand zwischen ihren Schenkeln gefangen und drückte ihre Hand auf seine steinharten Schultern.

Ihr Gesicht – der Mund war weit geöffnet – presste sich gegen seine Brust, und vage nahm sie wahr, dass sie auf sein T-Shirt sabberte. Er behielt sie im Griff mit Fingern und Daumen und führte sie von einem Höhepunkt zum nächsten, auch wenn aus der Lust allmählich Schmerz wurde.

»Oh, bitte«, wimmerte sie schließlich und bat um einen Aufschub, während die nächste Welle ihren Körper erfasste.

Er hörte auf; eine direkte Antwort auf ihre Bitte. Seine Finger glitten aus ihr, verharrten aber zwischen ihren Schenkeln und umfassten ihr Geschlecht mit einem leichten Griff, als wollte er ihre Not lindern. Er ließ auch die Hand auf ihrem Rücken sinken und schlang einen Arm um sie. Automatisch legte Sandy auch einen Arm um ihn und hielt ihn viel fester. Das verlorene kleine Mädchen in ihr fürchtete sich, dass er aus ihrem Leben treten könnte. Wieder.

Wieder?

Sie blinzelte und rang nach Luft. Nein, das war völlig falsch. Sie verwechselte ihn mit einem anderen. Ein unmöglicher Traum von einem Mann, eine Phantasie. Jemand, der so verschieden war von Jays Rücksichtslosigkeit und Unersättlichkeit, dass er genauso gut einer anderen Spezies angehören könnte.

»Bist du okay?«

Seine Stimme klang sanft und besorgt, und einen Moment lang vermischten sich wieder Vergangenheit und Gegenwart, Phantasie und Wirklichkeit.

»Mir geht es gut«, sagte sie spitz und zitterte noch ein wenig. Sie zog sich von ihm zurück, so sehr sie ihn auch begehrte. Er hielt sie mit kräftiger Hand fest, dann hauchte er einen süßen Kuss auf ihre Schläfe. Dann aber klopfte es an der Tür, und sie zuckten beide zusammen.

»Oh, verdammt!« Weil er es zuließ, sprang sie entsetzt von ihm weg. Sie fuhr sich durch die Haare, strich ihren Rock glatt und blickte nervös zur Tür, die jeden Moment auffliegen würde.

»Entspanne dich«, sagte Jay mit aufreizender männlicher Gelassenheit. Er schloss die Lücke zwischen ihnen, wischte die langen Strähnen ihrer Haare von ihrem Gesicht, und das tat er auf eine Weise, die sie selbst nicht geschafft hätte. Er legte wieder eine Hand auf ihre Wange. »Entspanne dich«, wiederholte er und ging zur Tür.

Sandy huschte ans Fenster und gab vor, sich irgendwas ansehen zu wollen, aber sie sah nichts. Ihre Gedanken waren voller Impressionen, Erinnerungen und Aufregungen. Als Jay die Tür öffnete, schaute sie widerwillig über die Schulter.

»Ihr Tee, Mr. Bentley«, sagte die fröhliche junge Frau, die das Zimmer betrat. Sie war hübsch und blond, und ihre Augen blickten schelmisch. Sie trug einen kurzen schwarzen Rock, und sie bemerkte, dass Jay davon Notiz nahm. Typisch Mann.

»Danke, Maria. Können Sie ihn drüben abstellen, bitte?« Er wies auf das Sideboard, direkt hinter Sandy.

Die Frau trug erstaunlich hohe Absätze, und der Rock war eindeutig mini. Dazu eine frisch gestärkte weiße Bluse. Maria schwebte durch das Zimmer und setzte das schwer beladene Tablett ab. Zum Tee gab es eine Auswahl an Kuchen und Plätzchen.

Um sich abzulenken, nahm Sandy jedes einzelne Teil in Augenschein. Wunderbar frisch und hübsch serviert, dazu makellos weiße Servietten, dünnes Porzellan, Kuchengabeln. Wie es sich gehört. Die volle Punktzahl für den Nachmittagstee im Waverley.

»Soll ich Ihnen einschenken?«

Etwas an der Stimme der blonden Frau ließ Sandy aufhorchen. Sie klang so, als wollte sie viel mehr anbieten, als das Einschenken des Tees. Maria hatten einen rosa Mund, der weithin leuchtete, als hätte sie sich die Lippen geleckt. Vielleicht stand sie auf harten, gut aussehenden Männern wie Jay.

Ihr knackiger Hintern schwenkte hin und her, als sie wieder durch das Zimmer ging. An der Tür drehte sie sich noch einmal um und schaute Jay und dann Sandy mit ihren blauen Augen an. Ihre Zunge wischte kurz über die Unterlippe, und ihr unanständiges Grinsen verbreitete sich noch.

Wieso weiß sie Bescheid?

Einige Male atmete Sandy tief ein. Aber sie konnte keinen Geruch von Sex wahrnehmen, nur den exotischen Duft, der überall im Waverley vorherrschte. Vielleicht hatte die fesche Maria eine besondere Antenne, weil sie in diesem Hotel arbeitete. Sandys Eindruck wurde noch bekräftigt, als die junge Frau ihr zublinzelte, während Jay ihr ein Trinkgeld gab.

Ich wette, so viel Trinkgeld bekommen wir nicht im Teapot! Oder glaubt Jay, dass er mein Trinkgeld in Naturalien bezahlt?

Als sich die Tür hinter Maria schloss, bemerkte Sandy, dass Jay sie grinsend beobachtete.

»Du scheinst sie gut zu kennen. Ist sie immer für den Zimmerservice zuständig?«

Tu das nicht. Er ist nicht dein Freund; du bist dir nicht einmal sicher, ob du ihn magst.

Jays dunkle Brauen hoben sich, das Grinsen verbreitete sich übers ganze Gesicht.

»Sie ist freundlich und sehr hilfsbereit. Hauptsächlich arbeitet sie an der Rezeption. Wie soll ich mich ihr gegenüber verhalten?« Er ging durchs Zimmer, und unwillkürlich zog sich Sandy zurück. »Bist du eifersüchtig?«, fragte er und stand über ihr, als sie sich zum Fenster geflüchtet hatte.

Sie konnte sein Rasierwasser riechen und den Duft von Gras und Pollen, der noch von der Wiese an ihm haftete. Sie nahm auch den Geruch von Sex und Begierde wahr, der sie völlig berauschte.

»Wie könnte ich eifersüchtig sein?« Sie hob ihr Kinn, nahm

allen Mut zusammen und sah in seine stahlgrauen Augen. »Ich habe dich gestern erst kennen gelernt, und ich bin nicht einmal sicher, ob ich dich mag. Besonders jetzt.«

»Ah, aber wir haben schon zweimal Liebe gemacht.« Er rückte näher an sie heran, und sein Gesicht berührte fast ihres. Sie glaubte, die Stiche des Chirurgen entlang der feinen Linien seiner Narben zu sehen. »Und wir haben auch andere Dinge getan, die man zum Sex zählen kann.«

»Liebe gemacht? Nennst du das so?« Sie konnte die Hitze des eigenen Atems fühlen, und er stand so nahe, dass sein Bart im nächsten Moment ihre Haut berühren würde. »Ich nenne es Sex und sonst nichts.«

»Wie du meinst.« Seine Stimme klang liebenswürdig. Mit den Fingern strich er durch ihre Haare und rieb über ihren Schädel. Als er leichten Druck ausübte, geriet ihr Herz in Panik. Sie fürchtete sich nicht vor ihm, sondern vor sich selbst. »Willst du noch etwas anderes ausprobieren?«

Sie tauchte unter ihm weg und mied seine Reichweite. »Ich möchte jetzt einen Tee trinken.«

»Ja, gut.«

Es schien, dass er alles versuchte, um wieder Frieden mit ihr zu schließen. Das ärgerte sie, denn er sollte begreifen, dass seine Heimlichtuerei sie nervte. Darüber hinaus hatte sie nichts dagegen, mit ihm zu schlafen und Sex zu treiben oder wie immer er es nennen wollte. Um ehrlich zu sein, das würde sie viel lieber tun, als mit ihm zu streiten.

Sie suchte sich einen Platz aus und versank in einem der tiefen mit Chintz bezogenen, weich gepolsterten Sessel. Ein wertvolles Möbelstück, nicht ein billiger Hotelstuhl, den man nur ins Zimmer gestellt hatte, um Platz auszufüllen. Sie schloss die Augen und sah eines der erotischen Fotos vor sich, die an den Wänden der Bar hingen. Schwarze, strahlende Wäsche hüllte ihren Körper ein, und ihre Füße steckten in Pumps. Die Schenkel auseinander gestellt, saß sie in genau so einem Sessel, und man konnte ihren nackten Schoß sehen, die Schamhaare fein getrimmt.

Sie schüttelte leicht den Kopf, öffnete die Augen und sah zuerst auf Jay, dann auf das Tablett mit dem Tee. Soll er doch sie bedienen, dachte sie, verdient hatte sie es. Außerdem war sie gerade aus ihrer Trance erwacht, in der sie eine Sexgöttin gewesen war.

»Milch und Zucker?«, fragte er und musterte sie, als hätte er ihre Gedanken erraten. Als er sich mit der Zunge über die Unterlippe fuhr, fragte sie sich für einen kurzen Moment, ob er auch das künstlerische Foto vor seinem geistigen Auge gesehen hatte. Das musste doch sein Interessensgebiet sein.

»Nur Milch, bitte.« Sie trommelte mit den Fingern auf den Arm des Sessels.

»Tu das nicht.«

Irgendwas in seiner Stimme ließ sie aufschauen. Er hatte nicht herrisch geklungen, aber manchmal schwang ein metallisches Knarren mit.

Sie wollte den Mund öffnen und fragen, warum sie das nicht tun sollte, aber dann schloss sie den Mund wieder. Jetzt sahen auch seine Augen hart und metallisch aus. Er sah sie herausfordernd an. Wollte er ihr sagen, dass er längst die Kontrolle über sie hatte?

Wenn es mit rechten Dingen zuging, sollte sie sich ihm widersetzen, einen Schritt von ihm weichen und ihm nicht erlauben, sie erneut mit irgendwelchen Spielen abzulenken, die sie vorher nie gekannt hatte.

Ja, auch jetzt spielte er wieder mit ihr. Es war ein zauberisches Netz, das er um sie gewebt hatte, wie gestern Abend im

Auto, als er sie zu seinem Spielzeug gemacht hatte, zu seiner Marionette, seinem Sexpüppchen.

Sie wurde still und ließ die Arme auf den Sessellehnen liegen. Sich nicht zu bewegen, war erregend, und zwischen ihren Beinen fühlte sie wieder das Rinnsal.

Konnte sie überhaupt noch reden? Sie musste es probieren.

»Warum hast du mich gestern beobachtet? Im Teapot und später auch auf der Cocktailparty? Warum hast du gerade mich ausgesucht?«

Er schenkte Tee ein, fügte Milch hinzu und antwortete zunächst nicht. Aber als er ihr die Tasse Tee brachte und sie auf den kleinen Tisch stellte, sagte er: »Als ich dich sah, warst du alles, woran ich denken konnte. Ich wollte dich haben.«

Er ließ sich neben sie auf die Couch fallen, griff nach dem dunklen Stoff ihres Rocks und schob ihn ihre Beine hoch, langsam und methodisch. Das Flüstern des weichen Stoffs war wie eine Liebkosung und schickte Sensationen direkt zu ihrer Pussy. Er hob den Rock höher, bis sie entblößt dasaß, dann legte er ihn wie eine Wulst um ihre Hüften und starrte auf das dunkle Dreieck ihrer Schamhaare.

»Wunderschön«, murmelte er und schlüpfte mit einem Finger zwischen ihre Labien. »Wunderschön«, wiederholte er, fand genau das, was er suchte und brachte den glänzenden Finger an seine Lippen. Er saugte ihren Saft auf.

Sie hätte seine Hand wegschlagen sollen. Sie hätte ihre Blöße bedecken müssen. Aber sie konnte es nicht. Sie war wie hypnotisiert. Nun, nicht genau, aber er hatte sie in seinen Bann gezogen.

Er ist gefährlich! Er wird so lange mit dir spielen, bis du süchtig nach ihm bist! Dann wird er verschwinden. Spring hoch und lauf davon. Beende diese Geschichte, solange du es noch kannst. Solange du ihn vergessen und zurück zu deinem normalen Leben finden kannst.

Aber sie konnte es nicht. Vielleicht war sie schon süchtig nach ihm? In ihrem Kopf lag sie im Widerstreit. Nur noch diesen Nachmittag, und vielleicht auch noch den Abend und die Nacht. Dann würde sie ihm sagen, dass es vorbei war. Es hatte ihr Spaß gemacht, aber nun war es genug.

»Woran denkst du?«

Sie wollte den Moment nicht verderben. Sie konnte es nicht. Alles war so fremd. Ihr Körper war zu erregt. Sex, Brüste, alles. Nerven, Blut, Finger, Zehen.

»Ich weiß es nicht. Nichts. Alles.« Sie warf den Kopf herum.

Er hockte noch neben ihr und lachte. »Mir geht es auch so. Als ob ich an nichts anderes als an Sex denken kann, wenn ich bei dir bin und deinen Körper sehe. Es ist wie ein Zauberbann.« Er legte eine Hand auf ihren Schenkel und streichelte mit dem Daumen über den Rand ihrer Schamhaare.

»Nur meinen Körper?« Sie lachte auch, befreit und zugleich willenlos. »Kein Interesse an meinen Gedanken?«

»*Touché.*«

»Dann gibst du es also zu?« Der Drang, hin und her zu rutschen und sich an ihn zu schmiegen, weil sein Streicheln ihr so guttat, war unglaublich. Sein Daumen bewegte sich fast nicht, und doch pulsierten ihre Nerven, als masturbierte er sie hart und schnell.

»Ein Bündel, das es nur im Doppel gibt. Körper und Geist. Das eine ist ohne das andere nicht zu haben.«

»Das ist Unsinn. Worüber sprichst du, zum Teufel?«, fragte sie.

Es war Unsinn. Seine Gedanken überschlugen sich. Das Parfum ihres Geschlechts einzuatmen, war, als wäre er in einer Opiumhöhle, nur wusste man, dass man hier nicht zu Tode kam oder verrückt wurde.

»Ich weiß auch nicht, wovon ich spreche«, gab er zu. Der Daumen bewegte sich wieder leicht. Er liebte die Hitze ihres Körpers gerade an dieser Stelle, an der die Hüfte gegen den Oberschenkel stieß. Ihre Schamhaare waren weicher als alle anderen, die er angefasst hatte. Es genügte schon, sie zu berühren und ihre Reaktion zu erleben, um einen leichten Schwindel bei ihm auszulösen. »Aber gleichzeitig weiß ich doch, was ich meine, und ich weiß, was ich will«, fuhr er fort. »Und was ich fühle.«

Ihre grünen Augen weiteten sich, sie glänzten dunkel, voller Erregung, Furcht und Erkenntnis. Aber welche Erkenntnis? Eine gemeinsame sexuelle Obsession, oder etwas, das tiefer ging und älter war? Der romantische Traum?

Dachte sie manchmal noch an die Momente vor langer Zeit, als sie diese kurze Begegnung erlebt hatten? Er hätte es gern gewusst. Träumte sie gelegentlich – wie er – über den perfekten Märchenprinzen?

Ich werde verrückt. Sie erkennt mich nicht. Ich würde mich selbst nicht erkennen. Auch ohne mein zerschmettertes Gesicht hätten sich meine Züge verändert. Sie konnte mich gar nicht wiedererkennen.

Verdutzt wickelte er eine rostbraune Locke um seinen kleinen Finger und zupfte sanft daran. Trotzdem stöhnte sie. Er war froh, dass sie ihre Schamhaare nicht komplett rasierte. Er liebte die Natürlichkeit. Ihr kleiner Busch speicherte ihren Duft.

Noch einmal ein kurzes Zupfen, und sie warf den Kopf herum und schloss die Augen, damit sie ihre Reaktionen für sich behalten konnte. Er ließ sie gewähren, auch weil er wusste, dass sie ihr Verlangen auf andere Weise zeigen musste, zum Beispiel, wie sie hin und her rutschte. Oder wie der Duft ihrer Erregung immer stärker wurde. Außerdem glänzten die Innenseiten ihrer Schenkel mit ihrem fast durchsichtigen Saft.

Ihre blasse Hand verspannte sich auf der Sessellehne. Sie hatte eine schöne Hand mit schlanken Fingern, keine übertrieben bemalten Klauen. Pink und natürlich sahen ihre Nägel aus. Er nahm ihre Hand in seine und führte sie zu ihrem Schoß. Er teilte die Labien und drückte zwei ihrer Finger auf ihre Klitoris.

»Spiel mit dir selbst. Zeige mir, wie du es dir selbst machst.«

Ihre Augen waren weit aufgerissen, alarmiert von seinem Befehl. Ihre Pupillen glänzten wie ein See der Begierde.

Hitze staute sich überall in Sandys Körper, erreichte jede Pore und jedes Follikel. Schweiß bildete sich in ihren Achselhöhlen und zwischen den Brüsten. Andere Flüssigkeiten umspülten ihre Fingerspitzen.

»Ich kann nicht …«

»Oh, doch, du kannst, du kannst.«

Sie wollte von ihm wegsehen, aber sie konnte es nicht, er hielt sie immer noch in seinem Bann. Selbst als sie versuchsweise mal über die prickelnde Klitoris rieb, konnte sie nicht aufhören, Jay zu beobachten. Er saß mit überkreuzten Beinen vor ihr und beobachtete die Schau, aber trotz seiner eleganten, flüssigen Bewegung erkannte sie, dass er mit den Zähnen knirschte.

Es tut immer noch weh, nicht wahr?

Er schien mit seinen Augen zu antworten, trotz des sexy wölfischen Lächelns, und es war dieses Zugeben seiner Verletzlichkeit, das ihr Mut gab. Der Wagemut blühte, und ihr Verlangen auch. Sie ließ sich noch tiefer in den Sessel sinken und suchte die perfekte Position für ihre Schau.

Ihre Absicht war gewesen, sich ganz still zu verhalten, aber jetzt öffnete sie rasch ihr Top und ließ auch den BH aufschnappen. Die Luft im Zimmer schien warm auf ihren Brüsten zu liegen, als sie mit einer Hand zu ihrem Schoß zurückkehrte, und mit der anderen Hand drückte sie eine Brustwarze und rollte sie zwischen Daumen und Zeigefinger. Zwischen ihren Beinen war es sumpfig, geschwollen vor Erregung.

»Ja, das ist sehr gut«, ermutigte Jay sie. Er lehnte sich ein wenig vor, als sie auch die Klitoris drückte und rollte und die beiden Aktionen synchronisierte. Sie stellte sich vor, seinen Atem auf ihrem Handrücken zu spüren, obwohl er dafür nicht nah genug saß. Sie erinnerte sich an seinen Atem gestern Abend, als er sie geleckt hatte.

War das erst gestern Abend gewesen? Es schien, als hätten sie seither eine erotische Zeitreise an einem einzigen Tag erlebt. Erstaunt rieb sie schneller und härter. Ihr Atem kam in heftigen Stößen. Die Anspannung in ihrer Pussy ließ sie die Beine weiter spreizen.

»Hier«, sagte er und ließ sich nach vorn fallen. Er legte die Hände auf ihre Schenkel und spreizte sie so weit, dass er sie über die Sessellehnen legen konnte. »Das ist besser.«

War es besser? Oh, Mann, ja … aber gleichzeitig war es auch schlimmer.

Sie war völlig entblößt und ausgebreitet, ihr Po lag auf dem Sitzende des Sessels, ihre Pussy klaffte auseinander, ein wenig verborgen hinter ihrer Hand. Sie gab einen Stöhnlaut von sich, Ausdruck verworrener Emotionen – nicht Scham, aber eine Cousine von ihr –, als Jay die Lampe auf dem niedrigen Tisch einschaltete, um noch besser sehen zu können.

»Deine Muschi ist köstlich, so pink und saftig.«

Sandy lachte. Es klang lächerlich, eine solche Beschreibung von einem Mann zu hören. Aber irgendwie schien er Recht zu haben, ehrlich und natürlich.

»Steck einen Finger in dich rein. Ja, genau so. Rein und raus damit. Herrlich. Nicht deine Klitoris berühren, dringe nur in die Pussy ein.«

Sie gehorchte ihm, obwohl ihre Klitoris zu jammern schien, weil sie die Beachtung vermisste.

»Jetzt lass den Finger reglos bleiben. Sitz einfach da, den Finger in der Pussy. Und zwick deinen Nippel. Härter. Zwick ihn, bis du wund bist, aber lass deine Klit in Ruhe.«

Ihr fiel das Atmen schwer, ausgelöst vom leichten Schmerz der Brustwarze, als sie drückte und drehte. Ihre Klitoris zuckte, und ihre Vagina wurde geschüttelt und umklammerte ihren Finger – fast zum Punkt des Orgasmus. Sie konnte sich nicht zurückhalten und begann, den Po auf dem Sitz hin und her zu wetzen.

»Ich liebe die Art, wie du dich bewegst. Es ist wunderbar, dich so erregt zu sehen, dass du nicht stillhalten kannst.« Er war jetzt ganz dicht bei ihr, auch wenn sie sich nicht traute, weder ihn noch ihren eigenen Körper anzuschauen. »Presse jetzt deinen Po zusammen. Ja, so.«

»Nein, nein«, stöhnte sie, gehorchte aber trotzdem. Sie folgte seinen Anweisungen, als wäre sie Jean Harlow und er Cecil B. de Mille.

Ihr Geschlecht fühlte sich an wie Feuer. Sie befand sich am Rand ihres Höhepunkts, aber noch verweigerte er ihr die Erleichterung.

»Bleib jetzt ganz still. Kein Pressen mehr. Entspanne dich.«

Wie? Wie, zum Teufel, sollte sie sich entspannen? Sie war ihm völlig ausgeliefert. Klitoris, Labien, Damm, Anus lagen offen vor ihm, und ihr Finger steckte in ihr. Trotzig zupfte sie an ihrem Nippel, und alles begann sich wieder zu drehen und streifte den Orgasmus.

»Bleib ruhig«, wisperte er. Sie spürte seinen Atem auf ihrem Knie.

Bitte, küss mich ... sauge mich aus ... gib mir deine Zunge.

Aber als sie ihre Augen öffnete, glitzerten seine wie polierte Steine, und ein dunkles kleines Lächeln umspielte seine Lippen. Noch nicht, schien er zu sagen, ohne ein Wort auszusprechen. Gleich darauf war er wieder auf den Füßen und langte nach ihrer Teetasse.

»Du musst durstig sein. Du musst trinken. Nimm einen Schluck Tee.«

Mit großer Achtsamkeit führte er die Porzellantasse an ihre Lippen. Ihr Körper wurde geschüttelt, und frischer Schweiß brach in ihren Achselhöhlen aus. Es schien viel obszöner zu sein, Tee zu trinken, der einem in den Mund geflößt wurde, während man halb nackt dalag und sich selbst berührte, als der Akt der Masturbation selbst.

Sie stellte mit Erstaunen fest, dass der Tee noch heiß war. Wie konnte das sein? Ihr kam es so vor, als spielte sie schon seit Stunden mit ihrer Pussy, aber wahrscheinlich waren erst ein paar Minuten vergangen. Sie schluckte brav und genoss die aromatische Flüssigkeit, und erst jetzt bemerkte sie, wie trocken ihr Mund geworden war. Vermutlich, weil all die Flüssigkeit ihres Körpers sich zwischen ihren Beinen gesammelt hatte.

»Genug?« Jay zog die Tasse ein wenig zurück. Sandy nickte. »Du bist so schön. Du raubst mir den Atem.«

Sie begann zu träumen, aber dann riss sie die Augen auf. Jay hatte sich wieder vorgebeugt und starrte ihr ins Gesicht und nicht mehr aufs Dreieck.

»Etwa so?«, fragte sie mit schwacher Stimme.

»Ja.« Sein Blick huschte von ihrem Gesicht zu ihren Brüsten und dem Schoß, dann zurück.

Die Zeit tickte. Unmögliche Gedanken schossen ihr so schnell durch den Kopf, dass sie sie gar nicht fassen konnte. Dann schüttelte Jay leicht den Kopf, als wollte er seine Gedanken klären, und lächelte wieder. Es war dieses teuflische Lächeln, das er draufhatte.

»Bieg deinen Finger«, sagte er leise und ließ sich wieder auf die Knie fallen.

Er presste auf die empfindliche Stelle ihres G-Punkts, was ihr wahnsinnig viel Lust bescherte. Sie ahmte seinen Druck nach, als er den Finger zurückgezogen hatte, aber die Gefühle wurden schwächer und ließen nur ein gefährliches Echo zurück.

»Zu viel?«

»Ja, ich glaube schon«, gab sie zu, die Stimme leicht wie Federn.

Er strich zärtlich über ihr Gesicht.«Lass deinen Körper einen Moment lang ruhen. Entspanne dich«, drängte er sie wieder und schob einige feuchte Haarsträhnen aus der Stirn.

Sandy ließ ihre Hände auf ihre nackten Schenkel fallen. Sie fühlten sich schwer an auf ihrer Haut, warm und fast so, als gehörten sie nicht zu ihrem Körper. Doch zwischen ihren Beinen nahm sie sehr deutlich die heiße Membran ihres Geschlechts wahr. Ihre Pose, die Beine über die Sessellehnen gelegt, blieb offen und entblößt.

Mit einem letzten Tätscheln ihrer Stirn erhob sich Jay und ging hinüber zum Teetablett. Er nahm seine Tasse und ließ sich im zweiten Chintzsessel nieder, der ihrem gegenüberstand. Er hatte einen Tribünenplatz mit Blick auf ihre Pussy, während er mit sichtlichem Vergnügen mit ihr den englischen Nachmittagstee schlürfte.

Nach einer Weile stellte er seine Tasse ab und setzte sich im Sessel zurück. Wie ein Connoisseur betrachtete er ihr Geschlecht aus der Nähe. Ja, natürlich, er war ein Connoisseur; dafür hatte er genug erlebt und gesehen, bevor ihn ein auseinandergerissener Aston fast in den Tod befördert hatte.

Nicht zum ersten Mal versuchte sie, ihn sich mit einem anderen Gesicht vorzustellen. Es würde sich von seinem jetzigen nicht sehr unterschieden haben, aber es war vielleicht nicht so kantig und weniger hart. Es war schwierig, sich sein Originalgesicht vorzustellen, denn in den letzten vierundzwanzig Stunden hatte sie sich das Gesicht eingeprägt, das er jetzt hatte. Das einzig andere Gesicht, das bei ihren Gedanken herauskam, war das ihres Retters von vor langer Zeit, ihr süßer Märchenprinz.

Der Schwindel, der sie erfasst hatte, kam wieder zurück. Er führte dazu, dass sie sich desorientiert fühlte. Die beiden Gesichter vermischten sich.

Nein, es war nicht möglich. Sie waren sich so wenig ähnlich wie Kreide und Käse. Und doch kehrte das Gesicht aus ihrer Jugendzeit immer wieder zurück.

Jay atmete tief ein, und plötzlich war der Bann gebrochen. Er legte die Ellenbogen auf die Armlehnen, legte die Finger gegeneinander und ließ sein bärtiges Kinn darauf ruhen.

»Spielst du eigentlich mit Sexspielzeug?«, fragte er aus dem Nichts heraus.

Zwölftes Kapitel

»Was hast du gesagt?«

Jay lachte. »Komm schon, Prinzessin. Eine sexy Frau wie du muss doch einen Vibrator haben.«

Sandy musterte ihn mit verengten Augen. Er hielt ihrem Blick stand. Dann sah sie ein Blinzeln in seinen Augen. Es entstand eine schweigende Kommunikation. Ein Katz-und-Maus-Spiel. Dominanz und Unterwerfung. Er wurde vom Anblick ihres Körpers in den Bann gezogen und gab sich der überlegenen weiblichen Macht ihrer Pussy hin.

»Natürlich habe ich einen«, sagte sie und veränderte ihre Position. »Ich wünschte, ich hätte ihn jetzt bei mir. Ich will, dass es mir kommt.«

»Dann mach dich fertig. Du brauchst kein Spielzeug.«

Bewunderung schwang in seiner Stimme mit, sein Gesicht leuchtete hell, er biss sich auf die Lippe, erstaunt und fröhlich.

»Warum machst du das nicht? Du bist es doch, der nicht genug kriegen kann, mich überall anzufassen. Jetzt hast du die Gelegenheit. Komm und spiele mit mir.«

»Komm zu mir, wenn du das willst.« Er schien ganz ruhig zu sein, aber sie nahm eine gewisse Anspannung bei ihm wahr.

Plötzlich wollte sie eine Veränderung, eine andere Dynamik. Ohne länger darüber nachzudenken, schwang sie die Schenkel von den Sessellehnen und stand auf. Das Feuer in

Jays grauen Augen gab ihr Macht, und als sie vor seinem Sessel stand, blieb sie kurz stehen, trat die Schuhe ab und begann sich langsam auszuziehen. Nicht für ihn, sondern für sich selbst.

Sie wand sich aus ihrem Top, ließ es die Arme hinuntergleiten und warf es weg. Sie streifte die Träger ihres offenen BHs von den Armen und warf ihn auch beiseite. Eine Sekunde später öffnete sie den Knopf an der Seite ihres wehenden Rocks, dann zog sie den Reißverschluss auf. Der schwarze Stoff blieb wie ein dunkler Teich um ihre Füße liegen; sie trat heraus und ging auf Jay zu. Sie schob seine Knie zusammen, und während er sie noch anstarrte, als wäre sie eine aus dem Meer steigende Göttin, ließ sie sich auf seinem Schoß nieder, völlig nackt, fuhr herum und drückte einen Kuss auf seine Lippen.

Jays Mund gab nach, feucht und warm und nach Tee schmeckend. Sie hob die Arme und legte sie um seinen Hals. Ihre Fingerspitzen rieben über den kurz geschorenen Schädel. Das samtene Gewebe war enorm sinnlich, auch der seidige Bart, der gegen ihr Gesicht drückte, während sie seine Lippen kostete und das Kosen seiner Zunge genoss. Als er seine eigenen Hände hob, um sie zu umarmen, teilte sie ihm schweigend mit, dass sie es ihm gestattete.

Es hatte etwas sehr Pikantes an sich, nackt auf dem Schoß eines angezogenen Mannes zu sitzen. Eine seltsame Art von doppelter Nacktheit, die ihrer Haut einen besonderen Kick gab. Sie rutschte auf seinen Jeans vor und zurück, schmiegte sich an ihn, rieb ihr Geschlecht gegen die Härte seiner Muskeln und der anderen Härte, dem soliden Knoten seines Unterleibs.

Sie lehnte sich vor und rieb ihre Brüste an seinem Brustkorb. Die Nippel schabten sich an seinem dunklen Baumwoll-T-Shirt. Als sie sich zur Seite kippen ließ, lösten sich ihre Haare und glitten auf ihre Schultern. Jay hielt ihren Oberkörper fest, während sie den Kuss fortsetzen.

Das Gefühl von Jays Händen, die über ihren Rücken und die Seiten streichelten, wurde zur wahren Lust für sie. Er berührte sie nur leicht, aber irgendwie fand er alle empfindsamen Stellen. Es war mehr als Sex; es war tiefer Kontakt. Sie berührten sich auf einer anderen Ebene. Die Kommunikation schwebte von Haut zu Haut. Auch als sie den Kuss abbrachen, rieb er ihr Gesicht wieder gegen seins, ihre Wange gegen seine, kreisend, wissend, schweigend sprechend.

Aber dann war es wohl unvermeidlich, dass seine Hände hilflos auf ihre Brüste sanken und tiefer zu ihrem Geschlecht. Sie gab ein leises Stöhnen von sich, das ihm sagte, wie richtig der Weg war, den er ging.

»Prinzessin. Prinzessin. Prinzessin«, murmelte er, strich mit dem Daumen über die Brustwarze und stieß mit der anderen Hand kühn zwischen ihre Labien. »Weißt du, du bist vollkommen. Köstlich und wunderbar. Ein Schatz.«

»Die Pferde gehen mit dir durch«, tadelte sie, dann brach ihre Stimme, als seine Finger sie manipulierten. »Du musst mit Dutzenden schönen Frauen herumgemacht haben. Offenbar bist du reich, und du siehst gut aus, also konntest du sie alle haben, Models und wen auch immer.«

Sein Streicheln hielt inne. »Reich – ja«, gab er zu. Und bis zum Unfall werde ich wohl auch gut ausgesehen haben.« Seine Fingerspitzen rührten sich wieder, so geschickt wie zuvor.

»Auch jetzt siehst du gut aus, du Narr«, keuchte sie. »Kat findet dich heiß wie die Hölle. Und überall, wo wir heute waren, im Einkaufszentrum und im Pub, haben die Frauen dir nachgesehen.«

Jay lachte, aber sie hörte heraus, dass er sich über das Kompliment freute. Typisch Mann.

»Das ist mir nicht aufgefallen. Ich war zu sehr damit beschäftigt, mir die Männer zu merken, die dich lüstern angesehen haben.« Er wich ein wenig zurück, aber Sandy rutschte sofort nach und wollte nicht, dass er sie neckte.

»Jetzt«, befahl sie. »Ich habe genug von diesen Spielen. Wenn du deine Arbeit nicht schaffst, werde ich es selbst machen.« Sie verstärkte den Druck ihrer Arme um ihn, presste den Mund auf seinen Hals und biss leicht hinein.

»Ja, Prinzessin«, stöhnte er, und seine Finger spielten härter.

Es dauerte nur Sekunden, und sie heulte vor Lust und lachte mit ihm, als es ihr kam. Ihre Pussy pulsierte, ihre Beine traten aus, und ihr Po wand sich hin und her.

Er hielt sie fest, bis ihr Körper sich beruhigt und die Anspannung sie verlassen hatte, ersetzt durch eine sanfte Melancholie.

»Zurück zu diesem Vibrator«, sagte er schließlich. »Wie sieht er aus? Wo hast du ihn her? Wie oft benutzt du ihn?«

»Oh, ihr Männer, ihr wollt immer die Geheimnisse eines Mädchens hören.« Sie fühlte sich locker und erleichtert. Sie konnte ihm ein paar aufregende Flunkereien sagen, oder? Er hatte ihr gerade einen wunderbaren Orgasmus beschert, den letzten in einem schier endlosen Strom.

»Erzähle.«

Verschob sich das Gleichgewicht wieder? Er schien entschlossen, Einzelheiten von ihr zu hören. Er hielt sie immer noch in seinen Armen, und sie spürte, wie seine Dominanz wieder wuchs. Sie schien ihm so wichtig zu sein wie die Erektion, die immer noch gegen ihren Po stieß.

»Also gut. Er ist pink und aus Plastik, und es ist nichts

Besonderes. Nur eine billige summende Röhre, wenn du so willst.«

»Aber er funktioniert, nehme ich an.« Er öffnete den Mund an ihrem Hals.

»Ja, das kann man sagen.«

»Gute Orgasmen?«

»Ja, sehr gute.«

»Fabelhaft.« Er begann zu küssen und die Haut am Hals zu lutschen. Er spielte nur, aber es fühlte sich gut an. »Und wo hast du diesen preiswerten Schatz erworben?«

Sandy lächelte und erinnerte sich an einen lustigen Abend. »Kat hatte zu einer Sexspielzeug-Party eingeladen. Nur ein paar von unseren Freundinnen waren da, und wir mussten uns die Sachen aus dem Katalog aussuchen. Aber sie hatte auch Muster dabei. Mehrere Flaschen Wein und viel Knabberzeug.«

Jay lachte fröhlich. »Ah, das hört sich wie die Pyjama-Partys von Collegemädchen an.«

»Ja, so ungefähr, aber bei uns gab es keine durchsichtigen Pyjamas oder Kissenschlachten. Nur viel Wein, endloses Kichern und nichts Sexuelles.«

»Was? Nicht Mädchen mit Mädchen?«

»Nein.«

»Na, gut. Und was hast du sonst noch gekauft? Irgendwelche unanständigen Dinge, die du mir gestehen kannst?«

Es hatte eine breite Auswahl gegeben. Dildos, Vibratoren, bedrohlich aussehende Postöpsel und Liebesketten. Ein paar Softporn Videos, von Frauen für Frauen gedreht. Eine Selektion von Unterwäsche, aber fast alles hatte sie links liegen gelassen.

»Höschen.« Sie kicherte. »Ich habe ein unanständiges Höschen gekauft und einen BH mit Löchern.«

Jays Hände drückten ihre nach unten zu seinen Jeans, unter der sich seine Erektion abzeichnete. Ah, Männer, sie waren wirklich wie primitive Tiere, selbst die geheimnisvollen mit viel Geld und teuren Autos. Erzähle ihnen irgendwas Geiles, und sie kriegen einen Steifen.

»Einzelheiten, Frau, Einzelheiten!«, befahl er knurrend.

»Eh … sie waren rot. Nylon. Mit schwarzer Spitze und abgesetzt mit Marabuseide. Kat hatte meine Größe nicht da, deshalb habe ich eine kleinere Größe genommen. Als ich Höschen und BH anprobiert hatte, waren sie verdammt eng.«

»Es wird immer besser.« Eine große, warme Hand legte sich sanft über ihre Brust, sanft, aber hungrig. »Haben sich die Nippel wegen der kleineren Größe nicht durch die Löcher drücken können?«

»Doch, das klappte trotzdem. Aber die Spitze des BHs hat gekitzelt. Dadurch sind meine Nippel jedes Mal steif geworden, wenn ich diesen BH getragen habe.«

»Und was ist mit dem Höschen? War das auch zu eng? Hat es sich wie ein Handschuh um deine Pussy gelegt?«

Sandy lächelte; sie hatte ihr Gesicht von ihm abgewandt. Sie wusste, was er hören wollte.

»Es war in der Mitte geöffnet, und weil es so eng war, klaffte die Öffnung auseinander. Es hat nicht viel bedecken können.«

»Ich glaube, ich bin gerade gestorben und im Himmel angekommen«, schnurrte Jay. »Hast du denn diese wunderbaren Sachen öfter getragen? Hast du sie angezogen, wenn du mit Männern zusammen warst? Um sie zu reizen, wie du mich gerade reizt?«

Sollte sie mit den Lügen fortfahren, oder sollte sie mehr oder weniger die Wahrheit sagen?

»Nein, ich habe sie nie für einen Mann angezogen.«

»Würdest du sie für mich anziehen, wenn wir uns das nächste Mal treffen?«

Sie richtete sich auf seinen Knien auf. Er lachte. Er wusste, dass sie geschwindelt hatte.

»Ach, schon gut. Ich habe kein Höschen mit offener Mitte und auch keinen BH mit Löchern für die Nippel.« Ihr war wieder heiß. Ihr ganzer Körper schien zu erröten. Als sie an sich hinunter schaute, sah sie ihre Brüste rosa blühen.

»Du bist so eine überzeugende Schwindlerin«, sagte er, drückte ihr eine Hand in den Nacken und zog sie an sich zu einem langen Kuss. Als sie sich voneinander lösten, sah er sie stirnrunzelnd an.

Und welche Lügen erzählst du mir, Mister?

Sie starrte in sein Gesicht, suchte nach irgendwas, fand aber nichts.

»Was ist los?«

Die Frage »Wer bist du?«, balancierte auf ihrer Zungenspitze, blieb aber unausgesprochen. Stattdessen sagte sie spontan: »Ich habe mich gerade gefragt, wie du ohne Bart ausgesehen hast.«

Jay legte den Kopf schief und strich über sein Ziegenbärtchen. »Genauso. Nur mit ein paar sichtbaren Narben mehr.«

Sandys Stirn legte sich in Falten, sie verengte die Augen und musterte ihn ausgiebig. Da war was. Eine flüchtige Ähnlichkeit. Sie stellte ihn sich völlig rasiert vor. Jünger. Ohne Narben. Anders, eben.

Nein, es war lächerlich. Wahrscheinlich gab es nicht den Hauch einer Ähnlichkeit.

Es war verrückt, weiter darüber nachzudenken. Sie brauchten eine Abwechslung, und sie wusste auch schon, wie sie aussehen konnte. Sie massierte ihren Po gegen seine Schenkel und die Erektion.

»Brauchst du nicht … irgendwas?«

Sie rutschte auf seinem Schoß zurück und langte nach unten, wo sie die Finger über seine Beule strich.

»Doch, ja, Prinzessin, ich brauche was. Dieses ganze Reden von sexy Unterwäsche und Sexspielzeug hat mich noch geiler gemacht, als ich schon war.« Er drückte seine größere Hand auf ihre. »Wenn das überhaupt möglich ist, denn in deiner Gegenwart bin ich immer geil.«

»Sollen wir … eh …« Unter ihrer Hand fühlte sie ein Zucken, und sie spürte, dass er noch dicker wurde.

»Ins Bett gehen?« Jay grinste breit. »Meine Liebe, ich fürchtete schon, du würdest das nie vorschlagen.« Er drückte seinen Mund auf ihren, aber diesmal war es ein kurzer, tiefer Kuss. »Aber ich glaube, ich muss vorher unter die Dusche. Und du? Willst du auch eine?«

»Zusammen?«

Wieder kam sein Stirnrunzeln. Sie hatte den Eindruck, dass er immer noch zögerte, ihr seinen Körper mit den Narben zu zeigen. Waren sie schlimmer als die in seinem Gesicht, die offenbar von einem plastischen Chirurgen fein bearbeitet worden waren? Sie nahm an, dass das zutraf, vor allem, wenn sie an die Narben an seinem Unterleib dachte. Würde er darauf bestehen, das Licht auszuschalten, bevor sie schließlich im Bett landeten, Haut an Haut?

»Vielleicht nicht«, sagte sie. Mit einem letzten Klaps auf seine Erektion erhob sie sich so elegant, wie es ihr möglich war, von seinen Knien. Er griff nach ihrer Hand, als sie aufstand, und ließ seine Finger über ihre gleiten. Sie bewegte sich in Richtung Badezimmer.

An der Tür drehte sie sich um und sah, dass er ihr nachstarrte. Er war noch erregt, hatte die Lippen geschürzt und sah nachdenklich aus.

Allein im Bad, benutzte Sandy die Toilette und blieb eine Weile sitzen. Was tat sie hier bei diesem Mann? Immer und immer wieder ging ihr die Frage Wer bist du? durch den Kopf. Mit keinem anderen Mann hatte sie sich so intensiv auf Sex eingelassen, nicht einmal mit ihrem Ex-Ehemann. Sie hatte ihn viel zu früh geheiratet, ohne wirklich was zu wissen. Sie hatten sich freundschaftlich getrennt, lange bevor sie das Lechzen, die Gier und die raue Lust kennen gelernt hatte, was Jay ihr in weniger als vierundzwanzig Stunden beigebracht hatte.

Die Dusche erfrischte sie; es gab heißes Wasser im Überfluss, und das Duschgel kam von einer Luxusmarke. Sie band ihre Haare in einen losen Knoten, befestigte ihn mit dem Gürtel eines Bademantels, den sie hinter der Tür gefunden hatte und versuchte, dass ihre Locken nicht allzu nass wurden.

Sie wickelte eines der Badetücher um ihren Leib und benutzte ein wenig von der Feuchtigkeitscreme für ihr Gesicht, dann studierte sie die Toilettensachen des Mannes, dessen Bad sie benutzte.

Rasierwasser und Hautöl, ein Rasierer, der so aussah, als hätte die NASA ihn entwickelt, eine batteriebetriebene Zahnbürste, handgemachte Seife von einer Boutique in Bond Street. Der Mann lebte gut und pflegte seinen geschundenen Körper mit den besten Produkten, die Geld kaufen konnte.

Fragen über Fragen wirbelten durch ihren Kopf. Sie wusste, dass sie auf einige die Antworten erhalten sollte, aber sie wollte es gar nicht erst versuchen. Es gab nur einen Weg, den Fragen auszuweichen – raus aus dem Bad und ins Bett. Das war die Kommunikation, auf die sie sich beide verstanden.

»Du bist dran.«

Jay öffnete die Augen, als er die Stimme hörte, die von der Badezimmertür zu ihm drang. Er hatte zu dösen begonnen, flutete auf der schweren See seiner Gedanken und Wünsche, mal seiner wilden Lust ausgesetzt, seinen bizarren Phantasien, mal gefangen in seiner Reue und einer fast jugendlichen Verwirrung.

Er überbrückte die Spanne von heute, in der er Jay war, den das Leben beschädigt hatte, zu dem Jay seiner Jugend, der ganz betört war von einer märchenhaften Schönheit, die er nur ein paar Momente lang gesehen hatte.

Was wäre wohl in seinem Leben geschehen, wenn er in der Lage gewesen wäre, bei dem Mädchen zu bleiben? Wenn er keine Freundin gehabt hätte, wenn er nicht hätte herumreisen müssen? Sandy und er hätten zusammenbleiben können, ganz legal und ohne Geheimnisse.

Verdammt! Sie wären vielleicht sogar verheiratet!

Er hatte das nie gewollt – bis jetzt. Er hatte nie an diese Option gedacht. Aber jetzt streckte ihn der Gedanke nieder wie ein Vorschlaghammer.

Und nun war sie hier, eine Vision unschuldiger Weiblichkeit, trotz allem, was sie schon gemeinsam getrieben hatten. Sie hatte sich in einen dicken weißen Bademantel gesteckt, und ihre zauberhaften Haare fielen locker auf ihre Schultern. Sein Penis zuckte, und sein Herz schlug schneller.

»Danke. Hast du deine Dusche genossen?« Er musste sich die Worte abringen. Seine Kehle war wie zugeschnürt. Er konnte nicht klar denken. Er wollte sie aufs Bett werfen und über sie herfallen. Er wollte sie halten und bewundern und vor jedem Übel beschützen. Verdammt, er wollte alles sein, nur nicht Jason Bentley Forbes, den sie wahrscheinlich hassen würde, wenn sie erst seine wahre Identität erfuhr.

»Ja, danke.« Es war ihm Trost und gleichzeitig auch kein Trost, dass sie ähnliche Probleme zu haben schien. Jay sprang auf die Füße und verließ seinen Platz auf dem Bett. Er fühlte sich verlegen wie ein Jugendlicher und machte eine vage Handbewegung, dass sie seinen Platz einnehmen sollte. Er versuchte, lässig und normal auszusehen, als sie an ihm vorbeiging und sich aufs Bett setzte.

»Wie wäre es mit einem Drink? Was möchtest du? Noch einen Tee? Ein Glas Wein?«

»Ein Wasser, bitte. Aber ich kann es mir selbst holen.« Sie sprang auf die Füße, und er nahm ihre Hand und drängte sie aufs Bett zurück.

»Nein, nein, ich hole dir ein Wasser. Warum legst du dich nicht hin? Ruh dich aus, bevor …«

Was ist denn los mit dir? Du reagierst wie ein Fünfzehnjähriger.

»Ja, gut, danke.«

Die banale Handlung, Wasser in ein Glas zu schenken und Eis zuzugeben, beruhigte Jay. Aber er wusste, dass er so schnell wie möglich im Badezimmer sein musste, um sich zu fangen, sonst würde er noch etwas völlig Idiotisches sagen oder tun. Nur der liebe Gott mochte wissen, was.

»Bin bald wieder da.« Er bedachte sie mit einem Lächeln, das sie für bescheuert halten musste, fürchtete er, dann ging er weiter und schaute nicht noch einmal zurück.

Himmel, was passiert mit mir? Er lehnte sich gegen die Tür und wünschte, zurück im Zimmer zu sein und Sandy in seinen Armen zu halten, bevor er sich auf sie legte.

Vollständig bekleidet, zog er die Duschwand an der Badewanne entlang und drehte das Wasser auf. Es war eiskalt. Sein Arm und die Schulter seines T-Shirts wurden nass, aber das bemerkte er kaum.

Er starrte im Spiegel in sein Gesicht und erkannte sich nicht. Seit seinen Operationen war es nicht das erste Mal, dass ihm das widerfuhr, aber heute erkannte er sich weniger denn je.

Ich bin falsch. Das bin ich nicht.

Er fühlte eine Welle des Entsetzens, eine Panik, die er nur mit Mühe niederringen konnte. Er drehte sich um, benutzte die Toilette und versuchte, an nichts zu denken. Aber als er abgedrückt hatte, sah er sich wieder. Und plötzlich wusste er, dass er etwas tun konnte. Er ging hinüber zum Spiegel, griff nach dem Rasierer und begann, seinen Bart zu entfernen.

Sandy lag auf dem Bett, nippte am Wasser und versuchte zu entspannen, wie Jay geraten hatte.

Keine Chance.

Er war leicht neben sich gewesen, dachte sie. Er wäre am liebsten ins Badezimmer gerannt. Was war los mit ihm? In der einen Minute der ungezügelte Sexgott, in der nächsten ein Fremder. Okay, er war ein Fremder, aber in den letzten Minuten war er ihr fremder denn je vorgekommen.

Vom Bett aus ging sie erneut alles durch, was ihm gehörte, genau, wie sie es im Bad mit seinen Kosmetiksachen getan hatte. Am Kleiderschrank hingen zwei sehr schöne Jacketts, und an der Wand standen mehrere Paar Schuhe, die handgemacht schienen. Auf der Kommode lag sein Laptop, der sie reizte. Wahrscheinlich steckte er voller persönlicher Informationen, aber nicht einmal ihre Neugier konnte sie dazu bringen, den Laptop zu öffnen und herumzuschnüffeln. Außerdem war er bestimmt mit einem Passwort geschützt, selbst wenn sie ihre Gewissensbisse hätte ausschalten können.

Die Aktentasche neben dem Laptop bot ein ganz anderes

Ziel, denn die beiden Schnappschlösser waren geöffnet. Unwillkürlich richtete Sandy sich auf. Sie biss sich auf die Lippe, dann setzte sie ihr Glas ab.

Sie lauschte auf die Geräusche aus dem Bad. Die Dusche lief noch, aber schon seit ein paar Minuten, und davor hatte sie die Toilettenspülung gehört. Jetzt nahm sie einen summenden Laut wahr, vielleicht trimmte er gerade sein Ziegenbärtchen.

Sie stand auf und stand neben dem Bett.

Nein, nein, nein!

Was war gefährlicher, die Ledertasche oder das Bad, in dem der Mann noch war? Sie wollte Bescheid wissen über ihn, unbedingt, aber sie brachte es nicht fertig, ihn wie eine kleine Diebin zu behandeln.

Eine weitere Neugier flammte in ihr hoch, eine, die ihr noch unbehaglicher war. Sie dachte wieder an seine Narben. Offenbar nervten sie ihn, und sie wollte ihm zeigen, dass sie sich nicht vor ihnen ekelte.

Aber wenn sie doch zum Ekeln waren?

Darauf gab es nur eine Antwort: Sie musste alle seine Narben sehen. Wenn sie mehr von ihm wollte – und plötzlich wollte sie wieder mehr von ihm –, musste sie lernen, mit seinem lädierten Körper umzugehen.

Barfuß watschelte sie zur Tür des Badezimmers. Das Pochen ihres Herzens schaltete fast alle anderen Geräusche aus. Sie atmete tief ein und legte eine Hand auf den Türgriff, aber ganz vorsichtig, damit die Tür nicht zu rattern begann. Sie schaute zurück zum Bett und zögerte wieder. Sie hätte zurück zum Bett gehen und den Fernseher einschalten können, dann wäre sie abgelenkt. Stattdessen drückte sie auf die Klinke und glitt in den dampfenden Raum. Leise schloss sie die Tür hinter sich.

Die Gestalt unter der Dusche wandte sich ihr sofort zu, leicht verschwommen durch das Milchglas der Scheibe, aber er sah nicht so aus, wie sie es erwartet hatte. Sie konnte die Narben auf seinem Körper sehen, selbst durch die Scheibe, aber es war das Gesicht, das sie verwirrte.

»Nun, dann komm herein, wenn du schon da bist.«

Jays raue Stimme echote von den gefliesten Wänden.

»Eh ... schon gut, ich gehe wieder. Ich wollte nur sehen, ob alles in Ordnung ist. Du bist schon lange hier drinnen.« Auch nicht länger als sie, aber sie wusste nicht, was sie sonst sagen sollte.

»Lügnerin. Hast du Angst? Fürchtest du, mein Körper könnte dich zum Ausflippen bringen?«

Verdammt, er war ja so klug. Er durchschaute sie völlig.

»Wovor soll ich schon Angst haben?«, rief sie, warf den Bademantel in die Ecke und ging auf die Wanne zu. Sie ging bis zum Ende der Trennscheibe und stellte sich neben Jay unter das prasselnde Wasser.

»Oh, Himmel!«

Aber es waren nicht die Narben, die zu ihren großen Augen führten. Sie nahm sie nur unterbewusst wahr. Es waren viele, und die meisten schienen zu brennen und sprachen von einem Mann mit Todesschmerzen. Nein, es war sein Gesicht, das ihr vertraut vorkam und einen Schock bei ihr auslöste.

»Du hast den Bart abrasiert.«

Sie hätte fast im Wasser geschwankt, und sofort ahnte Jay ihre Schwäche, schlang einen Arm um sie und hielt sie fest.

»Die Kandidatin hat hundert Punkte.« Seine dunklen Augen glitzerten, und einzelne Wassertropfen hingen an seinen langen schwarzen Wimpern.

»Warum? Warum hast du ihn abrasiert?«

Sie konnte nicht anders, sie musste in dieses Gesicht starren und sich jedes Detail einprägen.

Der Bart war klein gewesen und hatte auch nicht viel vom Kinn bedeckt, aber Jay sah erstaunlich anders aus. Jünger. Nicht so grimmig, aber immer noch hart. Und immer noch seltsam schön. Ja, da waren Narben, und einige weitere waren jetzt unter dem Kinn sichtbar geworden, die meisten auf der linken Seite, aber sie störten nicht die Attraktion des Gesichts.

Es war ein Gesicht, das man neu gestaltet hatte. Ein großartiger Chirurg hatte sein Meisterwerk abgeliefert. Hohe Wangenknochen, hartes Kinn, eine Nase, die fast unnatürlich gerade war. Wenn die Narben im Laufe der Jahre verblassten, würde er das Gesicht eines Märchenprinzen haben.

Jetzt schwankte sie wieder, aber er hielt sie gegen seinen Torso gedrückt. Sie spürte die harten Muskeln seines Brustkorbs und die Kraft seiner Schenkel und – ja – die anschwellende Erektion.

Sandy atmete tief ein, dann legte sie eine Hand auf Jays nasse Schulter, als müsste sie sich zusätzlich stützen.

Wieso war sie jetzt auf das Bild des Märchenprinzen gekommen? Jay hatte nichts mit ihrem Märchenprinzen gemein. Er glich ihm auch nicht. Aber warum blieb dieser seltsame Eindruck, jedes Mal, wenn sie in seine grauen Augen schaute?

»He, ist alles in Ordnung mit dir?«, fragte er leise und schob die nassen Haare aus ihrer Stirn.

»Ja, es geht mir gut.« Sie hielt sich noch an seiner Schulter fest, trat einen Schritt zurück, schaute in sein Gesicht und dann hinunter auf seinen Körper, auf die Narben.

Sie waren stark gerötet, zogen sich über den Brustkorb, die Seiten und den Bauch. Ein Oberschenkel wies eine lange Narbe auf. Nein, schön waren sie alle nicht. Sie musste immer wieder daran denken, wie er gelitten hatte. Zum Schmerz war ja auch die Immobilität gekommen, während er auf die Heilung wartete. Sie verzog das Gesicht in tiefem Mitgefühl. Als Jay sie plötzlich stirnrunzelnd ansah, wusste sie, dass ihr Gesicht ihre Gefühle gezeigt hatte.

»Kein schöner Anblick, was?«, fragte er verbittert. »Das schreckt sogar das geilste Luder ab.«

»Nein!«, rief sie. »Die Narben sind nicht schön, aber ich bin auch kein hergelaufenes geiles Luder. Ich mag dich. Und ich dachte, dass du mich auch magst. Ich dachte, wir hätten was zusammen.«

Jay starre sie an, aber nur einen Moment lang. »Wir haben etwas«, sagte er dann. »Ich weiß nur noch nicht, was es ist.«

Sandy stellte sich auf die Zehenspitzen, um sein Gesicht zu küssen. Sie presste ihre Lippen auf sein Kinn, auf seinen Mundwinkel, auf seine Wangen. Sie berührte sein Gesicht, strich mit einer Hand darüber, während die andere Hand über seinen Körper glitt. Sie erforschte die Haut der Narben, berührte sie sehr behutsam, weil sie nicht wusste, welche noch schmerzten.

Sie legte eine Hand um seinen Penis, fühlte ihn pochen und sah ihn anschwellen.

»Ich will keinen Mitleidsfick«, polterte er rau. Sein Mund war auf ihre nassen Haare gedrückt.

»Wer spricht denn von Mitleid?«, knurrte sie zurück. »Ich interessiere mich für den ›besten Sex meines Lebens‹, denn sonst weiß ich nicht, was ich vermisse.«

Er ruckte gegen sie, rieb den Penis gegen ihre Hüfte und ließ sein Becken kreisen.

»Gut, du hast Narben, und einige sehen auch ziemlich schlimm aus.« Sie sah hoch und traf seinen Blick. »Aber was hat das damit zu tun?« Sie ließ die Finger an seinem Schaft auf und ab gleiten. Sie staunte darüber, dass er sich heißer und härter anfühlte als vorher. »Soweit ich das beurteilen kann, ist das Ding hier in perfektem Zustand.«

Jay lachte, aber es wurde ein verbittertes Bellen daraus. Er schüttelte den Kopf. »Wenn du nur wüsstest, Prinzessin. Wenn du nur wüsstest.«

»Was meinst du damit?« Sie schabte mit dem Daumen über den Kopf seines Penis, koste das Bändchen darunter und lächelte, als er zischend die Luft abließ.

»Verdammt, Sandy ... oh, Mann ...«

Er pumpte die Hüften, hielt dann inne. Man sah ihm an, dass er um Kontrolle rang.

»Was hast du gemeint?«

»Oh, verdammt, Sandy. Aber wenn du willst, dass ich es zugebe, dann werde ich es tun.« Sie schaute zu ihm hoch, aber er schloss die Augen, und ein Muskel in seinem Kinn zuckte. »Als ich nach meinem Unfall das erste Mal wieder mit einer Frau zusammen war, befand sich ›das Ding‹ absolut nicht in einem perfekten Zustand.« Seine Zähne knirschten in einer internen Schlacht mit dem männlichen Alphatier-Instinkt. »Ich war völlig fertig als Mann.«

Ein stummer Schrei löste sich in Sandys Brust. Das war ein kleines Wunder. Wie viel hatte es ihn gekostet, das zuzugeben? Die größte Angst eines Mannes, und er hatte sie mit ihr geteilt, mit einer Frau, die er erst gut einen Tag kannte.

Sie wollte ihn küssen und umarmen und ihm sagen, dass alles wieder gut würde, aber das wäre wahrscheinlich nicht die Reaktion, die er haben wollte. Stattdessen strich sie wieder mit dem Daumen über seine Eichel. Trotz seines Geständnisses hatte der Penis nicht an Härte verloren.

»Nun, soweit ich das sehen und fühlen kann, ist das Ding

zum unersättlichen Monster geworden, Jay.« Sie rieb ihn wieder, zuerst langsam, dann härter und schneller. »Was vorher geschehen ist, muss ein post-traumatischer Impuls gewesen sein. Jetzt erkenne ich keinen Fehler, keinen Mangel. Es ist alles bestens – abgesehen von der Tatsache, dass wir kein Kondom zur Hand haben.«

»Verdammt«, knurrte Jay, aber es war ein fröhlicher Laut, zufrieden und ursprünglich. »Ich habe genug Kondome, aber sie befinden sich alle in der Nachttischschublade.« Er lachte und stieß wieder mit den Hüften zu. Sandy rutschte gegen die Fliesenwand; sie schien keine Energie mehr zu haben.

Während Jay genug für sie beide hatte.

Er brachte sie und sich selbst auf die Knie. In Reichweite hingen die Badetücher; Jay schnappte sich eins, faltete es als Kissen und schob es unter Sandy. Sie faltete die Arme auf dem Tuch und ließ ihr Gesicht auf den Armen ruhen. Es war die natürliche Position, bei der ihr Po hoch ragte.

Die Wanne war breit, aber Jay war ein kräftiger Mann, deshalb wurde es eng. Irgendwie gelang es ihm, sich hinter Sandy zu bringen und sich an ihren Schenkeln und an den festen Backen zu reiben.

Sandy ließ sich treiben, ließ ›Jay geschehen‹. Sie befand sich in einem losgelösten Status, frei von jeder Verantwortung und von allen Erwartungen. Sie flutete und lauschte dem Wasser, Jays Atem und seinem gelegentlichen Lustknurren. Sie schloss die Augen und ergab sich dem Moment.

Seine Berührungen waren leicht, unglaublich gezielt und behutsam. Es war, als würde sie überall gestreichelt und erregt. Sie lächelte zufrieden.

»Was lächelst du?«, schnurrte er und lehnte sich über sie. Sie konnte ein Lächeln in seiner Stimme hören.

»Nichts. Nur verrückte Gedanken. Der ganze Sex macht mich verrückt.« Jay hielt inne; seine Finger bewegten sich nicht mehr zwischen ihren Beinen und auf ihrer Brust.

»Nein! Hör nicht auf!«, rief sie, denn plötzlich begriff sie, dass sie sich wieder einem Orgasmus näherte und dass sie ihn verzweifelt brauchte.

»Dein Wunsch ist mir Befehl.«

Seine Finger gruben sich wieder in ihr Geschlecht, und zugleich drückte er seine Lippen auf die Schultern. Sein Mund begann eine Reise hinunter zu ihren Pobacken.

Bevor es ihr bewusst wurde, war sie es erneut, die von ihm verwöhnt wurde, dabei war sie doch angetreten, sich bei ihm zu revanchieren. Jay rutschte in der Wanne zurück, und vermutlich war er noch so steif wie seit dem Beginn ihres Besuchs im Badezimmer. Sein Mund hauchte leichte Küsse auf ihre Backen, drang in die Kerbe vor und tiefer.

»Ja, ja, ja«, rief sie, als seine Zunge in ihre Pussy vordrang.

»Ja«, bestätigte Jay. Sein Atem brannte auf ihren Schenkeln. Sie pulsierte vor Erregung, und dann setzte das Zittern ein, mit dem ihr Orgasmus begann.

Er trieb sie weiter mit seiner Zunge an. Zart drückte er die Knospe ihrer Klitoris mit Daumen und Finger. Komm, gab er ihr schweigend zu verstehen.

Und sie kam. Ein massiver Orgasmus sorgte dafür, dass sich ihr ganzer Körper verrenkte. Wellen der Glückseligkeit überschwemmten ihre Pussy und den ganzen Unterleib. Sie stieß einen Schrei aus und wurde hart gegen die Seite der Wanne getrieben.

Mit ihrer letzten Energie hob sie den Oberkörper an und drehte sich zu ihm um, und dabei sah sie gerade noch, wie er seinen Schaft in sie hineinpumpte. Er hatte sich für ihre hintere Öffnung entschieden, und schon nach wenigen stürmischen Stößen sprühte er seinen Saft über ihre Pobacken, dabei schrie er so unverständlich wie sie wenige Augenblicke vorher.

Er ließ sich zurücksinken, nahm sie mit sich und wisperte: »Oh, Prinzessin …«

Dreizehntes Kapitel

In ihrem Traum beugte sich ihr Märchenprinz über sie, das wunderbare Gesicht voller Besorgnis, die dunklen zerzausten Haare über einer Braue. Die grauen Augen boten Trost und Mitgefühl.

Die Furcht und das Entsetzen schwanden, und sie hob einen Arm, um das Gesicht zu berühren. Aber er zog sich zurück, wich ihr aus und verschwand in einen langen, bedrohlichen Tunnel.

Sie rief ihm nach: »Jay! Bitte, komm zurück! Jay …«

Eine Hand berührte ihr Gesicht, aber es war nicht die Hand des Märchenprinzen. Sie setzte sich abrupt auf in dem fremden Bett; es duftete nach einem Blumenbouquet, ihr Herz klopfte, und ihr Puls raste. Sie war völlig desorientiert.

Aber der Arm, der sich um sie legte, fühlte sich so gut an wie der Arm, der sie vor all den Jahren umschlungen gehalten hatte. Und er war viel kräftiger.

»He, ist alles in Ordnung, meine Liebe? Du hast im Schlaf gerufen und um dich geschlagen.« Jays Finger legten sich auf ihre Wange und brachten sie dazu, ihn anzuschauen. Mit der anderen Hand schob er ihre Haare zurück, die ihr ins Gesicht gefallen waren. »Du hast meinen Namen gerufen. Ich hoffe, ich war kein Ungeheuer in deinem Albtraum.«

Sandy bedachte ihn mit einem scheuen Lächeln. Sie war immer noch nicht sicher, was sie fühlte. Sie sah sich im Zimmer um. Überall dieser Chintz. Ah, ja, das Waverley. Die Tür zum Bad stand auf, und als sie das gleißende Weiß der Fliesen sah, wurde sie von Hitze erfasst, und ihre Wangen färbten sich rot. Sie schien wieder seine glitschige Zunge zu fühlen, die sie überall leckte.

Oh, Mann.

Im ersten Moment konnte sie ihn nicht anschauen. Sie setzte die Überprüfung ihrer Umgebung fort und errötete noch stärker. Irgendwann, als sie sich hingelegt hatte – sie glaubte nicht, dass sie Schlaf brauchte, das wusste sie erst, als ihr Kopf das Kissen berührte – hatte jemand das Teetablett mitgenommen und es durch einen Servierwagen voller Sandwiches mit kaltem Fleisch und Käse ersetzt, dazu noch Wein und Kaffee in einer Thermoskanne. Man hatte sie also schlafend in einem Gästezimmer gesehen. Um sich abzulenken, konzentrierte sie sich auf die großartige Präsentation der feinen Schnittchen. Das lenkte auch von Jays unanständiger Zunge ab. Und von den Verwicklungen ihres Traums.

Es war ihr Märchenprinz gewesen, da war sie sicherer als je zuvor. Sie hatte das Gesicht so klar wie noch nie in ihren Träumen gesehen. Aber es war Jay, den sie gerufen hatte, als das Gesicht verschwunden war.

Warum verbinde ich diese beiden immer wieder? Es kann doch nicht möglich sein, dass …

Sie schüttelte den Kopf. Es war lächerlich und höchst unwahrscheinlich. Wenn es stimmte, was die Leute sagten, hatte sie sich in den Jahren wenig verändert, was auf ihren Märchenprinzen nicht zutraf. Ihr Gesicht und ihre Haare waren fast wie damals, deshalb musste er sie erkannt haben.

»Sandy?«

Er sah sie besorgt an, vielleicht auch ein bisschen argwöhnisch. Ahnte er, dass sie seine wahre Identität erraten hatte?

Sage mir endlich, wer du bist!

»Nur ein verrückter Traum. Ich bin okay. Keine Sorge.«

Er sah sie stirnrunzelnd an. Für ein Gesicht, das ein Chirurg zusammengenäht hatte, war es sehr ausdrucksstark, besonders jetzt, nachdem das Ziegenbärtchen abrasiert war.

Sie beschloss, ihn zu testen.

»Mein Traum hatte was damit zu tun, was mir vor langer Zeit passiert ist. Ich habe damals jemanden kennen gelernt.« Sie schüttelte ihn ab, glitt aus dem Bett und ging zu dem Tablett, schenkte sich Kaffee ein und gab Milch dazu. »Ich war am Strand, und ein paar Typen wollten mich ausrauben und meine Tasche stehlen. Sie sind über mich hergefallen, aber ein junger Mann hat mir geholfen.« Sie trank einen Schluck Kaffee. Er war stark und duftete gut. Unter normalen Umständen hätte sie vor Wohlbehagen geseufzt und sich vorgenommen, an der Rezeption nach der Kaffeemarke zu fragen, aber stattdessen fuhr sie fort: »Er war ganz lieb und blieb bei mir, bis der Krankenwagen kam. Aber dann musste er weg, weil er mit Freunden auf einer Fähre verabredet war, und seither habe ich ihn nicht mehr gesehen.«

»Und er hat auch nie versucht, Kontakt mit dir aufzunehmen? Oder du mit ihm?« Jays Stimme klang neutral und verriet nichts. Er war ganz offensichtlich nicht ihr Märchenprinz. Sie war schwer enttäuscht, auch wenn ihr vorher schon klar gewesen war, dass die Wahrscheinlichkeit nur sehr gering sein konnte.

»Nein, leider nicht. Wir haben nicht einmal unsere Namen genannt.«

Sie hörte, wie er auf sie zukam und sich neben sie stellte. Sie glaubte, die Wärme seines Körpers zu fühlen, obwohl er den Bademantel des Hotels trug, genau wie sie.

»Aber du denkst immer noch an ihn.« Er schenkte sich auch Kaffee ein, schwarz und stark.

»Ja. In der Erinnerung ist er der perfekte Held geworden. Ein Märchenprinz. Ein Kavalier.« Sie stellte ihre Tasse ab, nahm ein Stück Käse und knabberte daran. »Ich weiß, es ist lächerlich. Vermutlich hat er nichts mit meinen Träumen zu tun. Er könnte genauso gut ein schrecklicher Aufschneider gewesen sein, ein richtiger Bastard.«

»Ja, du hast Recht.« Jay griff auch nach dem Käse. »Wir Männer sind ja meistens so.«

»Kann sein. Aber das gilt auch umgekehrt. Wenn er mich jetzt träfe, würde er bestimmt feststellen, dass ich nichts mit dem Mädchen zu tun habe, das er damals kennen gelernt hat. Ich brauche jetzt keinen Retter mehr. Ich kann mich selbst retten.«

Es entstand ein längeres Schweigen. Keine Kaffeeschlucke, kein Knabbern am Käse. Es war, als stünde die Zeit still.

»Ja, ich verstehe. Dafür bewundere ich dich«, sagte Jay schließlich. Sandy erwartete, dass er wieder nach ihr greifen würde, aber das tat er nicht. Ihr Körper schrie nach ihm. Und nicht nur ihr Körper.

Sei nicht so töricht, sagte sie sich. Du kennst ihn erst einen Tag, und offenbar bleibt er nicht lange. Es ist wie ein One-Night-Stand – ohne die Nacht. Schneller, wilder, köstlicher Sex. Nichts dagegen einzuwenden.

Als sie sich umdrehte, hatten sich die Dinge schon verändert. Ein anthrazitgrauer Anzug hing jetzt an der Kleiderschranktür, zusammen mit einem grauen Hemd und einer dunklen Krawatte. Der Laptop steckte in einer Tasche, die zur Aktentasche passte. Als sie Jay anschaute, trug er unter seinem Bademantel, der auseinanderklaffte, graue Jersey Shorts.

Er war reisefertig.

»Zeit zu gehen?«, fragte sie so lässig wie möglich und hoffte, dass ihr Lächeln völlig unaufgeregt war.

Er sah ihr ins Gesicht, als wollte er sich jede Einzelheit einprägen.

»Nur für ein paar Tage. Ich habe ein paar geschäftliche Treffen in London, aber zum Wochenende bin ich wieder hier. Ich werde das Zimmer behalten.«

Sie zwang sich, kühl zu bleiben, aber Jay musste ihre Reaktion abgelesen haben.

»Mich freut das«, sagte sie und hob den Kopf. »Ja, unser Sex hat mir gefallen. Wir haben viel Spaß gehabt, deshalb bin ich froh, dass du noch nicht endgültig weg bist.«

Jay legte einen Finger unter ihr Kinn und schaute in ihre Augen. »Du bist eine ganz besondere Frau, Prinzessin. Der Held deiner Phantasien war ein Dummkopf, dass er nicht geblieben ist, um dich besser kennen zu lernen. Ich werde versuchen, nicht so dumm zu sein.«

Sandys Herz machte einen Sprung. Sie fragte sich, was er damit andeuten wollte.

Aber als er seinen Mund auf ihren drückte, sah sie Schatten in seinen Augen.

»Warum willst du ihn nicht über Google erreichen?«, fragte Kat und gestikulierte am anderen Morgen wild mit dem Brotmesser, während sie und Sandy Sandwiches für die Mittagsgäste vorbereiteten.

Sie hatte auch schon darüber nachgedacht. Gestern Abend, als sie spät aus dem Waverley nach Hause gekommen war, hatte sie ihren Laptop hochgefahren, Jays Namen in die Suchmaschine eingegeben und ihren Finger sekundenlang über der Enter Taste schweben lassen. Aber dann hatte sie stattdessen Email geöffnet und Nachrichten an ihre Familie und an ein paar Freunde geschickt.

Sie spürte wieder diesen Hunger nach mehr von diesem wunderbaren Sex und der Nähe, die sie geteilt hatten. Die Lust mochte zu einem Stillstand kommen, wenn sie mehr über ihn herausfand, vielleicht Dinge, die dazu führten, dass sie ihn nicht mehr ausstehen konnte. Oder die sie desillusionierten. Ihr Bauch sagte, dass ihn das eine oder andere Geheimnis umgab, aber ihr Körper und auch ihre Pussy sagten: Forsche nicht nach, belasse alles so, wie es ist.

Nicht nur ihr Körper sagte das. Auch ihr Geist stimmte ihr zu. Er war ungewöhnlich, intelligent und kenntnisreich, dazu kam noch seine geheimnisvolle Art. Wie wahrscheinlich war es, dass sie noch einmal einen Mann kennen lernte, der einen Aston Martin fuhr? Ihr Ex war auch gut betucht gewesen, aber er hatte nicht in Jays Liga gespielt.

»Das will ich nicht«, sagte sie zu Kat und drückte ein Thunfisch-Sandwich mit einer Hand in einem Polyäthylen-Handschuh zu. »Ich will nichts über ihn wissen. Es ist doch nur eine kurze Affäre, während er in der Gegend ist, nicht mehr. Warum soll ich also die Sache noch komplizieren und vielleicht verderben?« Sie teilte das Sandwich geschickt und schob es in die Kunststoffschachtel, die sie dann luftdicht abschloss. »Dies ist das erste Mal, dass ich eine geile Nur-Sex-Beziehung habe, und daraus will ich das Beste machen. Ausgerechnet du solltest dafür Verständnis haben, wenn ich daran denke, wie du mit Greg herummachst.«

Kat sah sie von der Seite an. »Greg und ich reden viel und haben Spaß im Bett und außerhalb.« Sandys Blick fiel auf die neue Butterdose, und als sich ihre Blicke wieder trafen, lachte Kat. »Du weißt, was ich meine. Außerhalb des Bettes haben wir auch Spaß, ohne Sex. Ich mag Greg. Und du würdest Jay auch mögen können, wenn du wüsstest, dass du ihm vertrauen kannst und mehr über ihn erfährst.«

»Nein. Ich habe mich entschieden. Warum soll ich was Gutes aufs Spiel setzen?« Irgendwas in ihrem Innern sagte ihr, dass Jays Eintritt in ihr Leben bald der Abschied folgen würde. Deshalb wollte sie ihn genießen, solange sie konnte.

»Gut, wenn du das so siehst«, meinte Kat. »Aber wenn du nicht mehr über ihn herausfindest, und er der Geheimnisvolle bleibt, kannst du mir auch von seinen wilden Sexspielen erzählen.« Sandys Kinnlade fiel herunter, aber Kat fuhr fröhlich fort: »Und versuche bloß nicht, mir zu verklickern, dass er nicht entsetzlich verdorben ist, denn er hat diesen köstlichen Blick eines Perversen an sich.«

»Wie kannst du nur so etwas sagen? Vielleicht ist er ein sehr konservativer Mann.«

Sandy war heiß geworden. Erinnerungen durchfluteten sie. Ihre Haut prickelte, und sie wurde verlegen, wenn sie an all die Dinge dachte, die Jay und sie in ihre so kurze Bekanntschaft gepackt hatten. Auch hier, im Beisein ihrer Freundin. Aber sie war nicht wie Kat. Sie war mehr die willige Zuhörerin, nicht die Frau, die bereitwillig alle lüsternen Details preisgab.

»Also, wir haben nicht wirklich was Perverses gemacht, es war vielleicht etwas mehr als Blümchensex, aber intensiv, wenn du weißt, was ich meine.« Das entsprach mehr oder weniger der Wahrheit, obwohl Jay auch über andere Dinge gesprochen und zahlreiche ungeheure Szenarien in ihr Ohr geflüstert hatte, während er sie mit kräftigen Stößen genommen hatte. Zum Beispiel nach ihrer improvisierten Badewannennummer auf der Chintzdecke seines Betts. Er hatte von weiteren Spielsachen geflüstert, vom Versohlen ihres Hinterns und von anderen erotischen Spielen, aber der Sex selbst war fast normal, hart und blaumannhaft gewesen.

»Es ist noch früh am Tag, mein Schatz«, raunte Kat ihr zu.

»Ein Mann wie er, der will den Ton angeben. Er ist der Herr. So ein Kerl wird dich in Leder kleiden, dich fesseln und dir den Hintern klatschen, und dann wird er es dir besorgen, bis du nicht mehr geradeaus gucken kannst und um Gnade bettelst.«

»Woher weißt du eigentlich diese Dinge über Leder und Herren und so?«, wollte Sandy wissen und ging in die Offensive. Kat war der Wahrheit viel zu nahe. »Treibt Greg solche Spiele mir dir? Gehören sie zu euren ›Experimenten‹?«

Kats Grinsen erinnerte an die Katze mit der Milch. Sie tupfte sich gegen die Nase. »Ja, es stimmt, er experimentiert gern. Aber das weißt du ja.« Sie legte eine Pause ein, dann schien sie sich zu etwas Neuem durchzuringen. »Wir waren bei ›Spezialnächten‹ in Waverley. Sie finden in privaten Suiten statt. Da geht es um Leder, Fesselungen und erotische Bestrafungen. Genau die Sachen, auf die auch dein Kerl steht, da mache ich jede Wette.«

»Er ist nicht ›mein‹ Kerl. Ich kenne ihn ja kaum.«

»Er sieht so aus, als ob er dein wäre.«

Sandy sah ihre Freundin durchdringend an. Kat hatte ein ernstes Gesicht aufgesetzt, nachdenklich und fast ein wenig besorgt.

»Er sieht aus wie ein Mann, der schon seit Jahren versessen ist auf dich. Ich kann mir nicht helfen, aber er starrt dich an, als wärst du die Frau seiner Träume.«

»Das ist doch lächerlich!« Zitternd machte sich Sandy am Thunfischsalat zu schaffen, rührte ihn in der Schüssel um, obwohl er schon hinreichend umgerührt war. »Du hast ihn nur einige wenige Male gesehen, und da hat er mich nicht die ganze Zeit angeschaut, wie kommst du also zu so einer Schlussfolgerung?«

»He, reg dich ab, meine Liebe. Es ist nur ein Eindruck, den ich habe. Vielleicht irre ich mich ja.« Kat legte das Brotmesser hin und tätschelte Sandys Arm. »Genieße ihn eine Weile. Offenbar ist er ein guter Mann, der weiß, wie man eine Frau behandelt. Zudem hat er tonnenweise Geld, deshalb wird er dich mit Geschenken überschütten, auch wenn es nur eine vorübergehende Geschichte sein wird.«

»Für wen hältst du mich?«, fauchte Sandy die Freundin an. Aber leichte Schuldgefühle nagten an ihr. Der Luxus im Waverley mit dem Zimmerservice hatte ihr gefallen.

»Für eine Frau, mein Kind. Dafür halte ich dich.« Kat nahm wieder ihr Messer in die Hand und nickte Sandy zu, dann zeigte sie auf Brot, Butter und die Füllungen. »Und jetzt bewege dich, meine Liebe, sonst haben wir Mittag und nichts zu verkaufen.«

»Okay, Boss«, antwortete Sandy lachend. Aber als sie die Scheiben butterte und füllte und Kat die fertigen Sandwiches reichte, musste sie an Jay denken und an seine angebliche Besessenheit.

Und daran, dass sie wahrscheinlich auch schon seit Jahren von ihm besessen war.

Am Freitagmorgen traf ein Paket ein, und Kat wies mit dem Kopf aufs Paket, als wollte sie sagen: ich habe es doch gleich gewusst.

Es traf gegen zehn Uhr mit Kurier ein, und als Sandy das Packpapier abgerissen hatte, fand sie eine Schachtel eines weltbekannten Londoner Wäschehauses vor. Die Schachtel war weiß und golden und mit rosa Schleifen gebunden, und obwohl Kat ihre Stielaugen nicht verbergen konnte und verbittert über die Unfairness und seelische Grausamkeit lamentierte, weil ihr jeder Blick in die Schachtel verwehrt wurde, zog sich Sandy in ihre Wohnung zurück.

In der Schachtel, versteckt unter mehreren Lagen in variierenden Pink-Schattierungen, legte sie eine Kollektion exquisiter Schönheit frei; einige BHs und G-Strings in vielen Kombinationen, was Farben und Stoffe betraf, ganz zu schweigen von einer Reihe von hauchdünnen Strümpfen sowie ein herrliches schwarzes *camisole* aus schwerem Satin und ein dazu passendes Höschen.

Sandy fühlte sich verzaubert, als sie behutsam mit den Fingerspitzen über die wunderbaren Sachen strich. Eine Garnitur aus süßem, jungfräulichem weißem Netzstoff fiel ihr ins Auge. Sie war mit delikater Spitze garniert, und kleine aufgestickte Gänseblümchen mit lächelnden Gesichtern verführten sie dazu, das Lächeln zu erwidern.

Dann zog sie eine kaffeefarbene Konfektion aus Satin heraus, verziert mit kunstvoller schokoladenbrauner Spitze und aufgenähten Herbstblättern und Meeresmuscheln. Schließlich nahm sie ein Ensemble aus Schwarz und knalligem Rot in die Hand, frivol mit Löchern für die Nippel und einer Öffnung im Schritt – genau so, wie sie es Jay beschrieben hatte.

Dem Päckchen lag keine Karte bei, aber sie hätte die Jahreseinnahme des Teapot verwetten wollen, dass Jay es geschickt hatte. Wer sonst hätte sie damit bedacht? Es gab sonst niemanden in ihrem Leben, in ihrem *sexuellen* Leben.

Wann hast du die Zeit gehabt, diese ganzen Sachen auszusuchen? Wolltest du nicht Geschäftspartner in London treffen?

Ein schrecklicher Gedanke stieg in ihr hoch. Vielleicht hatte er eine vertraute Sekretärin oder Assistentin, die er in ein exklusives Wäschegeschäft geschickt hatte, um Geschenke für seine neueste Eroberung zu kaufen.

Sandy warf den schwarzroten Plunder zurück in die Schachtel, als hätte sie sich die Finger verbrannt. Emotionen schäumten in ihr hoch. Am schlimmsten waren die hässlichen, beschämenden Gefühle der Eifersucht. Sie stellte sich die Sekretärin vor, die Jay täglich sah und eng mit ihm zusammenarbeitete. Vielleicht nahmen sie abends oft einen Drink zusammen. Oder sie gingen gemeinsam essen. Vielleicht auch mehr.

Verdammt, du weißt nicht einmal, ob er eine Sekretärin hat! Es könnte auch ein Mann sein!

War das schlimmer?

Oder war Jay während der späten Einkaufsstunden am Abend in dieses exklusive Wäschegeschäft gefahren, hatte selbst diese wunderbaren Dinge ausgesucht, hatte sie sich auf ihrem Körper vorgestellt, war steif dabei geworden und hatte vor seinem geistigen Auge die Bilder gesehen, wie er ihr half, die edlen Stücke wieder auszuziehen?

Sie nahm den weißen BH in die Hand und stellte sich das Gefühl des Netzstoffs auf ihren harten Nippeln vor. Er schabte gegen die empfindliche Kuppe genau wie jetzt. Jays Hand würde sich um ihre Brust legen. Sie rieb den feinen Stoff zwischen den Fingern, nahm die andere Brust in die Hand und redete sich ein, das wäre Jays größere Hand. Er würde die Brust anheben, das Fleisch ein wenig kneten und dann den Nippel zwicken, was er so gern tat und womit er einen Lustschmerz auslöste, der direkt in ihre Klitoris fuhr, die gleich anschwoll.

Sie war abgelenkt, angetörnt und geil, und das nur vom Betrachten der exquisiten Unterwäsche. Sie musste an den Mann denken, der sie ihr geschickt hatte. Tief in ihrem Becken wurde sie vom schweren Gewicht des Verlangens gepackt. Es packte sie wie Jays Hand.

Wann es angefangen hatte, wusste sie nicht, aber sie bemerkte, dass ihr Atem schwer ging, dass sie fast keuchte. Sie wollte sich selbst berühren. Sie quetschte einen Nippel, spannte die Muskeln ihrer Pussy an und bearbeitete sich selbst, ohne ihre Finger einzusetzen. Ihre Brust fühlte sich heiß an, ihr Schoß war feucht, und ihr Kopf leicht wie Distelwolle.

Sie sackte auf den Küchenstuhl, schloss die Augen und phantasierte, dass Jay da war. Er hob ihren Rock, beugte sich hinunter, strich mit den Händen an ihren Beinen hoch und drang in ihr Höschen ein. Der weiße BH fiel auf den Boden. Ihre Finger wurden seine; sie schlüpfte in ihr Höschen und suchte und fand ihre Klitoris.

Während sie sich selbst streichelte, wurde sie die Regisseurin ihres eigenen Schattenspiels und agierte ebenfalls als Schauspielerin. Sie masturbierte das kleine, empfindsame Organ in einem komplizierten Rhythmus, und Jay nahm die Rolle eines Dieners an, der auf ihre Anweisungen zu hören hatte. Seine cleveren Finger standen ihr zur Verfügung. Er füllte ihre Vagina und – ooohh – ihren Anus wie ein Sexspielzeug.

Sandys Absätze rutschten über den Küchenboden. Zwei kurze Klapse hier und da, und sie taumelte über den Rand in den Orgasmus. Ihre Pussy brannte wie Feuer. Sie stöhnte: »Jay, Jay, Jay« in einer Agonie der geräuschlosen gestohlenen Lust.

Sie berührte sich weiter, blieb aber einen Moment lang keuchend auf ihrem Platz sitzen und konnte kaum glauben, welche Wirkung der Mann selbst dann hatte, wenn er gar nicht anwesend war. Er hatte ihr nur ein paar BHs und Höschen geschickt, und schon war sie zur unersättlichen Lustgespielin geworden, die ihre Hände nicht bei sich behalten konnte, bei der geringsten Provokation verzweifelt nach Gier.

»Sandy! Wir haben zu tun!«

Kats Stimme drang vom Café nach unten. Sandy zuckte

zusammen und sprang auf, und irgendwie schaffte sie es, die Hände aus dem Höschen zu wringen.

»Okay, nur eine Minute!«

Sie legte die Wäsche zurück in die Schachtel und drückte den Deckel drauf. Sie lief zum Becken und wusch sich gründlich die Hände, dann trank sie ein Glas kaltes Wasser, um sich zu beruhigen. An der Tür drehte sie sich noch einmal um, schaute zurück und schüttelte den Kopf.

Was hast du mit mir angestellt, Jay Bentley? Was hast du mit mir gemacht?

Zum Glück traf das zweite Paket spät am Tag ein, kurz bevor sie schlossen.

Sandy hatte Kat freigegeben, weil sie zu Greg gehen wollte, um das zu tun, was nur der liebe Gott wusste. Kat hatte nur ihren Freund im Kopf und schien das erste Päckchen vergessen zu haben, und als sie pfeifend die Treppe hinunterpolterte, erlebte Sandy einen Anfall weiblichen Neids. Kat würde es heute Abend kriegen, wahrscheinlich auch viel Bizarres und Ausgefallenes. Vögeln vom Feinsten.

Ich wünschte, du wärst hier, Jay. Ich wünschte, ich würde rücklings auf dem Küchenboden liegen, die Beine weit gespreizt und du dazwischen, hart pumpend.

Das Bild war sehr lebhaft und wurde jede Sekunde noch heißer und heißer.

Finger, Zunge, Jays Schwanz, ihre Pussy, alles in endlosen Kombinationen.

Sandy schüttelte den Kopf, um sich wachzurütteln, und dabei sah sie einen hübschen Mann mit der UPS-Uniform, der plötzlich das Café betrat. Er hatte ein Klappbrett bei sich und trug ein großes Paket.

»Alles in Ordnung, meine Liebe?«, fragte er fröhlich, als er das Paket absetzte und ihr das Klappbrett hinhielt.

»Ja, bestens, danke.«

War alles in Ordnung? Ihr Gesicht war gerötet, und ihr Herz klopfte, und das hatte mit Sicherheit nichts mit diesem Mann zu tun, auch wenn er ganz nett aussah. Sandy schloss die Tür ab – gut, es war ein bisschen zu früh – und führte ihn die Treppe hinunter. Sie und Kat hatten die Stühle und Tische von draußen hereingeholt, und die Gäste des traditionellen Nachmittagstees waren schon gegangen.

Sie nahm jeweils zwei Stufen auf einmal, stolperte fast und schimpfte über sich selbst.

Was, zum Teufel, war los mit ihr? Sie hatte einen Mann zwei Tage lang gekannt, und er hatte eine Wahnsinnige aus ihr gemacht. Eine Nymphomanin. Sie musste sich zusammenreißen.

Jetzt stand das zweite Paket auf dem rot-weiß karierten Tuch auf dem Küchentisch. Wenn das erste heiße Wäsche enthielt, was konnte sich dann im zweiten befinden?

Sandy trug das Paket ins Schlafzimmer. Aus den Augen, aus dem Sinn. Wenn sie es im Wohnzimmer abgestellt hätte, wäre Kat bestimmt nicht fähig gewesen, der Versuchung zu widerstehen, den Deckel zu öffnen und mal hineinzuschauen.

Diesmal war der innere Karton schwarz und mit roter und scharlachfarbener Papierschleife versehen. Ah, die klassischen Sexfarben. Ihr Herz pochte härter, während sie leicht an der Schleife zog.

Innen wieder feinstes Seidenpapier, diesmal in Schwarz. Und mehrere Broschüren, die alle die Aufschrift ›Für das persönliche Verwöhnen‹ trugen und Gebrauchsanweisungen für Sexspielzeug enthielten.

Aber den Preisen nach zu urteilen, war das, was da zwischen den Seidenpapieren lag, in einer anderen Liga als das Zeug, was Kat auf ihrer Girl Party angeboten hatte. Sandy zog einen Lieferzettel aus den Papieren, und obwohl kein Preis darauf stand und auch keinen Hinweis auf den Besteller enthielt, fand sie den Begriff ›Einzeln angefertigt‹ sehr spannend.

Die Gegenstände waren also besonders ausgewählt? Aber von wem?

Sie wandte sich ab und war sich nicht sicher, ob sie genauer nachsehen wollte, aber auf der anderen Seite starb sie fast vor Neugier.

»Verdammt!«

Sie stampfte durch die Küche, öffnete den Kühlschrank und fand die offene Flasche Wein, den sie sich für den heutigen Abend verwahrt hatte. Was machte es schon, dass es erst sechs Uhr war? Sie schenkte sich ein Glas ein und ging zurück ins Schlafzimmer. Und zum Paket auf dem Bett.

Nachdem sie sich durch die Seidenpapiere gewühlt hatte, zog sie ein kleines Päckchen heraus, das in steifes schwarzes Papier geschlagen war, auch wieder mit einer rot-schwarzen Schleife verziert. Sie dachte nicht an die Mühe des aufwendigen Einpackens, als sie den Karton zerriss und plötzlich eine Maske in der Hand hielt.

Es war eine sehr schöne Maske aus schwarzem Wildleder mit breiten schwarzen Bändern, um sie zu befestigen. Das Futter war aus Satin und sehr weich. Sandy nahm einen Schluck Wein, dann hielt sie die Maske vors Gesicht und schüttelte sich wegen der Dunkelheit, die entstanden war.

Was für ein Gefühl war das, in dieser Dunkelheit auf dem Bett zu liegen? Warten und sich fragen, was Jay mit ihr anstellen würde. Wo würde er sie zuerst berühren, und würde er sanft vorgehen oder hart? Sie musste tief durchatmen und wusste nicht, was sie wirklich haben wollte.

Der zweite Gegenstand, den sie auspackte, war – *quelle surprise* – ein Vibrator. Aber nicht irgendein Vibrator und eine Welt entfernt von der billigen Plastikröhre, die sie auf Kats Party gekauft hatte. Er hatte die Form, die man nur als klug geformten Stein beschreiben konnte. Ein solches Gerät hatte sie noch nie gesehen. Aber sie konnte sich sofort vorstellen, wie es zu benutzen war. Es gab einen Knopf zum Einschalten, aber es kam kein Summen.

Ah, Batterien, Mister Alleswisser! Ich brauche Batterien.

Sie legte den Vibrator beiseite und wühlte sich durch eine Reihe von anderen Dingen, die ihr zum großen Teil unbekannt waren, ehe ihre Finger auf dem Boden des Pakets einige vertraute Formen greifen konnten.

Energizer Ultimate Lithium, die Dauerbrenner unter den Batterien, und gleich ein Dutzend davon.

Himmel, Jay! Hältst du mich für ein unersättliches Sex-Monster?

Ja, denn sie hatte in vierundzwanzig Stunden ein halbes Dutzend Mal mit einem Mann Sex gehabt, den sie kaum kannte, und dabei hatte sie Cunnilingus und Fellatio und nicht zum Ziel führendes Fummeln nicht einmal mitgezählt.

Sie nahm einen kräftigen Schluck Wein, bevor sie sich den Rest der Inhalte vornahm.

Als das Telefon um zehn Uhr klingelte, hatte Sandy längst mit dem Genuss von Wein aufgehört. Wer brauchte Alkohol, wenn der Inhalt ihres Pakets ausreichte, jede heißblütige Frau in Versuchung zu führen?

Vibratoren, Dildos, seidene Fesseltücher und eine Augen

öffnende Auswahl von Stöpseln, Perlen und anderen einführbaren Objekten. Nicht zu vergessen die Nippelklammern, Gleitcremes und ein wunderschönes Glas mit ausgewählten Kräutern, die stimulieren und erregen sollten.

Oh, Mann, Jay, ich weiß ja, dass wir über Experimente gesprochen haben, aber ich konnte doch nicht damit rechnen, dass du mir ein ganzes Arsenal von taktischen Waffen schickst!

Der Inhalt des Pakets lag um sie herum auf dem Bett verstreut. Sandy schaute auf die Telefonnummer im Display.

Teilnehmer unbekannt.

Aber sie wusste genau, wer der Anrufer war.

Vierzehntes Kapitel

»Hallo, Prinzessin! Wie geht es dir? Hattest du einen schönen Tag?«

Sandy verzog ihr Gesicht. Frecher Lümmel! Tat so, als wäre nichts geschehen, und jetzt könnten sie eigentlich übers Wetter reden. Dabei hatte er exklusive Wäsche und teures Spielzeug für mehr als tausend Pfund geschickt.

»Ja, mir geht es gut, danke. Wie geht es dir? Hast du einen erfolgreichen Tag gehabt?«

Sie wollte ihn mit seinen eigenen Waffen schlagen.

Aber sie erwartete nicht, sein Seufzen zu hören. Dann entstand eine lange Pause.

»Es war ein mieser Tag, um ehrlich zu sein. Viel Streit mit jemandem, um seinen Standpunkt zu verändern.«

In der kurzen Zeit, die sie sich kannten, war Sandy aufgefallen, dass Jays Stimmbänder bei seinem Unfall auch betroffen waren. Seine Stimme klang heiser und tief, eine echte Schlafzimmerstimme. Aber heute Abend klang er müde und erschöpft.

Sie empfand Mitleid mit ihm. Auch wenn sie sich kaum kannten, wollte sie die Hand ausstrecken und ihn trösten.

»Mit wem hast du gestritten?«

Eine solche Frage durchbrach die Grenze dessen, was er bisher beantwortet hatte.

Aber zu ihrer Überraschung sprach er schnell und ohne taktisches Kalkül.

»Mit meinem Vater, dem alten Bastard. Ich dachte, wir wären uns in letzter Zeit einig geworden, hätten einen Weg gefunden, um zusammenzuarbeiten, aber jetzt muss ich mich fragen, ob ich mich geirrt habe.«

»Das tut mir leid. Ich bin immer gut mit meinen Eltern ausgekommen.«

»Mach dir keine Sorgen, mein Schatz. Wir werden uns irgendwie zusammenraufen. Ich möchte lieber über dich sprechen.«

Sie konnte das Lächeln in seiner Stimme hören, dieses teuflische Grinsen, bei dem seine grauen Augen wie Metall leuchteten. Wann wird er nach den Paketen fragen?, dachte sie.

»Hast du was Aufregendes zu erzählen? Irgendwelche fremden Kerle, die dich im Café belästigt und dich ins Gäste-WC verschleppt haben, um es dir dort nach Strich und Faden zu besorgen?«

Jetzt war es an ihr, teuflisch zu grinsen. Sie wünschte, sie hätte noch einen Schluck Wein zur Hand. »Nein, heute leider nicht. Aber ein paar Lieferanten haben versucht, mich anzumachen. Du würdest nicht glauben, wie gut die Burschen von UPS aussehen, die sie heute einsetzen.«

»UPS? Hast du was Hübsches erhalten?«

»Hübsch? Nein, eigentlich nicht. Ein perverser Typ hat mir ein Paket mit frivoler Wäsche geschickt und dann noch ein Paket mit Sexspielzeug. Da draußen laufen wirklich viele kranke Typen herum, sage ich dir.«

»Frivole Wäsche?«

»Nun ja, eigentlich sind die einzelnen Teile ganz nett. Besonders ein Set in Rot und Schwarz. Aber das ist wirklich unanständig, mit offenem Schritt und Öffnungen im BH.«

Ein schmutziges Glucksen kam durchs Telefon.

»Ach, du meinst so eine Nummer, die du mal hattest und dann wieder nicht?«

Sie musste einen Moment überlegen, stellte den Hörer ab und drückte den Knopf für die Freisprechanlage.

»Ja, so etwas.«

»Wirklich? Nun, vielleicht hat dein perverser anonymer Freund geglaubt, dass du so eine Ausstattung wirklich haben möchtest.« Sie hörte ein Klicken in der Leitung und schloss daraus, dass Jay auch die Freisprechanlage eingeschaltet hatte. Er hatte ihre Gedanken gelesen, oder vielleicht brauchte er die Hände für andere Dinge? »Und was ist mit dem anderen Paket? Mit dem Sexspielzeug? Hast du schon einige ausprobiert?«

»Nein, natürlich nicht! Und wer sagt, dass ich es überhaupt tun werde?«

»Ach, machen wir einen Rückzieher?« Jays Stimme klang schalkhaft und amüsiert.

Sie reagierte wütend, aber gleichzeitig wünschte sie, er wäre hier, damit sie auf ihn springen könnte. Sein Machogehabe hätte sie theoretisch dazu bringen müssen, ihn in die Wüste zu schicken, aber stattdessen begehrte sie ihn auf diese alarmierende, unterwürfige Weise, die sie nicht verstand.

»Ich dachte, du wärst das Mädchen, das gern mal was Neues versucht«, erinnerte er sie, und sie hätte ihn am liebsten umgebracht. Oder sich ihm ergeben, damit er seine dunklen Triebe mit ihr ausleben konnte.

»Ja, bin ich.«

»Na, gut, dann fang doch mit den Experimenten an. Hol was aus dem Paket und versuche es.«

»Ja, das werde ich tun.«

Sie kramte im Paket und nahm den so originell geformten Vibrator heraus, in den sie zwei Batterien schob.

»Ist dir bewusst, dass dies zum Telefonsex führt?« Das Gerät lag schwer in ihrer Hand, aber es passte sich wunderbar an. Ergonomisch gestaltet. Nicht wie das schreckliche Plastikding, das sie auf Kats Party erworben hatte. Dies hatte Klasse mit seiner glatten perlblauen Ummantelung.

»Nein, nein, kein Telefonsex, den kannst du vergessen«, sagte Jay lachend. »An so was hätte ich nie gedacht.«

Sandy ignorierte ihn und stellte den Vibrator an. Sein Schnurren hörte sich tief und diskret an, fast geräuschlos in der ersten Stufe. Konnte er es hören? Sie fragte ihn nicht, aber sie stellte ihn sich auf seinem Bett vor, ausgestreckt auf vielen kuscheligen Kissen, darauf vorbereitet, sich selbst zu berühren. Wenn er nicht schon zugange war. Es war verrückt, aber sie glaubte zu sehen, wie er Mühe hatte, in eine bequeme Situation zu kommen, als ob die Müdigkeit, die sie bei ihm herausgehört hatte, ihn ebenso an einer Entspannung hinderte wie seine Schmerzen und wie der Zwist mit dem Vater.

Warum mache ich mir diese Gedanken über ihn? Er kann schon für sich selbst sorgen, und es ist ja auch nicht so, als hätten wir eine Langzeitbeziehung.

Sie verscheuchte beunruhigende Gedanken und machte es sich auf ihren weniger kuscheligen Kissen aus dem Supermarkt bequem. Sie spreizte die Beine, zog ihr Mini-Nachthemd hoch und legte den Vibrator auf die Innenseite ihres Oberschenkels.

Würde sie sich trauen?

Es gab einen gewaltigen Unterschied, wenn man einen Vibrator in der Privatsphäre des Badezimmers oder unter der Decke seines Betts benutzte, und wenn man sich damit vergnügen sollte, wenn ein geiler Mann eifrig lauschte.

»Du hast ihn angestellt, Prinzessin. Das ist ein guter Start.

Aber er hilft dir nicht, wenn du nur dasitzt und ihn schnurren lässt. Du musst etwas mit ihm tun. Drücke ihn gegen deine Pussy. So funktionieren diese Dinger.«

»Ich weiß, wie Vibratoren funktionieren.«

Vorsichtig drückte sie die Oberschenkel weiter auseinander und hob die Zehen auf eine Weise an, die für sie richtig schien. Mitten in einem kräftigen Luftholen ließ sie die perlblaue Form gegen ihre Spalte gleiten.

Oh, er fühlte sich so glatt an. Ungeheuer sanft. Listig. Er schien kaum etwas zu tun, und doch schuf die Frequenz des Summens eine Resonanz in ihrer Pussy, die ihr den Atem raubte.

»Gut?«

Wieso konnte er das wissen? Himmel, hatte er alles schon probiert? Aber nein, der Karton war von der Firma gepackt worden. Er hatte nur nach einem Katalog bestellt. Oder er hatte einen eigenen Vibrator oder sich das Schmuckstück einer Freundin ausgeborgt.

»So gut, dass du sprachlos bist?«

»Ja, es geht.« Aber das war deutlich untertrieben, und das Schwanken in ihrer Stimme verriet ihm das. Die leichten seidigen Vibrationen schienen ihren ganzen Körper zu durchdringen. Sie konnte sie in ihrem Gehirn fühlen, und sie ließen ihre Ohren brummen. Und auch in den Zehen. Sie gierte nach den Sensationen und drückte das Gerät härter gegen sich. Sie biss sich auf die Lippe, um nicht aufschreien zu müssen, dann tauchten ihre Finger hinunter zu ihrem Busch und schufen einen Weg für die köstlichen Vibrationen.

Als sie mit der Spitze ihre Klitoris berührte, schrie sie auf. »Oh, ja!« Sie konnte sich nicht länger zurückhalten.

»So ist es gut, Prinzessin. Du weißt, dass du es willst. Tu es für mich.«

»Das ist ja wohl die Höhe«, keuchte Sandy. Sie versuchte, ihre Bewegungen zu kontrollieren und auch ihre Stimme.

Sie hörte Jay lachen.

Ihre Hüften schienen sich nach eigenem Gusto bewegen zu wollen, sie kreisten und ruckten auf der Matratze. Pussy und Po waren sensibilisiert, die Nerven lagen blank, die Muskeln spannten sich an, bereit für die Pulsierungen des Orgasmus. Sie schloss die Augen und konnte doch Jay auf seinem Bett sitzen sehen. Natürlich beobachtete er sie. Hatte er den Penis in die Hand genommen? Ganz sicher. Wie hätte er widerstehen können?

»Und du? Was ist mit dir? Holst du dir einen runter?«, fragte sie, pumpte die Hüften und ritt auf dem Vibrator.

»Werden wir jetzt auch noch vulgär?«

Aber seine Stimme verriet auch ihn. Dann ein leichtes Keuchen. Er hechelte noch nicht, aber lange würde es nicht auf sich warten lassen. Er atmete schwer, rang um Kontrolle – genau wie sie.

Die Muskeln in Sandys Oberschenkeln waren starr. Ihre Klitoris prickelte. Sie war ganz, ganz nahe. Mit einer enormen Willensanstrengung nahm sie den Vibrator ein wenig zurück, ließ ihn an der Seite liegen, wo er immer noch summte, aber eben nicht mehr in ihrem Innern. Es war ein berechneter Rückzug, aber ihr Lustzentrum schrie sie an: »Jetzt, jetzt, jetzt!«

»Sage mir, was du gerade tust, Jay. Ich will es mir vorstellen. Liegst du im Bett? Bist du nackt?« Sie konnte seinen Körper sehen, konnte ihn in seiner ganzen Größe sehen, tätowiert von den Narben. Aber irgendwie schienen die Narben nicht wichtig zu sein, denn sie gehörten zu ihm, sie machten das aus ihm, was er war, ein gehärteter Mann, kein hübscher Junge.

Es entstand eine lange Pause. Eine Atempause. Sandys Stirn legte sich in Falten. Sie fragte sich, ob es diese Narben waren, die ihn schweigen ließen. Der hübsche Junge hätte wahrscheinlich gern seinen Körper beschrieben und seine Attraktivität herausgestellt. Aber vielleicht wollte der gezeichnete Mann sie nicht an seine Makel erinnern?

»Ja, ich liege im Bett«, gab er schließlich zu, »und ich wünschte, du wärst hier, dann könntest du das tun, was ich gerade selbst übernommen habe.«

»Und was ist das?«

»Ich reibe mir den Schwanz, Prinzessin. Und leider ist meine alte Hand längst nicht so quälend gut und einfühlsam wie deine kleine Hand.« Er ließ einen leisen Knurrlaut hören. »Aber die Hand erledigt die Arbeit, das muss ich schon zugeben. Gar nicht so schlecht.«

Oh, dieser wunderbare Schwanz! Zum Glück war das eines der wenigen völlig unversehrten Teile seines Körpers, und sie konnte auf seine Verlässlichkeit zählen.

»Trägst du einen Pyjama?«

»Nein, ich habe den Bademantel an. Er steht offen, deshalb komme ich leicht an mich heran.«

»Welche Farbe hat der Mantel?«

»Grau.«

»Wie deine Augen. Auch wie der Aston?«

»Ja, so ungefähr.«

»Und die Betttücher?«

»Weiße Baumwolle. Nichts Exotisches, kein Chintz.«

Sandy lachte. Er würde wahrscheinlich so hart sein, wie sie ihn im Waverley erlebt hatte.

»Bist du bald so weit?«

Jay lachte. »Ja. Und du? Ich höre nichts mehr von dir.«

»Ich will es in die Länge ziehen.« Sie schob den Vibrator

wieder etwas näher an die Klitoris, aber dann zog sie ihn sofort wieder weg, weil der Drang, sich auf dem Bett zu winden und nach der Lust zu greifen wie ein Kind nach den Bonbons, überwältigend wurde.

»Aber warum?« Jays Stimme kam gehackt durch die Leitung, als ob er sich auch zurückhielt. »Ihr Mädchen seid doch so viel besser dran. Ihr könnt doch gleich wieder ...«

»Ich weiß nicht, ob ich das will. Manchmal ist es so, dass ich den einen richtigen Orgasmus will, der mich davonträgt und mich absolut befriedigt zurücklässt.«

Sie konnte ihn beinahe sehen, wie er mittendrin abbrach, den kurz geschorenen Kopf leicht zur Seite geneigt. Trotz der Lust ließ sie sich das, was sie zuletzt gesagt hatte, noch einmal auf der Zunge zergehen.

Einen richtigen, der mich davonträgt und mich absolut befriedigt zurücklässt.

Sandy war sich nicht sicher, ob sie immer noch an den Orgasmus dachte.

Eine Richtige, die mich davonträgt und mich absolut befriedigt zurücklässt.

Und genau das traf auf Sandy zu. Sie ist es immer gewesen. Würde es immer sein.

Meine schöne Prinzessin. Ich habe mich nicht geirrt. Du bist die Eine.

Aber es war so verrückt, so unvernünftig und so unglaublich vermurkst durch Zufälle, dass es fast so aussah wie eine Strafe für sein ausschweifendes Leben und für seine Kompromisslosigkeit in seinem Verhalten dem Vater gegenüber.

Oh, verdammt, verdammt, verdammt. Die Frau, von der er immer geträumt hatte, die perfekt war für ihn, sie würde bald mehr als genug Gründe haben, ihn zu hassen. Für das, was er war, und weil er ihr nicht seine wahre Identität offenbart hatte. Das traf für seine Rolle vor vielen Jahren als ihr Retter zu und auch für seine Rolle als Jason Bentley Forbes.

Er öffnete den Mund, damit alle Wahrheiten heraussprudeln konnten, aber ein plötzlicher süßer Ausruf unterdrückter Lust aus dem Telefon ließ seine Zunge bewegungslos verharren. Und sein Penis, der nicht zusammengefallen war, wohl aber seine schmerzende Not verloren hatte, als er die Gedanken und Enthüllungen in seinem Kopf gewälzt hatte, sprang auf und versteifte sich wieder in seinen Fingern.

Er schloss die Augen und stellte sich vor, dass ihre wunderschönen rosa Lippen sich für ihn öffneten.

Sie war meilenweit weg, und doch war sie bei ihm, sie wand sich unter ihm, reagierte auf seine Berührung, auf seinen Mund oder den Stoß seines Schwanzes. Er wollte alles mit ihr und für sie tun. Unterwerfung war nie eines seiner Laster gewesen, aber bei Sandy konnte er sich vorstellen, dass sie den Spieß mal umdrehte.

»Jay, bist du noch da? Ist alles in Ordnung?«

»Ja, alles bestens, mein Schatz. Ich stelle mir gerade deinen wirklich gewaltigen Orgasmus vor, der dich davonträgt. Teufel, ich möchte da sein und dir den nächsten bereiten.«

Sie antwortete nicht. Aber er glaubte, ihren Atem zu hören. Ihr Keuchen. Er erlebte eine Vision, wie sie auf ihren Kissen herumrutschte. Ihre lockere Mähne sah wie ein zerzauster Umhang aus rötlicher Seide gegen die weißen Laken aus. In seinem Traum war sie nackt, ihre Haut wie Honig, feucht vom Schweiß, und zwischen den Beinen noch feuchter.

Der *high-tech* Vibrator wurde wieder gegen ihre Pussy gedrückt.

»Benutzt du noch dein Spielzeug?«

Ah, er wollte bei ihr sein und sie vielleicht mit dem Spielzeug beglücken. Sie würde kommen und kommen und kommen, bis sie nicht mehr geradeaus gucken konnte, und sie würde sich an ihn klammern und ihn herzen und küssen. Dieses eine Mal, denn sie war nicht die delikate Blume seiner Träume, die auf dem Kontakt einiger Momente beruhten. Sie war fit und munter, wild und leidenschaftlich, und sie wusste genau, was sie wollte. Deshalb waren die Augenblicke, in denen sie sich ergab, selten und köstlich wie Diamanten.

Als sie nur noch halb bei Verstand war, fast ohnmächtig nach all den Orgasmen – sie hatte in der letzten Stunde mehr Orgasmen erlebt als die meisten Frauen in einer Woche –, wollte er sie reiten, ihr Herz und ihre Seele für ihn öffnen. Dieser letzte Orgasmus sollte sie aneinander schmieden.

Oh, Mann … er kannte die Prinzessin erst seit zwei Tagen, aber er hatte sich unsterblich in sie verliebt.

Als sein Schwanz zu sprühen begann, wusste er, dass das Unmögliche wahr geworden war.

Sandy hörte das verräterische Grunzen, und für einen Moment lenkte es sie von ihrem eigenen Anstieg zum Orgasmus ab. Sie wusste nicht genau, welche Emotionen sie fühlte. Dies schien nicht der Ablauf zu sein, den sie erwartet hatte. Sollte der erfahrene Mann sie nicht necken und reizen und seinen eigenen Höhepunkt zurückhalten, bis er sie zur Klimax gelockt hatte?

Selbstsüchtig, dachte sie, aber gleich darauf: Nein, nicht selbstsüchtig. Es war, als hätte er ihr ein Geschenk gemacht. Seine Verwundbarkeit, und dass er sich der Lust ergeben hatte, waren ihr genug.

»Oh, verdammt, Sandy«, murmelte er nach einer kleinen Weile. Seine tiefe, kratzende Stimme war kaum zu hören, aber Sandy bekam die Emotionen mit, die er damit ausdrückte. »Tut mir leid, mein Schatz, ich konnte nicht mehr warten. Ich musste an dich denken. Ich habe mir vorgestellt, wie ich dich berühre und dich zum Kommen bringe, ich tief in dir, und das wurde zu viel für mich, und so konnte ich meinen Höhepunkt nicht zurückhalten.« Sie hörte das Rascheln der Laken und wie er auf dem Bett herumrutschte, dann kam ein tiefer Atemzug. Hatte er Schmerzen? »Ich wollte dich reizen und immer weiter reizen, damit wir es in die Länge ziehen können.«

Trotz ihrer Sorge musste Sandy lächeln. Sie hatte ihn perfekt gelesen. Was er hatte erreichen wollen, hatte er diesmal nicht erreicht. Die Tatsache, dass er nicht immer erobern konnte, nicht immer die Kontrolle über sich hatte, war eine erstaunliche Erfahrung.

Jetzt hörte sie erneut Bewegungen durchs Telefon, dann kam Jays Stimme, und diesmal war er wieder am Kommandostand.

»Jetzt bist du dran, Prinzessin. Ich bin für dich gekommen, jetzt musst du für mich kommen. Diese Lust bist du mir schuldig.«

Ihr Bauch wurde geschüttelt. Dieser andere Jay erregte sie auch, wenn auch auf eine andere Weise. Gegen die glatte Oberfläche des Vibrators hob sich ihr Geschlecht wie eine Woge, und die Feuchtigkeit in ihr schwoll an.

»Stell die höchste Stufe ein, Sandy. Ich will hören, wie du dich windest. Das Ding soll in dir sein und wild pochen, es soll deine Klit quälen und dich wahnsinnig machen.« Er legte eine Pause ein, als wollte er eine bessere Wirkung erzielen. »Mach es jetzt, und dabei zwirbelst du an deinen Nippeln.«

Sandy stöhnte stumm ›nein‹, aber sie meinte ›ja‹. In seiner Stimme lag eine solche Kraft, ein solcher Zwang. Welche irre Perversion ließ sie da geschehen? Wieso gestattete sie ihm das? Es kam ihr fast krankhaft vor, nach seiner Pfeife zu tanzen, aber sie tat es.

»Machst du, was ich sage?«

»Ich versuche es.«

Sie stieß sich tiefer das Bett hinab, bis sie liegen und sich ausstrecken konnte. Sie nahm einen Nippel zwischen ihre Fingerspitzen und drückte. Der kleine Schmerz, zusammen mit den Vibrationen, ließ sie wimmern.

»Schon besser. Komm jetzt, versuche es noch einmal«, drängte Jay, als wäre er bei ihr im Zimmer und könnte jedes Zucken von ihr sehen, jedes Winden, jedes unruhige Herumrutschen. »Spreize deine Beine ganz weit. Entblöße alles, was du hast und achte darauf, dass die Vibrationen die ganze Region erfassen. Und zwick deine Nippel so hart es geht, Baby. Nicht einfach herumspielen. Es muss wehtun.«

Der stechende Schmerz in ihrer Brustwarze schoss auch in ihre Klitoris, die zu zischen schien. Unwillkürlich hoben sich ihre Hüften an, und ihre zarte Pussy wurde gegen die summende Härte des Vibrators gedrückt. Sie schob die Vibratorspitze weiter, kniff den Nippel und schrie laut auf, als das starke Pulsieren ihr Geschlecht zucken ließ.

Sie krümmte sich wie ein Bogen und ritt auf der Welle des Orgasmus, der sie überwältigte. Sie keuchte und stöhnte. Hinter den geschlossenen Lidern konnte sie Jays Gesicht, sein triumphierendes Lächeln und seine leuchtenden Augen sehen.

»Jay! Oh, Mann, Jay!«, schrie sie, immer noch zuckend, immer noch kommend.

»Oh, ja, Prinzessin«, hörte sie ihn wie durch dicken Nebel sagen.

Überstimuliert warf sie den Vibrator aus der Hand und sackte auf dem Bett zusammen; sie legte beide Hände gegen die zum Sieden gebrachte Pussy, und statt sich jetzt zu krümmen, kehrte sie in eine fötale Lage zurück. Die Welle der Emotionen schien in ihr zu explodieren, und dann hörte sie sich schluchzen wie ein kleines Kind.

»Sandy? Sandy? Bist du in Ordnung? Rede mit mir.«

Der Nebel lichtete sich, und sie konnte die Besorgnis in seiner Stimme hören. Aber dies führte nur dazu, dass ihre Emotionen noch höherschwappten. Ihr Herz schmerzte, weil sie ihn nicht in sich hatte. Ihr ganzer Körper schien nach ihm zu rufen. Sie wollte seine Wärme spüren, dicht an sich spüren. Ihr würde es genügen, ihn zu halten. Wenn er nur da wäre.

»Sandy!«

»Alles in Ordnung. Nur ein paar Höhepunkte zu viel.«

Mit Mühe schaffte sie es, sich wieder aufzurichten. Die Kissen stützten sie. Sie schüttelte die Haare, zog ihr Nachthemd hinunter, das sich wie ein Bündel über ihre Brüste geschlungen hatte. Sie versuchte, ihren Atem zu stabilisieren und ihr Schluchzen einzustellen.

»War das ein richtiger?«, fragte er und hörte sich seltsam verunsichert an.

»Eh ... ja, das kann man wohl sagen.«

»Ich wünschte, ich hätte ihn gesehen.«

»Ja, das wünschte ich mir auch.«

Es entstand wieder ein Moment des Schweigens, in dem Sandy mit den Zähnen knirschte und gegen die Tränen ankämpfte. Sie war nicht traurig, nicht wirklich, und sie war normalerweise auch kein Heulbaby, aber was sie hinter sich hatte, war ein Angriff auf die Sinne gewesen. Mehrfach griff sie blindlings nach der Schachtel mit den Taschentüchern auf dem Nachttisch.

Vielleicht war es ganz gut, dass Jay nicht hier war, sonst hätte er ihre Tränen gesehen und gewusst, was für ein schwächliches Mädchen sie war.

»Weine nicht.«

Ihre Hand, unterwegs zu den Taschentüchern, erstarrte.

Wie, zum Teufel, konnte er solche Dinge sehen?

»Tu ich doch gar nicht!« Sie rieb sich wütend die Augen leer. Jetzt würde er wahrscheinlich die roten Ränder sehen können.

»Oh, das glaube ich doch. Es tut mir leid, wenn ich dich auf irgendeine Art aufgeregt habe. Ich habe nur gedacht, du könntest ein bisschen Spaß gebrauchen.«

Er war seiner selbst nicht sicher. Sandy fand, dass sich seine Stimme noch rauer anhörte.

»Ja, war auch gut. Aber manchmal ... postkoitale *tristesse*, weißt du?«

Er seufzte. Er konnte das nachfühlen, da war sie sicher.

»Ich wünschte, ich wäre da, Prinzessin. Ich könnte dich halten und dir die Tränen wegküssen.«

Sandys Kopf schien zu schweben. Heiß und kalt lief es ihr über den Rücken. Er hatte diese Worte schon mal gesagt, nicht nur im Garten des Waverley Hotels, als sie in Kats Schuhen gelitten hatte. Die Stimme klang so anders, und doch war es dieselbe Stimme. Dieselbe!

Sie hatte ihm die Geschichte erzählt. Er wusste, dass sie sich an ihn erinnerte. Er musste sich an sie erinnern! Er musste es! Aber warum sagte er es nicht?

Ihr Märchenprinz war ein schöner Mann gewesen. Jay war schön auf seine eigene wilde Weise. Es war eine Schönheit, die das Skalpell eines Chirurgen aus dem Rohmaterial, das ihm zur Verfügung stand, geschaffen hatte. Konnten sie identisch sein? Traute sie sich das zu fragen? Würde er das zugeben? Und was würde sich daraus ergeben, wenn ihre Vermutung zutraf?

Das Schweigen zog sich in die Länge, aber dann hielt sie es nicht mehr aus.

»Bist du er? Mein Märchenprinz?« Die Worte kamen ganz leise heraus, als traute sie sich nicht wirklich, sie auszusprechen. Oder als wollte sie sich eine Option offenlassen und sagen können, er hätte sich verhört.

Sie hörte ein langes, scharfes Einatmen. Irgendwie schockierend und auch enthüllend bei einem so unerschütterlichen Mann. Er hatte es sich selbst zuzuschreiben, weil er gesagt hatte, er würde ihr die Tränen wegküssen. Bedauerte er, das gesagt zu haben?

Aber dann erzählte er alles, was sie hatte hören wollen.

Jay Bentley und ihr Märchenprinz waren identisch.

»Bist du er?«

»Ich war es mal.« Er klang jetzt sehr erschöpft, und Sandy konnte den Schmerz in seiner gebrochenen Stimme hören. »Aber ich bin zu sehr verändert, um jemals wieder dieser andere Mann zu sein.« Er seufzte. »Ich war niemand, der damals Bewunderung verdient hatte, und heute erst recht nicht.«

»Überlass diese Beurteilung mir«, rief Sandy. Sie befand sich wieder auf diesem Karussell aus Panik und Verwirrung und versuchte, an irgendein Ziel zu gelangen und nach einer bestimmten Person zu greifen. Aber sie flog an ihr vorbei, und dann hatte sie das Gefühl, dass sie für immer verschwunden war. Die Tränen, die sie zuvor unterdrückt hatte, rannen ihr jetzt übers Gesicht.

»Ich habe deinen Traum zerstört, nicht wahr?« Die Stimme klang seltsam emotionslos. »Du hast die ganzen Jahre von deinem hübschen Retter geträumt, und jetzt musst du erkennen, dass du ihn nie finden wirst, denn diesen Mann von damals gibt es nicht mehr.«

»Hältst du mich für so oberflächlich, dass ich nur deshalb von jemandem träume, weil er hübsch aussieht? Gutes Aussehen ist nicht alles, und außerdem finde ich, dass du gut aussiehst.«

Ein verbittertes Lachen.

»Nun, ich hätte nichts dagegen. Aber ich bin kein Kavalier wie dein Märchenprinz. Du weißt so gut wie nichts über mich, und wahrscheinlich ist das auch gut so.«

Sandy warf ihr zerknülltes Papiertaschentuch weg und griff nach einem neuen. Es sträubte sich in der Schachtel, und ungeduldig schlug sie auf die Schachtel ein und zerriss sie. Ihr war bewusst, dass sie sich wie ein Kind in einem Jähzornsanfall verhielt, aber sie brauchte ein Ventil für ihre Emotionen.

»War es das denn?«, fragte sie. »Ein paar unglaublich gute Nummern und ein paar sexuelle Experimente? Und fünfzehn Jahre Phantasien, die wir dabei zerstampft haben?«

»Es tut mir leid.«

»Mir tut es auch leid.«

Die Worte waren gleich, und das anschließende Lachen auch.

»Es tut mir leid, dass ich so dramatisch klinge«, sagte Sandy nach einer Weile. Eine seltsame Ruhe hatte sie erfasst. Sie fühlte sich müde, aber nicht unglücklich. »Wie kann ich erwarten, dass jemand ist wie der Mann, den ich mir erträumt habe? Mein Märchenprinz war nur ein Ausbund meiner Vorstellungen, die auf jemandem beruhten, den ich nur kurz kennen gelernt hatte und der freundlich zu mir war.« Dann fügte sie noch hinzu: »Und leugne nicht, dass du freundlich warst.«

»Okay«, gab er zu. »Aber du klingst nicht dramatisch, meine Prinzessin.« Seine raue Stimme klang unerwartet sanft, fand sie. »Und du bist nicht die Einzige, die die Last von unrealistischen Phantasien auf den Schultern eines unbekannten Fremden abladen kann.«

Was wollte er ihr damit sagen?

Panik stieg wieder in ihr auf.

»Oh, Mist! Jetzt verstehe ich! Ich bin eine große Enttäuschung für dich!«

Eine kalte Hand griff nach ihrem Herzen. Wie hatte sie so dumm sein können? Und so arrogant? Jay hatte auch bestimmte Erwartungen gehegt, was seine Traumfrau anging, und diesen Erwartungen wurde sie nicht gerecht.

»Nie und nimmer«, sagte er. »An dir ist nichts Enttäuschendes dran, meine Dame. Du bist erregend und schön, und du machst mich so geil, wie du es dir nicht vorstellen kannst.« Er lachte leise. »Teufel, da streiten wir uns, und ich habe schon wieder einen Steifen. Wenn das anhält, muss ich mir noch einen runterholen, damit ich einschlafen kann, und dabei stelle ich mir all die Dinge vor, die ich mit dir noch tun will.«

Es war eine lange Nacht gewesen. Eine Nacht, in der sie eine Zeitreise hinter sich, einen Traum nacherlebt und fast verloren, aber dann wiedergefunden hatte. Sandy fühlte sich müde, verwirrt und plötzlich sehr schläfrig. Doch gleichzeitig nahm auch die verführerische Vision neue Gestalt an.

Jay in seinem grauen Bademantel, ausgestreckt auf weißen Laken, der mit sich selbst spielte. Es schien ganz einfach zu sein, sich nur auf dieses Bild zu konzentrieren und alle komplizierten Dinge wie die ungeklärte Identität oder die Frage, wie er sie gefunden hatte, zu ignorieren. Schließlich hätte es simpler Zufall sein können, nicht wahr?

Pfeif drauf. Konzentriere dich auf das Jetzt. Wirf all den Ballast ab, den kannst du dir vornehmen, wenn du voll bei der Sache bist.

Das Bild seines schönen Schwanzes in langen, feingliedrigen Fingern berührte und beunruhigte sie zugleich. Aber es war so entspannend, ihn sich vorzustellen.

»Wirst du es also tun?«, fragte sie.

Er lachte wieder. »Woher willst du wissen, dass ich nicht schon dabei bin?«

In ihrer Vorstellung bewegte sich die Hand und begann zu pumpen. Schmale männliche Hüften hoben sich und stießen den geröteten Schaft durch die klebrige Hand.

»Woher willst du wissen, dass ich nicht auch wieder dabei bin?«

Jays Atem klang jetzt viel rauer. »Ja, bitte, sage mir, dass du es auch machst.«

»Ja, kann sein.«

»Ein ›kann sein‹ gibt es dabei nicht, Prinzessin. Berühre dich wieder. Tu es für mich.«

Sandy lächelte. Es war so leicht. Unglaublich, aber leicht.

Die Last der Träume und Erinnerungen fiel von ihr ab, und sie empfand auch keinen Argwohn mehr.

Fünfzehntes Kapitel

Sandy sah sich neugierig um, aber sie konnte nichts vom berüchtigten Waverley Grange Stil entdecken, von dem Kat ihr immer neue Geschichten erzählte. Aber sie saß natürlich im Restaurant, und vielleicht hatten diese Gäste nur ein Interesse am guten Essen. Anderer Hunger wurde vermutlich an anderen Orten gestillt.

Sie war unruhig, müde und fühlte sich unbehaglich. Sie wünschte, sie hätte nie zugesagt, Jay hier treffen zu wollen. Aber nach seinem Geständnis bei ihrem langen Telefongespräch war sie dankbar für den neutralen Ort. Durch die übrigen Gäste und das Personal hatte sie einen Puffer gegen die hohen Wellen der Emotionen.

Das Samstagabend-Dinner im Waverley war ganz offensichtlich eine Gala für sich. Jeder Tisch war besetzt, vermutlich lange vorher gebucht. Doch für Jay schien das nicht zu gelten; er hatte wahrscheinlich in letzter Minute einen Tisch reservieren lassen.

Sie griff nach ihrem Glas und nippte am Wein. Die Flasche hatte in einem Kühler schon auf dem Tisch gestanden, als der gut aussehende Hotelmanager, Signor Guidetti, sie höchstpersönlich zum Tisch geführt hatte. Er hatte ihr eingeschenkt und versichert, dass Mr. Bentley in Kürze da sein würde. Unter anderen Umständen hätte sie vielleicht mädchenhaft mit dem charmanten Italiener geflirtet, aber sie war zu abgelenkt, und so schaffte sie nur ein nervöses Lächeln.

Der Wein war sehr weich für einen Rosé. Sie konnte sich nicht vorstellen, dass Jay so etwas trinken würde, aber er hatte ihn eigens für sie bestellt, denn er kannte inzwischen ihre Vorlieben.

Stirnrunzelnd stellte sie das Glas wieder ab.

Nur weil wir uns vor fünfzehn Jahren gesehen haben, Mister, heißt das noch lange nicht, dass wir uns seit fünfzehn Jahren kennen. Du weißt so gut wie nichts von mir, und ich weiß noch weniger von dir.

Eingelullt von den Orgasmen war die Wucht von Jays Geständnis am Donnerstagabend irgendwie von ihr abgeprallt. Aber seither hatte die neue Erkenntnis unentwegt ihre Gedanken beschäftigt. Sie war verärgert über ihn, weil er ihren seit Jahren gehüteten Traum zerstört hatte. Ihr Märchenprinz, ein fremder, vernarbter Mann, der seine eigene Ritterlichkeit leugnete und kein Kavalier sein wollte.

Verdammter Kerl, warum bist du nach Kissley gekommen?

War er wegen ihr in der kleinen Stadt? Wenn ja, wie hatte er sie gefunden? Wer hatte ihm gesagt, dass sie hier war?

Sie sah sich wieder im Restaurant um und betrachtete einige der anderen Gäste, um sich abzulenken. Aber überall saßen Pärchen, scheinbar entspannt und glücklich. An einem Ecktisch fiel ihr die junge blonde Frau vom Zimmerservice auf. Es gab also kein Verbot für Angestellte, an ihrem freien Tag zum Gast zu werden? Die muntere Blondine hielt Händchen und lachte mit einem älteren, untersetzten Mann, der sie mit einer Mischung aus Zuneigung und Lust anstarrte. Du hast verdammt Glück, dachte Sandy, dass du so eine unkomplizierte, sexy Beziehung haben kannst.

Sandy ordnete das Besteck des makellos gedeckten Tischs

neu und schaute in die andere Richtung. Mit verengten Augen nahm sie ein Paar unter die Lupe, das am Fenster saß. Sie hätte schwören können, dass sie den Mann mit Brille von irgendwoher kannte. Er sah aus wie ein Engel und hatte einen Kopf voller schwarzer Locken. Kannte sie ihn vom Fernsehen? Jemand, der Geschichtssendungen moderierte? Egal, ob er nun ein Promi war oder nicht, er schien vergeben zu sein.

Seine Begleiterin, eine kurvige Frau mit lohfarbenen Haaren und einem prallen Busen bedachte ihn mit intensiven, intimen Blicken.

Für manche Menschen scheint das Leben leicht und geradeaus zu verlaufen, dachte Sandy. Aber das hatte auch zu ihrem Leben gepasst, bis ein gewisser Mann mit vielen Narben in ihr Leben getreten war, sie bis zur Besinnungslosigkeit gevögelt und ihren Traum zerstört hatte, den sie fünfzehn Jahre lang in ihrem Herzen getragen hatte.

»Bastard, Jay Bentley«, murmelte sie, dann schwenkte sie wieder das Weinglas.

Aber als sie das Glas absetzte, sträubten sich ihre Nackenhaare. Sie schaute zur Tür und sah ihn dort. Er blieb einen Moment lang stehen und starrte sie an. Wie hatte er ihr Märchenprinz sein können? Er war so groß. Er sah so stählern aus. So einschüchternd. Und doch sah er bereits anders aus, als betrachtete sie ihn durch einen Filter.

Er wand sich an den Tischen vorbei und ging auf sie zu. Sein dunkles Jackett schien von seinen breiten Schultern zu schweben. Er dominierte den Raum. Frauen an anderen Tischen starrten ihn an, und keine von ihnen nahm Anstoß an seinen Narben. Sandy konnte sie gut verstehen. Himmel, da er offenbar die Haare wachsen ließ, sah er sogar noch besser aus. Selbst in den wenigen Tagen waren sie dichter geworden, wodurch sie auch viel dunkler wirkten. So schwarz wie die zerzauste Mähne ihres Märchenprinzen.

»Es tut mir leid, dass ich dich habe warten lassen«, sagte er und setzte sich. »Ich wollte viel früher hier sein, aber ich bin aufgehalten worden.« Er seufzte und schenkte sich ein Wasser ein, das auf dem Tisch stand. »Wieder Ärger mit dem alten Herrn. Er ist ein verdammter alter Querkopf.«

Wie seltsam. Er redet mit mir, als würde er mich seit fünfzehn Jahren kennen. Als ob wir alte Freunde wären. Oder ein altes Liebespaar.

Und als wenn das noch nicht seltsam genug wäre, fühlte sie, wie sein Körper mit einer solchen Vertraulichkeit nach ihrem lechzte, die nichts mit der kurzen Zeit zu tun hatte, die sie sich kannten. Sie folgte dem Weg seiner Finger um den Stiel seines Glases und schüttelte sich, als wenn sie eine permanente Spur auf ihrer Haut hinterließen, auf ihren Brüsten und ihrer Pussy; Linien wie Strahlen, die durch seine Nähe noch verstärkt wurden. Ihre eigenen Fingerspitzen prickelten ebenfalls, als ob seine Haut, seine Narben und sein Penis ihre brillante Spur auf ihr gezogen hätten.

Sie wollte reden, Fragen stellen, Grundregeln festlegen, aber ein elektrisches Feld purer Lust verursachte einen Kurzschluss in ihrem Gehirn.

»Schon gut«, sagte sie. »Ich bin auch noch nicht lange hier. Und der Wein ist lecker.«

Sie errötete, denn sie merkte, dass sie quasselte und nicht aufhören konnte, auf seine Finger zu schauen, auf die kräftigen Handgelenke und dann auf die gebräunte Haut am offenen Kragen seines schwarzen Seidenhemds. Im V-Ausschnitt sah sie ein paar dunkle Haare sowie die dünne Linie einer giftig roten Narbe.

»Du vergibst zu schnell«, sagte er. Seine heisere Stimme

klang angespannt und müde. Hatte das mit dem Ärger mit seinem Vater zu tun, oder steckte etwas anderes dahinter?

Sie sahen sich an. Sandys Gehirn schien langsam Gedanken und Informationen zu mahlen, und jeder vernünftige Gedanke fiel ihr schwer. Es war leicht, Jays Körper in seiner geschmackvollen Kleidung zu betrachten, auch die kräftige Form von Brustkorb und Armen. Es hätte ein feiger Ausweg sein können, aber die Versuchung, Streitpunkte zu meiden und stattdessen seine sexuelle Attraktion zu würdigen, übermannte sie so sehr, dass sie es fast auf der Zunge schmecken konnte.

Sie wollte ihn schmecken.

Seine grauen Augen glitzerten, als wüsste er genau, was sie dachte.

»Also ...« Er nippte wieder am Wasser. Sandy griff nach der Weinflasche, um ihm einzuschenken, aber er schüttelte den schwarzen Kopf. Sie stellte die Flasche zurück in den Kühler und sah ihn an.

»Also ...«, sagte auch sie.

Jay lachte und hob die Schultern. »Wir haben zu viel, was wir bedenken müssen, nicht wahr?« Er beugte sich vor, seine Unterarme auf dem Tisch. »Warum genießen wir nicht den Moment für eine Weile? Statt über die Vergangenheit zu hecheln.« Sein Mund wurde schmal. »Oder über eine Zukunft zu grübeln, die uns in den Arsch beißen wird.«

Was meinte er? Sandy öffnete den Mund, um ihn danach zu fragen, aber Jay langte nach ihrer Hand und nahm sie in seine. Es hätte eine unschuldige Geste sein können, aber es war elektrisierend, wie seine Finger ihre Handfläche streichelten. Eine köstliche Energie floss aus der kleinen Berührung und schoss mit Lichtgeschwindigkeit in ihre Nerven. Innerhalb weniger Herzschläge begann es in ihrem Geschlecht zu brodeln; sie wurde feucht und begann wie eine tropische Blume zu blühen.

Die Finger ihrer freien Hand verkrampften auf dem Tischtuch. Jay hatte die kleine Bewegung wahrgenommen und sah Sandy an. Die harte Linie seines Mundes bog sich nun, wurde sanfter und sinnlicher. Seine Nasenflügel bebten, als hätte er das Aroma ihrer Säfte riechen können, die ihr Höschen plötzlich durchweichten. Das war eigentlich unmöglich, aber sie glaubte es fast. Hatten sie ihm bionische Kräfte mitgegeben, als sie ihn wieder zusammenbauten?

»Also«, sagte er wieder, die Stimme jetzt leiser, »hast du schon all dein Spielzeug ausprobiert?« Sein Blick ging nach unten, als hätte er noch mehr Superkräfte und könnte durch den Tisch schauen, durch das Tuch und durch ihre Kleidung. »Trägst du deine neue Wäsche?«

Ja, das traf zu. Das Kaffee- und Schokoladen-Ensemble. Beinahe hätte sie sich für das schwarz-rote Strippermodell entschieden, aber in letzter Minute hatte der Mut sie verlassen. Lieber etwas Klassisches unter ihrem schlichten Kleid aus schwarzer Seide. Es war ihr anderes bestes Kleid neben dem Kleid, das sie auf der Cocktailparty getragen hatte, aber diesmal hatte sie sich für die eigenen Schuhe entschieden, elegant, aber nicht zu hoch.

»Kann schon sein«, antwortete sie und sah sich in der Lage, ihn anzulächeln. Er hatte Recht. Sie sollten jetzt spielen und sich um die Dornen kümmern, wenn es unvermeidbar wurde.

»Ich nehme an, ich muss raten, welche Wäsche du ausgesucht hast?«

Sie nickte, und seine Augen verengten sich. Mit der freien Hand strich er sich über den Bart, der nicht mehr da war, als müsste er überlegen.

»Das Modell mit den Blättern und Muscheln. *Café au lait* mit dunklerer Spitze?«

»Woher, zur Hölle, weißt du das? Hast du Röntgenaugen, oder so was?«

Jay lachte triumphierend und lehnte sich vor, hob ihre Hand an seine Lippen und küsste sie.

»Welchen Preis bekomme ich für das richtige Raten?«

Sandy begann zu zittern, denn sie kannte schon den Preis, den er erwartete. Das war sie, vollständig und ohne Einschränkung. Er brauchte den Preis nicht mal zu benennen.

»Wer sagt denn, dass es einen Preis gibt?«

»Oh, ich glaube doch. Ich bin überzeugt davon.« Er küsste wieder ihre Hand und berührte die Haut leicht aber sinnlich mit seiner feuchten Zunge.

Ein leises Hüsteln ließ sie beide zur Seite schauen, und Sandy hätte beinahe gelacht, als sie sah, wie verdutzt Jay für einen Moment war. Er hatte sich so sehr auf sie konzentriert, dass nichts anderes existierte.

Es war der Kellner mit den Speisenkarten, aber als sie durchzublättern begannen, stellte Sandy fest, dass sie nicht hungrig war. Jays ungeduldige Blicke sagten ihr, dass das auch auf ihn zutraf.

»Was hältst du davon, wenn wir hier nur eine Vorspeise nehmen und den nächsten Gang im Teapot einnehmen?«, schlug sie vor. Ihre eigene Kühnheit machte sie trunken und schwindlig. Sie hatte nur ein Glas Rosé getrunken, aber das war mehr als genug für sie.

»Vollkommen.«

Ein paar Minuten später aßen sie die Spezialpastete des Küchenchefs auf einem heißen Melbatoast mit reichlich schmückendem Beiwerk. Es war die beste Pastete, die Sandy je gegessen hatte, und doch kam es ihr so vor, als hätte eine andere Person sie gegessen.

Sie war viel zu abgelenkt und konnte nur daran denken, was danach folgen würde. Sie und Jay, verschlossen in einem Kokon aus Zeit und Sex, in dem es weder Vergangenheit noch Zukunft gab und wo die Elemente der Außenwelt sie nicht berühren konnten. Als sie mit dem Essen fertig waren und er zu ihr kam und den Stuhl zurückzog, erhob sie sich und spürte ihr Herz so wild schlagen wie nie zuvor.

Jay konzentrierte sich auf die Straße. Das war auch nötig. Er brauchte seine ganze Willenskraft, um die Frau neben ihm nicht anzustarren wie ein hungriger Hund, der über ein T-Bone Steak sabbert.

Sein Brustkorb fühlte sich eingeengt. Sandy war Heil und Erlösung für ihn. Die drei Tage Streit mit seinem Vater hatten mehr Unheil in ihm angerichtet als der alte Aston. Der alte Bastard war dickköpfig und rechthaberisch – Jay wusste, dass er diese Erbanlagen auch in sich hatte – und beharrte auf den alten Plänen. Er wollte, dass Jay in seinem Geschäft arbeitete, und hatte ihn dazu überredet, und Jay hatte zugesagt, obwohl er wusste, dass sie früher oder später aneinanderrasseln würden.

Aber jetzt hatte er das alles hinter sich gelassen, wenigstens für eine Nacht. Er würde bald der Wahrheit ins Gesicht sehen müssen, aber nicht heute Abend – bitte, lieber Gott, nicht heute Abend.

Er riskierte einen kurzen Blick auf Sandy, und sofort spannte sich sein Schoß. Sie hatte ein wunderbares Profil; ihre schönen Haare hatte sie mit einem Tuch zu bändigen versucht. Ihr

Mund war weich und glänzend, ein natürliches Pink mit ein wenig Kosmetik.

Er stellte sich seinen Saft auf diesen Lippen vor, und in ihren offenen Haaren, quer über die herrlichen Brüste, die sich unter ihrem klassischen schwarzen Kleid spannten. Sie trug die *lingerie,* die er ausgesucht hatte, und diese Vorstellung erregte ihn auf eine Weise, die seinen Penis extrem hart werden ließ. Er wollte sein Gesicht in ihren Ausschnitt drücken, wollte ihre Hitze durch die feine kaffeefarbene Seide spüren. Er wollte mit der Hand unter ihren Rock schlüpfen und mit den Fingern unter den winzigen G-String gleiten. War sie nass? Er wollte in ihrer Nässe spielen oder ihr beim Spielen zusehen.

Seine Erektion regte sich in seinen Shorts und drückte schmerzvoll gegen den Hosenschlitz. Der Drang, sie zu sehen, zu berühren, zu küssen und zu streicheln war so heftig, dass er fast durchdrehte. Er hatte immer mehr Mühe, sein schnelles Auto zu steuern.

Er sah eine Haltebucht auf der wenig befahrenen Straße, setzte den Blinker und bog ein.

»Was ist los?«, fragte Sandy, als das Auto zum Halten kam.

Jays Gesicht war angespannt. Seine Augen glänzten im abgedunkelten Innern des Autos. Ohne etwas zu sagen, löste er seinen Gurt, dann langte er hinüber und löste ihren. Er blieb über sie gelehnt, nahm ihr Gesicht in beide Hände und presste die Lippen hart auf ihre. Während seine Zunge tief in ihren Mund stieß, glitt seine Hand hinunter, fand ihre Brust und drückte sie hungrig.

Sie konnte nichts anderes tun, als darauf zu reagieren. Sie hätte sich nicht widersetzen können, selbst wenn sie gewollt hätte. Und sie wollte nicht. Sie zerfloss, benommen vor Lust, als er ihre Brustwarze durch das Kleid kniff. Kinetische Energie in ihrem Becken ließ sie hin und her zappeln.

»Das gefällt dir, was?«, grunzte er, den Mund halb geöffnet an ihrem Gesicht, während er sich nun dem anderen Nippel widmete. »Ein bisschen Schmerz zu deiner Lust.«

Sandy keuchte, liebte es, hasste es, verwirrt, weil sie es haben wollte, und doch wusste sie, dass sie ihr ganzes Leben lang auf einen Mann gewartet hatte, der wusste, was sie wollte, noch bevor sie sich darüber klar geworden war. Sie griff nach unten und legte eine Hand über ihren Schoß, sie rieb sich durch das Kleid, weil ihre Klitoris berührt werden wollte.

»Oh, du bist so herrlich geil, Prinzessin. Stets bereit.« Seine Stimme klang rau in ihrem Ohr, fast wie Krallen, die an Leder kratzen. »Ich wette, du bist nass wie ein Teich, und der sexy String wird zum Auswringen sein. Oh, Mann, ich schwöre, ich kann dein Aroma riechen.«

Sandy versuchte, sich in den Griff zu bekommen; sie drehte sich im Autositz, während Jay ihre Brust manipulierte und ihren Mund wieder in Beschlag nahm. Ihr Körper stand in Flammen für ihn, ihre Pussy war nass und geschwollen und schrie stumm nach seiner Hand oder ihrer eigenen.

»Zieh dein Kleid hoch«, keuchte Jay, als er seinen Mund von ihren Lippen löste. »Zieh es hoch und zeige mir deine duftende Pussy.«

Dies ist eine öffentliche Straße, protestierte der Kleingeist in ihr.

Wen stört das schon, hielt die Frau dagegen, die vor Lust fast starb und willig war, alles für diesen Mann zu tun.

Jay küsste sie weiter so hart, dass sie kaum atmen konnte. Sie hatte Mühe, ihren Rock hochzuziehen, denn ihr Po klebte am Sitz fest. Jay half ihr und ließ für einen Moment von ihren Brüsten ab. Er zog an ihrem Rock. Noch während sie beide mit dem Seidenstoff rangen, wurden sie von entgegenkommenden Scheinwerfern erwischt.

Sie konnte jetzt nicht aufhören, dafür hatte die Lust ihren Körper zu sehr in Besitz genommen. Für Jay traf das noch mehr zu, schätzte sie. Ihr Rocksaum kam hoch und entblößte die Muster im Saum ihrer Strümpfe sowie ihren Schoß, der von der Spitze und Seide in der Farbe eines Cappuccinos kaum bedeckt wurde. Während sie das Kleid in der Taille zusammenraffte, pflückte er bereits ihren G-String zur Seite und weitete das Elastikband, um vordringen zu können.

Seine heißen Finger fanden sie und begannen, ihre Klitoris zu bearbeiten.

»Zwick deine Nippel, während ich mit dir spiele. Mach schon!«

Sandy gehorchte, quetschte die geschwollenen kleinen harten Spitzen und stöhnte vor Schmerz, aber zugleich pumpte sie die Hüften, weil es sie erregte. Jay drückte fest gegen ihre Klitoris, und ihre Absätze gruben sich in den Teppich im Fußbereich.

Es war alles so irreal, so surreal. Sexspiele in einem Superschlitten in der Haltebucht einer Landstraße. »Küss mich, wenn ich komme«, raunte sie. Er lachte und presste seinen Mund wieder auf ihre Lippen.

Seine Zunge kämpfte mit ihrer, während sein Finger gegen ihre Klitoris stieß. Sie stöhnte in seinen Mund, dann schnappte sie nach ihm und hielt sich verkrampft an allem fest, was sie zu packen bekam, als der Orgasmus sie auf den Sitz zurückwarf und sie wegzuspülen drohte.

Wieder gerieten sie ins Scheinwerferlicht anderer Autos, und sie hielt sich immer noch verzweifelt an ihm fest. Ihre

Pussy umklammerte seinen Finger, während der andere Finger ihre Klitoris malträtierte.

In Sandys Kopf hallten ihre eigenen Schreie wider, ihr Grunzen der Leidenschaft, gar nicht damenhaft und sehr verräterisch. Sie brabbelte zusammenhanglosen Unsinn, war entsetzt darüber, fühlte sich aber befreit. Auch ihre Bewegungen waren barbarisch, sie ruckte mit dem Unterleib vor und zurück, wand sich und fragte nicht nach Angst oder Scham.

»Ja, ja, ja«, keuchte Jay, als wollte er ihr gratulieren. Seine Finger waren nass und glitschig, aber er hielt den Druck konstant und lockte sie zu neuen Höhen, ohne Pause und Atemschöpfen.

Schließlich krächzte sie: »Genug! Nicht mehr!«

Er zog seine Finger zurück und drückte die ganze Pussy mit seiner Handfläche.

Noch mehr Autos fuhren vorbei. Wieso war dies plötzlich eine Hauptverkehrsstraße geworden? Waren die Leute ihnen gefolgt und suchten eine Schau? Sandy störte sich nicht daran. Ihr ging es nur um Jays Berührung. Sie atmete sein Rasierwasser ein und spürte seinen heißen Atem auf ihrer Haut, als sie die Stirn auf seine Schulter legte. Sie lehnte sich ihm entgegen, als er gerade zu ihr rutschen und sie in die Arme nehmen wollte.

Sie hielt sich immer noch an ihn geklammert. Er war der Fels, solide und sicher. Sie konnte sich bis in alle Ewigkeit an ihm festhalten. Dann normalisierte sich ihr Atem, und alles, was irreal und wie aus einer anderen Welt schien, war wieder real.

Sie saß in einem Auto, hatte den Rock ihres Kleids um die Hüften geschlungen und die Hand eines Mannes zwischen den Beinen. Vorbeiziehende Autofahrer konnten sie wahrscheinlich nicht sehen, aber wenn jemand zu Fuß kam, würde er mehr sehen, als er hatte hoffen können.

»Wir werden verhaftet«, sagte sie und drückte gegen Jays Brust und Arm. Zuerst zögerte er, sie loszulassen, aber dann gab er sie frei und setzte sich zurück auf den Sitz. In der Dunkelheit blickten seine Augen stürmisch, aber undurchschaubar. Sandy zog hektisch an ihrem Kleid, aber es schien irgendwo durcheinandergeraten zu sein. Er beugte sich wieder zu ihr, fuhr mit den Händen unter ihre Achseln, und selbst bei diesem schwierigen, ungünstigen Winkel hob er sie mühelos an, und sie konnte das Kleid hinunterziehen und glätten.

»Besser?«

Sie nickte, aber sicher war sie sich nicht. Etwas Dunkles und Perverses in ihr betrauerte das Ende ihrer Entblößung. Sie liebte es, sich ihm zu zeigen. Ihre Schenkel, ihre Pussy. Sie wollte ihm totalen Zugang gewähren, damit er tun konnte, was er wollte. Sie liebte es auch, ihn dominant zu erleben. Ihr blieb die Macht, ihm zu geben, was er suchte, oder es ihm vorzuenthalten. Sie hatte die Freiheit, dass er sie wie sein Spielzeug betrachtete.

Wir können diese Spiele vielleicht nicht mehr lange ausführen. Aber heute Abend geht es noch. Und ich will mehr.

Sie starrte auf seinen Mund, und in der Dunkelheit des Innenraums sah es so aus, als hätte er sich auf die Lippe gebissen. Ihr Körper zuckte kurz, als spürte sie seine Lippen zwischen ihren Schenkeln, und seine Zunge leckte und schmeckte sie. Sie wurde ganz erregt und wieder nass. Er lächelte. Warum fiel es ihm immer so leicht, sie zu durchschauen?

Sandy übte jetzt einen Teil ihrer Macht aus, griff zu ihm und legte eine Hand auf seinen Schoß. Sie umschloss seine

Erektion. Verdammt, war er hart! Sie konnte die Hitze fühlen, die durch seinen Hosenstoff drang. Ihre Finger drückten leicht, und sein Penis zuckte gegen ihre Hand.

»Verdammt«, murmelte Jay. Seine unglaublich langen schwarzen Wimpern flatterten leicht, ehe sie sich auf die Wangen legten, und er stieß den Kopf in den Nacken.

Sie erlebten eine Lust, die an diesem Abend hin und her ging. Eben noch hatte er das Kommando, und jetzt war sie dran. Sie wusste, dass er die Gewalt bald wieder übernehmen würde. Aber in diesem Moment gehörte sie ihr, und diese Tatsache stieg ihr zu Kopf wie der Wein, den sie getrunken hatte.

Langsam umkreiste ihre Hand die Beule seines Schafts. Ihre Finger krümmten sich, forschten, drückten. Jay rollte den Kopf von einer Seite zur anderen, und seine Zähne gruben sich in seine Unterlippe.

»Du weißt, dass du mich zum Kommen bringst, wenn du das noch eine Weile durchziehst«, warnte er, aber er schob ihre Hand nicht weg.

»Wäre das so schlimm?« Sie umspielte die Beule mit dem Daumen und hörte, wie sein Atem zischend entwich.

»Nein, eigentlich nicht«, sagte er durch zusammengebissene Zähne. »Besonders nicht, wenn du die Vorstellung liebst, einen Mann so sehr hilflos zu erregen, dass er dir seine klebrigen Shorts verehrt.«

»Darüber habe ich nie nachgedacht.«

Seine Erektion zuckte. Wie konnte er immer noch härter werden? Er war schon enorm groß und beulte die Hose aus, gegen deren Reißverschluss er drückte.

Jay stieß ein harsches Lachen aus, und richtete sich in seinem Sitz auf. »Mein Gott, Frau, das muss dir immer wieder passieren. Bei deinem Gesicht, deinen Haaren, deinem Körper müssen deine Männer die ganze Zeit hart sein.«

Sandy runzelte die Stirn. Sie war ganz hübsch, das wusste sie, aber sie kannte schönere Frauen, sexy Frauen, von denen sie sich vorstellte, dass sie nicht genug davon bekommen konnten, steife Glieder zu schaffen. Kat zum Beispiel. Sie war eine viel größere Sirene als sie selbst.

»Ich bin mir nicht sicher.«

»Da kannst du sicher sein, du scharfes Biest«, knurrte Jay, bewegte sich unbehaglich und hob die Hüften leicht an, um sich in ihre Umarmung zu begeben. »Ich habe jedes Mal, wenn ich dich sehe, einen Riesenständer. Und ich meine jedes Mal.«

Sandy versuchte, die Hand wegzuziehen. Sie war verwirrt, auch ein wenig entsetzt, aber irgendwie auch törichterweise erfreut. Bevor sie die Hand wegziehen konnte, hatte Jays starker Griff zugeschlagen. Ihre Hand blieb, wo sie war.

»Ja, ich gebe es zu. Ich bin entsetzlich pervers, und das war ich auch schon vor fünfzehn Jahren. Selbst als ich versuchte, dich zu trösten und dein perfekter Ritter zu sein, war ich schon heiß auf dich und wurde hart.«

Das war doch krank, oder? Nun ja, ein bisschen.

»Daran habe ich nie gedacht. Ich dachte nur, dass du freundlich sein wolltest.«

Er seufzte. »Ja, das war ich ja auch. Aber ich war zwanzig, und du warst eine absolute Schönheit. Bist du immer noch. Deshalb wirkst du auf mich, wie noch keine andere Frau auf mich gewirkt hat.«

Sandys Herz machte einen Sprung. Konnte sie ihm das glauben? Jays Erektion war noch so wild wie vorher, aber plötzlich schien er von einer eigenartigen Resignation erfasst zu sein, von einer Mattigkeit. Er kam ihr verbittert vor. Störte es ihn, dass sie angeblich diese Macht über ihn hatte?

»Das glaube ich nicht.« Sie starrte ihn an und versuchte herauszufinden, was seine Aura so abrupt verändert hatte. »Ein Mann wie du, so erfahren und attraktiv« – sie ignorierte sein ablehnendes Knurren – »der offenbar finanziell keine Not leidet, du musst Frauen haben, die sich dir zu Füßen legen. Und rede mir nicht ein, dass sie alle unansehnlich waren und dich nicht erregen konnten.«

Zu ihrer Überraschung schob Jay seine Finger zwischen ihre und hob ihre Hand von seinem Schoß. Im trüben Licht des Innenraums sahen seine Augen dunkel und besorgt aus. Er zog ihre Hand an seine Lippen und küsste ihre Handfläche, dann lehnte er sich zu ihr und legte die Hand in ihren eigenen Schoß.

»Gurt anlegen«, ordnete er streng an. »Fahren wir zurück zu dir. Ich will einige dieser Spielzeuge ausprobieren. Ein bisschen experimentieren.« Während er seinen eigenen Gurt anlegte, hellte sich sein Gesicht auf, und seine Augen glitzerten.

So geht das also? Zuerst spielen, dann diskutieren?

Sandy schnallte sich an, und die ganze Zeit war sie drauf und dran, den Mund zu öffnen und Fragen zu stellen. Sie hatte das Gefühl, dass er irgendwas hatte sagen wollen, aber sie wusste nicht was. Jetzt hatte er das beiseite geschoben. Lieber dem Vergnügen nachgehen, als lästige Fragen zu beantworten.

War das egoistisch? Ausweichend? Typisch männlich? Würde sie auf Antworten auf ihre Fragen bestehen? War es typisch weiblich, sich so zu verhalten, auch wenn es bedeutete, dass sie an diesem Abend kein Vergnügen haben würde?

Nein, das werde ich nicht, verdammter Jay Bentley!

Morgen würde er schon wieder weg sein. Warum sollte sie die Chance ihres Lebens aufs Spiel setzen und diesen sexy, geheimnisvollen Mann ziehen lassen? Nur um ein paar

Antworten zu erhalten, die sie vielleicht gar nicht hören wollte?

»Ja, ich auch. Also fahren wir. Worauf warten wir noch?«

Seine Augen schauten sie bewundernd an, dann startete er den Motor, und das Auto rauschte davon.

Sechzehntes Kapitel

»Wohin willst du denn damit?«

Er hatte den Karton mit den exotischen Spielsachen in die Arme genommen und war schon auf halbem Weg ins Café, als er sich umdrehte und Sandys Frage beantwortete.

»Lass mich mal machen. Ich habe das perverse Verlangen, an deinem Arbeitsplatz für ein bisschen Spaß zu sorgen, Prinzessin.« Mit einem Ellenbogen stieß er die Tür zum Servierbereich auf. »Mir gefällt der Gedanke, dass du daran denkst, wie ich dich berührt und geschmeckt habe, wenn du das nächste Mal irgendeinem geilen Arbeiter, der scharf auf dich ist, schwarzen Tee und Berliner servierst.«

»Du hast wirklich die verdrehtesten Gedanken«, murmelte sie, aber sie folgte ihm. Er studierte bereits die einzelnen Gegenstände im Karton, und Sandy wurde von einem Anflug von Schwindel gepackt, als sie an all die verrückten Dinge dachte, die er für sie ausgesucht hatte.

»Ja, muss ich zugeben.« Jay warf ihr aus den Augenwinkeln einen Blick zu und hob den Vibrator auf, den sie während des langen Telefongesprächs benutzt hatte. Sie schluckte, und sie wusste, ja, sie wusste es genau, dass er ihn unter seine Nase halten würde, um herauszufinden, ob er sie noch riechen konnte, obwohl sie das Gerät gründlich gewaschen hatte.

Aber Jay war eben Jay. Er tat es nicht, zwinkerte ihr zu und legte den Vibrator zurück in den Karton.

»Was ist mit denen? Hast du die probiert?«

Aus einem der kleinen schwarz eingewickelten Päckchen zeigte er ihr ein Paar delikater Nippelklammern, jede mit einem kristallenen Pendel von Swarovski verziert.

Sandys Reaktion war entschieden und kam sofort. Sie schlug die Beine übereinander und schreckte zurück.

Nein, sie hatte sie nicht probiert. Sie hatte sich nicht getraut. Aber sie würde es gern versuchen. Als sie beim Spiel mit sich selbst ihre Nippel gequetscht hatte, war sie vor Erregung fast durch die Decke geflogen. Aber die Vorstellung der Klammern trocknete ihre Kehle aus, und in ihrer Magengrube rangen Furcht und Geilheit miteinander.

»Nein«, sagte sie mit leiser Stimme. Ein Teil von ihr hoffte, dass er sie in den Karton zurücklegte, aber der größere Teil von ihr betete, dass er einen Narren an den Klammern gefressen hatte.

»Warum nicht?«

Oh, Mann ...

Köstliche Vorahnungen krochen über ihre Haut, aber dann grinste Jay und hielt die kleinen Klammern an seine Ohren. »Stehen sie mir gut?«

Trotz der Anspannung musste Sandy lachen.

»He, das ist eine ernste Angelegenheit«, tadelte er sie mit nicht ganz ernstem Gesicht, während er die kleinen Pendel hin und her schwenkte.

Himmel, sie sahen schwer aus.

»Warum nicht?«, fragte er sie.

»Ich trau mich nicht. Ich habe mal ein Paar selbst gemachte Nippelklammern versucht, nachdem ich sie bei einer Frau in einem erotischen Magazin gesehen hatte, das Kat von Greg erhalten hatte.«

Sandy errötete, als Jay eine dunkle Augenbraue hob. »Du

liest also gern erotische Magazine, was? Ich wünschte, das hätte ich vorher gewusst, dann hätte ich dir in paar davon geschickt.«

»Ich war neugierig.«

»Ich bin es immer noch. Aber was meinst du mit ›selbst gemachten‹ Klammern, Prinzessin? Das möchte ich zu gern wissen.«

Sandy stieg die Röte in den Kopf. Dies war viel peinlicher als alles, was sie bisher zusammen getan hatten. Albern, eigentlich. Sie starrte auf ihre Zehen und zappelte wie ein ungezogenes Kind herum. Sie fragte sich, ob das Jay gefallen würde.

»Eh ... es waren Wäscheklammern, aber es hat so wehgetan, dass ich geschrien habe und über den Hocker im Bad gefallen bin.«

Jays Augenbrauen hoben sich wieder.

»Oh, Mann, das überrascht mich nicht. Wäscheklammern sind sehr stumpf, um sie auf so zarten kleinen Nippeln, wie deinen zu benutzen.« Ohne Vorwarnung rieb er die Handrücken über besagte zarte kleine Nippel, und die Welle der Lust, die Sandy durchlief, ließ sie seufzen. »Ich spiele gern verrückte kleine Spiele, aber ich mag nichts Brutales, mein Schatz, und du bestimmt auch nicht.« Seine Fingerspitzen strichen wieder leicht über ihre Brüste. »Ich mag Lust und Experimente, ich finde gern heraus, bis wohin man gehen kann, aber ich will keine schweren Sachen.«

Sie schaute ihm in die Augen. Sie leuchteten hell. Sie fühlte sich gut aufgehoben bei ihm. Er war ein geiler Kerl, aber er war auch rücksichtsvoll, kein dominanter Brutalo.

»Diese hier sind viel mehr geeignet für diesen Zweck.« Er legte eine Klammer in seine offene Hand und hielt die anderen dicht vor ihre Augen. »Man muss sie anschrauben, damit sie nicht abfallen. Das hat nichts mit sadistischer Folter zu tun, und auf der Wäscheleine sind sie nicht zu gebrauchen.«

Sandy ließ ein nervöses Lachen hören. Ihr Herz schlug wie verrückt. Himmel, sie wollte sie wirklich ausprobieren. Sie waren hübsch, und sie hatte das Gefühl, dass sie nicht ganz so sanft waren, wie Jay behauptete. Aber sie konnte es wenigstens einmal versuchen.

Wie er sie anlächelte, verriet ihr, dass er so versessen war wie sie, die Klammern auszuprobieren. Und nicht nur das.

»Zieh dein Kleid aus.«

Er hatte leise und tief gesprochen, und Sandy war so aufgeregt, dass sie fürchtete, sich nicht auf den Füßen halten zu können. Sie nahm einen tiefen Atemzug und hob ihr Kinn. Nicht voller Trotz, sondern um ihm weiszumachen, dass sie keine Angst hatte. Sie glaubte nicht, ihn täuschen zu können, aber der Versuch reichte schon aus, um ihr Kraft und Zuversicht zu geben.

Sie langte hinter sich und zog den Reißverschluss des Kleids nach unten. Kühle Luft wurde ihrem Rücken zugefächert. Es war nicht kalt im Café, aber ihre Haut war aufgeheizt, sodass sie den Temperaturunterschied spüren konnte. Das verstärkte sich noch, als sie das Kleid von den Schultern schüttelte. Es glitt ihren Körper hinunter, bis sie heraustrat. Sie unterstrich ihren Mut, indem sie das Kleid mit einem Fuß hob und über den Holzboden kickte. Es landete unter einem der Tische mit den karierten Tischdecken.

Sie gewahrte, dass Jay sie genau beobachtete. Sie schaute zu einem der Fenster und sah ihre eigene Reflektion.

Ein wohlgeformtes Mädchen mit aufgesteckten Haaren, bekleidet mit einem wunderbaren BH und einem winzigen G-String, der ihre Scham kaum bedeckte. Die Schenkel waren mit Bändern aus dunkler Spitze abgesetzt und dem Saum ihrer Strümpfe, und die nackten Hüften und Flanken glänzten exotisch im sanften Lampenlicht des Raums, in dem sie die meiste Zeit ihres Arbeitstags verbrachte.

Die Dunkelheit draußen schien sie in einem Kokon zu umfangen, doch im Hinterkopf war Sandy bewusst, dass jeder in den höher gelegenen Zimmern des Rathauses hereinschauen und sie in ihrer Wäsche sehen konnte. Sie müssten ein Fernglas dabei haben, um Details erkennen zu können, aber sie hielt es nicht für ausgeschlossen, dass irgendwo da drüben jemand lauerte und auf eine solche Chance gewartet hatte.

Der Gedanke, dass sie bei irgendwelchen perversen Spielchen um Schmerz und Lust mit Jay beobachtet würde, ließ ihre Klitoris zucken.

»Was lächelst du?«, fragte Jay und lächelte ebenfalls.

»Jemand könnte uns draußen vom Rathaus aus zuschauen.« Sie deutete mit dem Kopf auf die oberen Stockwerke. »Wenn hier abends das Licht brennt, ist der Teapot so auffallend wie ein Leuchtturm.«

Jay trat zu ihr und war so nahe, dass sie seinen Atem auf ihrer Gesichtshälfte spüren konnte. Seine Hand strich über ihre Seite. Er hielt immer noch die kleinen Klammern in den Händen; sie fühlten sich auf der Haut kühl und scharf an.

»Erregt dich das? Die Vorstellung, ihnen eine Show zu liefern? Mich macht das scharf. Mir gefällt es, wenn andere zuschauen, aber ich will der Einzige sein, der dich anfasst und mit dir experimentiert.«

Sandy schloss die Augen und schmolz dahin, sie lehnte sich gegen ihn und kam sich vor wie ein Magnet, der seinen Gegenpol gefunden hatte. Es fiel ihr leicht, sich an ihn zu schmiegen. Seine Gegenwart garantierte ihr die Freiheit, nicht kämpfen und sich nicht wehren zu müssen.

»Lass deine Haare runter«, schnurrte er. Sein Mund berührte jetzt ihre Haut, er streckte die Zunge raus und schleckte über ihre Wangen. Dann, so schnell, wie er sich ihr genähert hatte, drückte er noch einen Kuss auf ihren Nacken und schritt zum nächststehenden Tisch. Die kleinen Klammern klirrten, als er sie auf die Platzmatte fallen ließ. Er zog einen Stuhl heraus und setzte sich verkehrt herum, die Ellenbogen auf der Rückenlehne.

»Lass deine Haare runter, Prinzessin«, sagte er wieder.

Sie zog die Nadeln heraus, nahm das kleine Band weg und schüttelte die Haare durch. Ihre Haare fielen über die Schultern, aber sie waren nicht lang genug, um ihre Brüste zu bedecken. Sie schüttelte sie noch einmal, sodass sie auf den Rücken fielen und die Schultern entblößten.

»Exquisit. Die Frau meiner Träume.« Seine Stimme klang rau. Wie ein Metallkamm auf Wildleder.

»Wenn du es sagst.«

»Ich weiß es«, grunzte er. »Streite nicht mit mir, Frau. Zeige mir deine feinen Sachen.«

Einen kurzen Moment streckte Sandy ihm die Zunge heraus, worüber er lachen musste. Dann wurde ihr Gesicht ernst. Sie schloss die Augen, strich mit den Händen wieder über ihre Haare, ließ sie erneut über die Schultern fallen und nahm dann ihre Brüste in die Hände.

»Gut ... gut. Zieh jetzt an deinen Nippeln, kitzle sie durch den Satin.«

Sandy gehorchte und biss sich auf die Lippen. Wie konnten die Spitzen ihrer Brüste schon so empfindlich sein, so erregt? Noch hatte sie nichts mit ihnen angestellt, abgesehen davon, dass das Mieder sie berührt hatte, als sie das Kleid abgestreift hatte.

Es liegt an dir. Wie du mich anschaust. Wie du mit mir redest.

Du brauchst mich gar nicht anzufassen … Aber ich liebe es, wenn du es tust …

Ihre Daumen bewegten sich langsam, sie ließ die Hüften kreisen wie beim Shimmy Tanz, und sie schüttelte immer wieder ihre Haare. Sie war jetzt eine Tänzerin, eine Darstellerin in einem Varieté. Eine Sexgöttin. Sie rollte die Schultern, drückte ihre Brüste heraus und zog durch die weichen Körbchen des BHs an ihren Nippeln.

»Ausgezeichnet … besser. Aber ich brauche mehr. Zieh die Körbchen nach unten und zeige mir deine wunderschönen Brüste.«

Sandy war, als hätte sich ein Band um ihren Brustkorb gelegt, das ihr das Atmen erschwerte. Sie schluckte hart. Jays graue Augen wogen schwer auf ihrem Körper; sie waren wie gleißende, begierige Strahlen auf Hals, Schultern und Brüsten.

Auch ihre Hände fühlten sich schwer an, und ihre Finger konnte sie kaum kontrollieren. Aber sie gehorchte ihm, griff nacheinander in die Körbchen und zog sie hinunter. Die Brüste lagen auf dem Stoff. Sie mochte sich nicht anschauen und starrte durch das dunkle Fenster, wo sie sich sah, lüstern und verrucht, aber auch edel. Wie ein Luxus-2000-Dollar Callgirl, das sich seinem Kunden präsentiert. Gegen die Blässe ihrer Haut sahen die Nippel wie braune Flecken aus, dunkel und hart.

»Berühre sie.«

Es gab keinen Zweifel, was er damit meinte.

Jays Augen strahlten heiß, und dass er seine Hitze nicht verbarg, hob ihr Selbstvertrauen. Sie liebte es, wenn er sich wie Mr. Cool gab, aber noch lieber war ihr, wenn sie seinen Eifer erkannte. Sie hielt den Blick auf ihn gerichtet, leckte den Mittelfinger jeder Hand ab und strich sie dann über ihre Brustwarzen, wobei sie kleine Kreise beschrieb.

Er hielt ihrem Blick stand. Jay lachte, stand auf und ging auf sie zu. Sandy ließ die Finger schneller kreisen, und ihre Hüften bewegten sich in einem spöttischen Stoßen und Mahlen. Als könnte er seine Bewunderung nicht länger verbergen, ließ Jay ein Keuchen hören. Er stand jetzt neben ihr, und sie sah, dass er die kleinen Klammern in den Händen hielt.

»Halt mal still«, wisperte er, seine Wange wieder an ihrer. Sein Atem bewegte die kürzeren Strähnen ihrer Haare wie kleine Windstöße. Er schob ihre Hände weg, hob eine der Klammern an ihre Brustwarze und zog an der harten Fleischspitze. Die Klammer umschloss sie wie winzige Metallzähne. Dann schraubte er sie fester.

Druck. Zuerst nur ein wenig, dann mehr, deutlich spürbarer. Nicht schmerzhaft, jedenfalls nicht zu Anfang. Aber sie konnte ahnen, was geschehen würde. Dann wusste sie es. Es tat weh, zuerst ein bisschen, dann mehr. Aber auch atemberaubend dunkel, pervers und wunderbar.

Sandy stöhnte. Ihre Hüften bewegten sich wieder, wenn auch nicht tänzerisch, sondern weil sie nicht stillstehen konnte.

»Wie fühlt sich das an?«

Er ließ das Kristall schwingen. Sie biss sich auf die Lippen und fühlte, wie ihr Geschlecht auf die Stimulans reagierte. Seidiger Honig floss zwischen den Labien.

»Nicht schlecht«, zischte sie, als er das Pendel bewegte.

Er lächelte sie träge an, was ihr sagte, dass er ihre Lüge durchschaute. Es fühlte sich nicht gut an, aber es wechselte, und sie wollte mehr.

»Tatsächlich«, meinte er, dann verzierte er die andere Brust mit dem glänzenden Kristall.

»Oh, ja, oh, ja«, murmelte er, ließ die Pendel wieder schwingen und hörte Sandys Keuchen. Sie wollte an ihren Schoß greifen, sich selbst reiben, einen Finger unter das schmale Seidenband schieben und ihre Klitoris reizen. Als ihre Hände sich in diese Richtung bewegten, meldete sich Jay mit lauter Stimme.

»Oh, nein, junge Dame«, schalt er sie, und in wenigen Sekunden hatte er ein langes schwarzes Satinband aus dem Karton gezogen.

Ihre Fesseln.

Er nahm zuerst die eine Hand, dann die andere, zog sie auf ihren Rücken und band sie dort leicht aber doch sicher fest. Die Enden des Seidenbandes umwehten ihre Pobacken und die Oberschenkel leicht wie Federn.

Die Klammern schmerzten. Ziemlich heftig. Aber was sie zwischen ihren Beinen anrichteten, war so intensiv, dass sie den Schmerz fast gar nicht spürte. Es war, als ob seidene Fäden sich von den Brustwarzen zur Spitze ihrer Klitoris erstreckten. Die leichteste Bewegung, selbst das Atmen, wurde zur quälenden Erregung.

Als Jay sie am Oberarm anfasste und an sich zog, begannen die Pendel zu schwingen, und Sandy sog tief die Luft ein und musste dem Drang widerstehen, ihre Schenkel gegeneinander zu reiben. Sie keuchte wieder, und Jay küsste sie unersättlich, stieß seine Zunge in ihren Mund und hörte sie unter der Gewalt des Kusses lauter stöhnen.

Sandy wollte ihn umarmen, ihn halten, sich an ihm reiben, ihre Nippel gegen sein Jackett schaben und die Pendel schwingen lassen. Sie wollte mehr. Mehr Schmerzen. Mehr Stimulierung. Mehr von allem.

Mehr von Jay. Ganz viel mehr von Jay.

Der Kuss dauerte an. Der Drang, zu grabschen und zu halten, sich an ihm zu reiben, dauerte an. Sandy wollte schreien, aber er verschloss ihren Mund mit seinen Lippen.

Aber noch während sie dahinschmolz, wollte sie sich zur Wehr setzen. Wie konnte das sein? Davon hatte sie in den Magazinen, die Kat ihr gezeigt hatte, nichts gesehen. Du warst entweder dominant oder unterwürfig. Es gab nur schwarz oder weiß. Doch sie fühlte beides in sich. Eine Dienerin und eine Kriegerin. Ihr Widerstandsgeist war gelockt, sie kämpfte gegen seine Zunge in ihrem Mund, drückte sie zurück, teilte so gut aus, wie sie einsteckte. Und als Jay lachte, lachte sie auch.

»Prinzessin, du bist erstaunlich«, knurrte er, als sie sich voneinander lösten. »Du gibst niemals auf, was?«

»Niemals!«, rief sie, dann stürmte sie vor, knabberte an seinem Kinn und an seinem Ohrläppchen.

Ohne Vorwarnung griff er an ihren Schoß und drückte zu. Er verstärkte den Griff und massierte ihre Pussy in einem schnellen, harten Rhythmus. Immer mehr Druck. Ein langer Finger rieb gegen das schmale Stoffband und drückte es in ihre Spalte und gegen den Damm. Er stieß derb und dann wieder verspielt zu, kitzelte und neckte sie.

Sandy atmete schwer. Seine Berührungen waren herrlich, aber sie verschlimmerten ihre Lage. Sie brauchte mehr direkten Kontakt auf der Klitoris, solide Stimulierung. Gutes, hartes Reiben würde ihr den Orgasmus bringen, harsch und heftig, wie eine Folge von Feuerwerken. Aber das verweigerte er ihr, er lockerte seinen Griff und rieb nur leicht über ihre Labien.

»Noch nicht ... noch nicht ... wir spielen doch, erinnerst du dich? Ich will dich scharf wie nie machen, bevor du kommen kannst.«

»Du bist schlecht«, zischte sie und fühlte sich besiegt. »Bastard«, fügte sie hinzu, als er seine Hand zurückzog.

Jay bedachte sie mit einem seltsam kühlen Blick. Der Ausdruck seiner Augen war Millionen Jahre von ihrem erotischen Wettbewerb entfernt. Aber nach dem nächsten Plinkern seiner langen Wimpern war der Ausdruck wieder wie vorher, und er lachte und gierte wieder nach ihr.

»Ja, bin ich, was?« Er küsste sie wieder, viel Zunge, viel Speichel. Er schob eine Hand zwischen ihre Körper und spielte mit den Klammern.

Sandys Hüften zuckten. Ihre Klitoris pochte. Sie war fast da, aber sie brauchte Kontakt. Vielleicht nur den Hauch einer Berührung. Sie versuchte, sich wieder an seinem Schenkel zu reiben, aber er wich ihr mit einem Schritt zur Seite aus und zog sie zu einem Tisch im hinteren Teil des Cafés.

Als sie ihn erreichten, brach er den Kuss ab, bedachte sie mit einem dämonischen Lächeln, hob sie plötzlich von den Füßen und setzte sie auf den Tisch.

Sandys Herz schlug wie irre. Sie war völlig außer Atem. Es hätte ihr nicht passieren dürfen, seine Kraft zu vergessen, doch es gab ihr einen zusätzlichen Kick, dass er sie so leicht heben und platzieren konnte – das löste alte und neue Erinnerungen in ihr aus. Sie war die Prinzessin, und er ihr Prinz. Der Mann, der sie immer hinwegfegen konnte.

Sie sahen sich an, und er schob sie auf dem Tisch ein wenig nach hinten, wodurch das Tischtuch verrutschte. Ungeduldig stellte er eine kleine Blumenvase und die Gewürze auf die Theke. Sandy hätte in diesem Moment aufspringen können, aber sie saß da, als hätte er sie auf dem Tisch festgenagelt.

Er kam zu ihr zurück, wischte die Haare aus ihrem Gesicht und streichelte ihre Wangen. Mit gespreizten Fingern auf dem nackten Bauch drückte er sie nach hinten, sodass sie auf ihren gefesselten Händen lag. Die Position war nicht gerade bequem, aber so pervers es auch war – sie wollte es gar nicht bequem haben. Sie war verletzlich, aus dem Gleichgewicht geworfen, und das erregte sie noch mehr, wenn das überhaupt noch möglich war.

Jay drehte sich um und entledigte sich seines eleganten schwarzen Jacketts. Er warf es über einen Stuhl. Sein Seidenhemd klebte an seinen Schultern. Er war ein starker Mann. Er konnte alles mit ihr machen. Alles, was er wollte. Sie rutschte unruhig auf dem Tisch herum und bettelte schweigend darum, dass er endlich anfing.

Womit würde er beginnen? Mit den Fingern? Mit seinem Schwanz? Mit der Zunge? Oder mit einem weiteren Spielzeug?

Würde es mehr Schmerzen bringen? Oder mehr Lust? Viel mehr Lust?

Ich will alles! Verdammt, gib mir alles!

Er hielt seine Hände zusammen, rieb einen Daumen über die andere Handfläche und schien nachzudenken. Seine Blicke wechselten von ihrem Körper, der dort unbehaglich lag, zum Karton mit dem Spielzeug und wieder zu ihr. Um seinen Mund zeichnete sich ein leichtes Lächeln ab, es wirkte unanständig und immer noch nachdenklich.

»All dieses Spielzeug«, sagte er und trat zum Karton, »und wir haben noch so gut wie nichts ausprobiert. Was sollen wir als Nächstes versuchen?« Während er im Karton die einzelnen Teile in Augenschein nahm, schaute er immer wieder mal zu ihr. Sein Gesicht wurde lebhaft, als er die verschiedenen Gegenstände in die Hand nahm. Ab und zu hob er eine Augenbraue, aber er ließ sie nicht sehen, was ihn gerade interessierte.

Dieser perverse Teufel! Sandy hatte sich die meisten Geräte im Karton angesehen, und vor lauter Erwartung spannte sich ihr Brustkorb. Für was würde er sich entscheiden? Es gab viele Stöpsel und Perlen sowie eine diabolische Kollektion von Vibratoren. Einige waren süß und ästhetisch und effektiv, wie der eine, den sie während des Telefongesprächs mit Jay ausprobiert hatte. Aber andere waren bizarr und verrückt; Formen von Kaninchen oder Pinguinen und andere lächerliche Konstruktionen.

»Wie wäre das hier?« Hüften zuckten. Ihre Klitoris pochte. Sie war fast da, aber sie brauchte den Kontakt mit ihm. Nur den Hauch einer Berührung.

Sandy schluckte hart. ›Das hier‹ war ein harmlos aussehendes eiförmiges Objekt aus rosa Marmor, an dem eine Silberkordel befestigt war. Etwas Ähnliches hatte sie auf Kats Sexspielzeug-Party gesehen, und die Vorstellung allein ließ sie auf dem Tisch herumrutschen.

Jay ließ das Liebesei am Faden schwingen. Das Ei sah schwer und fest aus. Ihr Bauch rumorte; sie brachte kein Wort heraus, aber ihr Schweigen ließ Jay lächeln.

Er verstand. Verdammt, er verstand immer. Er wusste, dass sie nach dem trickreichen kleinen Ding lechzte, obwohl sie sich davor fürchtete.

»Also dieses«, beschloss er, dann langte er wieder in den Karton und nahm eine Tube mit Gleitcreme heraus.

Sie bemühte sich, nicht zurückzuschrecken, als er das Ei und die Gleitcreme neben sie auf den Tisch legte, dann fuhr er mit einer Hand die Innenseiten ihrer bestrumpften Schenkel hoch. Behutsam spreizte er ihre Beine, wobei er ihre Position und auch ihre gefesselten Hände leicht verändern musste.

Er hob eines ihrer Beine, zog einen Stuhl heran und setzte ihren Fuß darauf. Mit verengten Augen betrachtete er das Arrangement ihrer Gliedmaßen, dann schob er den Stuhl noch ein wenig zur Seite, damit ihre Schenkel noch mehr gespreizt wurden. Ihre Pussy klaffte weit auseinander.

Sandy schloss die Augen, als ihr femininer Duft ihre Nasenflügel füllte.

»Herrlich«, befand Jay, strich über ihren Bauch, dann über die Schenkel, die er immer noch weiter auseinanderstellte. Er rückte den Stuhl ein wenig mehr zur Seite, um sie weiter zu öffnen, dann glitt er mit zwei Fingern unter den G-String.

»Oh, Prinzessin, ich bin mir nicht einmal sicher, ob wir das überhaupt brauchen.« Er griff mit der freien Hand nach der Gleitmitteltube, während er gegen ihre Spalte klopfte und ihre Pforte fingerte.

Sie leckte sich die Lippen, biss auf sie und rutschte nervös auf dem Tisch herum. Sie versuchte, seine Finger zu ihrer Klitoris zu bringen. Aber das ließ Jay nicht zu. Er stieß einen Finger in ihre Vagina und ließ ihn dort, während er sie wieder küsste und mit der Zunge über ihre Lippen strich. Als er ihren Namen gegen ihren Mund flüsterte, presste sie ihre inneren Muskeln mit aller Kraft gegen seinen Finger.

»Sexy Mädchen«, wisperte er, »sexy, sexy Mädchen. Willst du, dass ich es dir reinschiebe?« Er küsste sie wieder. »Es ist groß. Es wird dich dehnen. Und wenn du gehst, fängt es an zu wackeln. Ich werde dafür sorgen, dass du genug Schritte gehen wirst, das verspreche ich dir.«

Sandy wandte ihr Gesicht ab. Es brannte. Hitze wallte in ihrem Körper auf, besonders an den Klammern, die ihre Nippel quetschten, an der schmerzenden Klitoris und in der Vagina, wo sein Finger leicht stocherte. Plötzlich wollte sie gedehnt werden. Gefüllt. Sie wollte es, weil es sein Wille war, seine Lust. Und auch ihre.

»Ja.« Ihre Stimme klang wie ein leises Piepsen. Sie schluckte wieder und atmete tief ein. »Ja, ich will es in mir spüren. Steck es mir rein.« Die Worte ließen schon ihre Säfte fließen, die über seinen Finger tröpfelten.

Jay zog seine Hand zurück und leckte den Finger ab, als schleckte er ein Eis. Sandy empfand Leere in sich. Sie hob den Po ein paar Zentimeter hoch und schob ihn näher an den Tischrand. Sie wollte sich ihm einladender präsentieren.

Lächelnd tupfte Jay seinen Finger auf die Unterlippe. »Oh, Mann, du hast es aber eilig, was? Bist du sicher, dass du das überhaupt aushältst? Es ist viel größer, als ich gedacht habe.«

Sandy leckte sich die Unterlippe und sah ihn aus verengten Augen an. Sie hätte nie geglaubt, dass sie sich mal als Verführerin zeigen würde, aber ihm gelang es, die Jezabel in ihr herauszukitzeln.

»Du bist groß, und dich halte ich aus.«

Er schien das gern zu hören. Männer! Ein bisschen Lob für ihre Schwänze und deren Tüchtigkeit, und schon fraßen sie dir aus der Hand. Sandy behielt ihre Genugtuung für sich; sie musterte ihn nur und ließ ihren Po zucken.

»Stimmt«, sagte er mit einem zufriedenen Lächeln, dann schraubte er die Tube auf.

Nachdem er eine Ladung des seidigen Gels auf seine Finger gedrückt hatte, schob er ihren G-String mit der anderen Hand zur Seite und presste die Finger mit dem Gel gegen ihre Pussy. Es war kalt, und der Kontrast zwischen dem Gel und ihrem fieberheißen Fleisch ließ sie erschauern. Sie begann zu keuchen, als er das Gleitmittel in den Eingang rieb, und diesmal setzte er sogar zwei Finger ein.

Er wiederholte den Prozess. Dann noch einmal. In ihr fühlte es sich glitschig an, als würde ihr ganzes Geschlecht im Gel schwimmen. Tatsächlich war es inzwischen flüssig geworden, und ein Rest sickerte über die Kerbe hinunter, sodass auch ihr Anus vom Gleitmittel erfasst wurde.

Es war ein unanständiges Gefühl, das sie zusammenzucken ließ. Aber es erregte sie. Sie schüttelte den Kopf, und ihre

Haare flogen herum. Jay griff in ihre Haare, während er das Gel über ihren Damm rieb. Er hielt sie fest, nicht unfreundlich, aber fest genug, um ihr seinen Willen aufzuzwingen. Langsam zog er ihr Gesicht heran, um die Küsse fortzusetzen.

Sandy seufzte in den Kuss hinein; ihre Erregung wuchs; selbst wenn er nicht ihre Pussy berührte, würde sie steigen. Jay zu küssen, war eine andere Dimension, als der Kuss jedes anderen Mannes, den sie bisher geküsst hatte. Jetzt war es noch stärker, noch potenter, seit sie wusste, dass er ihr Märchenprinz war.

»Bereit?« Sie spürte seinen Atem heiß auf ihrem Gesicht, als er das Wort in ihre Haare murmelte und mit ihrer roten Mähne spielte.

»Bereit«, bestätigte sie und fühlte, wie ihr Herz sich nervös in ihrer Brust spannte. Es schlug bis hoch in ihre Kehle.

Er hielt sie immer noch an den Haaren fest, als er das Liebesei in die Hand nahm und gegen ihre Haut drückte.

Himmel, ist das groß! Viel größer, als ich gedacht habe!

Druck; erbarmungsloser Druck. Unmöglich starker Druck. Es würde nicht in sie hineinpassen. Sie öffnete den Mund, um zu protestieren, dann presste sie die Lippen wieder zusammen und biss auf die Unterlippe. Auf ihrem Rücken schloss sie die Hände zu Fäusten.

Aber Jay schien ihre Grenzen zu kennen, ihre Größe, die Geschmeidigkeit ihres Körpers. Er fuhr fort, das verdammte Ding gegen sie zu drücken, entschlossen, unerschüttert. Er küsste sie wieder, sodass sie sich auf seinen Mund konzentrieren musste, der leckte und saugte, während die Zunge zustieß und forschte. Sein Forschen und Schmecken regte sie auf und beruhigte sie zur selben Zeit.

Als seine Zunge sich mit ihrer anlegte und einen verrückten wilden Tanz begann, entspannte ihr Körper, und plötzlich gewährte sie dem Ei den Zugang.

Sie stöhnte in seinen Mund, verkrampfte wieder und wünschte, sie könnte entweder davonlaufen oder erfolgreich gegen den Eindringling kämpfen und ihn wieder ausstoßen. Aber Jay blieb beharrlich, er küsste sie härter und wickelte noch mehr Haarsträhnen um seine Hand, während er das Oval tiefer in sie hinein schob. Er lenkte es mit den Fingerspitzen, bis es sich in einer natürlichen Nische ihres Körpers niederließ.

»Du musst es greifen. Spiel mit ihm. Setze deine cleveren starken Muskeln ein.«

»Ich kann nicht, ich kann nicht!«, rief sie. Sie konnte das Gewicht des Spielzeugs spüren, wie es von innen gegen die Wurzel ihrer Klitoris presste. Der Fremdkörper in ihr entmutigte sie, war zermürbend. Regionen wurden stimuliert, die sich noch nie gemeldet hatten; sie schufen Sensationen, von denen sie nicht wusste, ob sie sie mochte. Sie hatte das Gefühl, zur Toilette gehen zu müssen, obwohl sie wusste, dass es eigentlich nicht nötig war. Sie gab kleine Stöhn- und Grunzlaute von sich, winselnde Töne der Erregung, die sie nicht zurückhalten konnte.

»Wäre es leichter für dich, wenn ich dich kneble?«, fragte er leise und bückte sich wieder zum Karton. Ihr Körper wurde von der bloßen Ankündigung geschüttelt. Sie stieß einen gurgelnden Laut aus. Es war ein Laut, wie sie ihn in der vertrauten Umgebung des Cafés noch nicht gehört hatte.

Sie schwitzte, und ihre Brustspitzen schmerzten von den Klammern. Ihre Pussy befand sich im Chaos. Nach einigem Nachdenken nickte sie.

Der Knebel, den er aus dem Karton fischte, war eine schwarze Kugel mit langen schwarzen Bändern. Bevor sie ihre Meinung ändern konnte, hatte Jay ihr die Kugel schon in den Mund geschoben und die Bänder auf ihren Haaren festgebunden. Sie erwartete, Gummi oder Plastik im Mund zu schmecken, aber die Kugel war überraschend neutral.

»Ist das okay für dich?« Seine Stimme klang ernst und besorgt.

Sandy nickte. Wieder fühlte sie die Sicherheit in seiner Gegenwart. Er mochte zwar besessen von Sexspielen sein und sich daran laben, was er alles mit ihr anstellen konnte – weil sie ihn ließ –, aber sie fand die Bestätigung dafür, dass ihr Wohlergehen ihm wichtiger war als alles andere. Wenn sie es nicht wollte, und wenn es ihr keine Lust bescherte, würden sie es nicht tun.

Geknebelt, die Nippel geklemmt und mit dem Liebesei gefüllt, fühlte sich Sandy nicht nur als Sexobjekt, sondern auch in den Himmel gehoben. Ein Wesen, das sich unterworfen hatte. Ihre Erregung schwang sich empor. Sie wollte mehr, mehr, mehr. Präpariert auf diese Weise, wollte sie sich wieder an Jay reiben und ihren Schoß an ihn drücken. Sie wollte ihre Schenkel spreizen und ihre Pussy gegen sein muskulöses Bein schmiegen, bis sie kam. Sie wollte, dass er ihr zeigte, wo es langging, wenn sie es nicht schaffte. Sie wollte, dass er mit ihr spielte, ganz egal wie und womit. Vielleicht wollte er ihr den Po versohlen? Sie entblößen und sie neuen Erfahrungen aussetzen, die ihre Wahrnehmungen entfalteten?

Ihre wilden Gedanken ließen sie wieder gegen den Knebel gurgeln. Ihre Klitoris schien noch mehr anzuschwellen und schrie ungeduldig nach Beachtung. Nach Kontakt.

»Schreite für mich«, sagte Jay, griff ihren Oberarm und stellte sie auf die Füße. Wie das Ei in ihr waberte, spürte sie zuerst im Kopf, dann spürte sie, wie sich zwischen ihren Beinen ein Teich bildete. Schweiß brach am ganzen Körper aus, er sickerte den Rücken entlang und versammelte sich in ihren Achselhöhlen. Die Bänder ihres BHs sogen sich voll.

Sie keuchte unentwegt gegen den Knebel, während er sie zum freien Platz vor der Theke führte, einen Arm um ihre Taille legte und sie zu einem langsamen, stummen Tanz einlud.

Wie bizarr. Wie eigenartig. Wie intensiv.

Sie wiegten sich eine lange Zeit, und mit jedem Schlag ihres Herzens wurde Sandy mehr erregt. Das Ei rollte und schwirrte in ihr herum und koste ihre inneren Lustzentren. Sie wollte stöhnen, sie wollte schluchzen, sie wollte schreien.

Sie wollte bis an ihre Grenzen gedrängt werden, wollte vor Lüsternheit davonfliegen und dann voller Sehnsucht zu Jay zurückkehren.

Du bist der Eine, sagte sie ihm stumm, als eine Träne der extremen Gefühle über ihre Wange lief. Sie wäre fast ohnmächtig geworden, als Jay die Träne mit seiner Zunge auffing, dann küsste er den Weg vom Auge zur Wange. Sie wusste, es war verrückt, sich unsterblich in einen Mann zu verlieben, den sie eigentlich erst seit ein paar Tagen kannte, aber so war es eben. Daran ließ sich nichts mehr ändern. Sie liebte ihn.

Wie konnte sie ihren Märchenprinz nicht lieben, nun, da sie ihn wiedergefunden hatte?

Während er ihr Gesicht küsste, glitten Jays Hände hinunter zu ihren Pobacken und hielten sie dort fest. Seine Finger begannen sie zu massieren.

»Dein Arsch ist wunderschön, Prinzessin«, murmelte er gegen ihre Braue. »Gewaltig. Prächtig. Ein Kunstwerk.« Er bückte sich und knabberte an ihrem Ohrläppchen, biss auch leicht zu, was zu einem sanften Schmerz führte. »Ich würde dich jetzt gern klatschen, was sagst du dazu?« Er sah sie fragend an. »Würdest du mich lassen?«

Sandys Knie schwankten, aber er fing ihren Körper auf und hielt einen Arm um ihre Taille, während der andere Arm noch auf dem Po lag. Die Finger kneteten das feste Fleisch. Seine Fingerspitzen befanden sich dem silbernen Faden, der aus ihr lugte, gefährlich nahe.

»Lässt du es zu, dass ich deinen Po versohle?«, wiederholte er, dann knabberte er wieder an ihrem Ohr.

Als er das Ohrläppchen küsste, um den Schmerz zu nehmen, nickte sie. Sie wollte versohlt werden, brauchte es sogar, obwohl sie nicht hätte sagen können warum. Sie sah ihn an und fing ein Zwinkern in seinen Augen auf. Sie tauschten ein Grinsen aus, so gut sie es schaffte mit den eingeschränkten Möglichkeiten wegen des Knebels.

Spanking? Ein absurdes Spiel, oder nicht? Sie kannte es, sie wusste Bescheid, und er kannte sich aus. Genau das schien der Spaß dabei zu sein.

Dann wurde es ernst. Irgendwie.

»Lehne dich über den Tisch, Prinzessin«, wies er sie an, drehte sie herum und drückte ihren Rücken.

Sandy wollte schon gehorchen, dann aber sträubte sie sich. Sie wies auf ihre Brüste, auf den Pendel, die von den Klammern abgingen. Sie bohrten sich in ihre Brüste, und sie verursachten Schmerzen, die sie nicht haben wollte.

»Gut, dann nehmen wir sie weg. Aber du könntest es bereuen, mein Schatz. Ich warne dich.«

Sie hatte das Gefühl zu wissen, was er meinte, aber sie hob trotzdem den Kopf, als wollte sie ihn herausfordern, das zu tun, was ihr am meisten wehtat.

Mit kurzen, schnellen Handgriffen schraubte Jay die erste Klammer ab. Sandy quietschte um den Knebel herum. Der Druck nach dem Abschrauben war viel größer als beim Einsetzen, und nach der Ablösung der zweiten Klammer vervielfältigte sich der Schmerz noch. Sandy tanzte von einem Fuß auf den anderen, dann geriet sie ins Keuchen, weil sich das Ei in ihr bewegte. Es fühlte sich wie eine Überladung an, viel zu viel für sie. Sie wusste nicht, ob sie sich reiben oder gleich kommen wollte, oder laut aufschreien, so gut es durch den Knebel ging.

Aber Jay hielt sie an sich gedrückt und presste die befreiten Nippel gegen die solide Wand seines Brustkorbs. Zuerst stöhnte Sandy, aber nach Sekunden begann sie zu schnurren und zu tänzeln. Sie liebte das delikate Schaben des Seidenhemds gegen ihre empfindlichen Brustspitzen.

»Besser?«, fragte er, die Hände auf ihrem Rücken und Po.

Sie nickte, bewegte sich immer noch, tänzelte und arbeitete sich mit Nippeln, Schoß, Bauch und Schenkeln gegen ihn.

Er barg den Kopf in ihr Haar, und sie konnte fühlen, wie er tief einatmete, als ob ihr Duft ihn berauschte.

»Das mit dem Spanking muss nicht sein«, sagte er und gab ihr einen Kuss auf die Braue. »Nicht, wenn du nicht wirklich willst. Du brauchst bei meinen verrückten Spielen nicht mitzumachen. Es ist nur ein Spiel.«

Sandy sah ihm in die Augen und gab ihm zu verstehen, dass sie ihm den Rückzieher nicht erlauben würde; schließlich wollte sie ihre Neugier befriedigen und ihre Erfahrungen bereichern.

Jay starrte auf sie hinunter, aber seinen Blick konnte sie nicht lesen. Er wollte es, das sah sie ihm an. Er wollte, dass sie sich diesen erotischen Spaß gemeinsam gönnten. Es gab ja noch so viele Experimente. Eigenartige kleine Spannungen spielten sich auf seinem Gesicht ab, die Sandy nicht begreifen konnte. Dann lächelte er.

»Du bist eine bemerkenswerte Frau, Prinzessin. Wieso

kommt es, dass mir klar ist, wie du alles erträgst, was ich dir auferlege?« Seine raue Stimme klang dieses eine Mal wie Samt. »Jetzt lege dich über den Tisch und beweise es dir selbst.«

Sie gehorchte ihm, zitternd und doch vor sich hin lächelnd. Sie stellte sich ihren blassen Po vor, der mitten im Café wie ein Spezialgericht des Tages leuchtete. Wie von einem einmaligen Büfett. Das Seidenband ihres G-Strings teilte ihre Backen, und der Silberfaden vom Liebesei hing hinunter. Allein die Vorstellung ließ ihr Geschlecht schmelzen und feucht werden, wozu auch die sanften Bewegungen des Marmoreis beitrugen. Als Jay sie dort berührte, direkt an der Pforte, und nur ganz leicht wie eine Feder, stöhnte sie laut auf. Er behielt ihren Körper im Auge und nahm jede Regung wahr.

»Du bist so heiß, Prinzessin. So heiß. Ich habe noch keine Frau wie dich gekannt.« Er stieß ihre Labien an, und die Spitzen seiner Finger streichelten sie, fuhren über den Damm und quälten die Rose ihres Pos. Sie glitten über ihre Backen, berührten und forschten, erkundeten die Spannkraft ihres Fleisches und der Muskeln.

Dann, in einer plötzlichen, atemberaubenden Aktion, klatschte er leicht auf ihre linke Backe.

Sandy zuckte, ihre Beine traten aus, und ihre gefesselten Hände versuchten, zum Ort des Schmerzes zu fliegen.

Sie atmete schwer, überrascht von dem Schlag, schockiert von den anderen Sensationen, die sie auf verschiedene Weise trafen. Die Anspannung des Unterleibs, das plötzliche Entspannen und schließlich die Erleichterung in ihrer Pussy.

Wirkung und Ursache. Schmerz und Lust. Unglaublich. Aber so echt, so wahr.

Er klatschte sie wieder, und der Schlag war heiß, dunkel und erregend. Sandy mahlte die Hüften gegen den Tischrand, rieb sich selbst, als wollte sie zusätzliche Lust empfinden, besonders für ihre Klitoris.

»Sehr ungezogen«, schalt er sie. »Verhalte dich ruhig.«

Sandy versuchte es, sie bemühte sich sehr, aber es war, als hätte sie einen Motor in sich, der sie rotieren ließ, der sie aufdrehte und die Spannung noch erhöhte. Sie ließ die Hüften arbeiten, und Jay lachte und gab ihr einen noch kräftigeren Schlag.

Unwillkürlich ruckten Sandys Hände; sie wollten zu ihren Pobacken und zur Pussy. Und sie wollten zu Jay, wollten ihn heranziehen und ihn zwingen, sie wieder zu berühren und endlich zu nehmen.

Klatsch! Klatsch! Klatsch!

Sie winselte hinter ihrem Knebel und wollte mehr.

Klatsch! Klatsch! Klatsch!

Sie schwenkte die Hüften und rieb sie wieder an der Tischplatte.

»Was willst du?«, fragte Jay, hob die Hand und trat näher an sie heran. Er schob sich zwischen ihre gespreizten Beine, stieß gegen ihre flammenden Backen. Sein Schaft stieß wie ein Schürhaken in ihre Kerbe. Er öffnete die Bänder, die ihren Knebel hielten, und warf ihn beiseite. Der Ball sprang zweimal auf, dann blieb er unter dem Tisch liegen.

»Was willst du?«, fragte er wieder, eine Hand in ihren Haaren, während die andere liebkosend über ihren Rücken glitt, über die Schultern und ihre gefesselten Arme.

Die Verbindungen in Sandys Gehirn arbeiteten nicht richtig. Wollte sie mehr Schmerzen oder mehr Lust? Oder wollte sie die ultimative Lust, die sie nur durch Jays Penis erhalten konnte?

Sie wusste es nicht. Sie konnte nicht sprechen. Vielleicht wollte sie beides? Vielleicht wollte sie beides gleichzeitig?

Sie musste sich mit ihrem Körper ausdrücken und drückte ihren Po gegen ihn. Das sollte eine Einladung sein. Sie streckte die gefesselten Hände, um an seinen Schaft zu gelangen, den sie streicheln wollte.

Jay beugte sich über sie, den Brustkorb über ihrem Rücken, sein Schoß gegen die Hitze gepresst, die er eben mit seinen Schlägen ausgelöst hatte.

»Meine Prinzessin, meine Prinzessin«, murmelte er.

Einen Moment lang verharrte er in dieser Position, wie verloren in der Dämmerung, wie erstarrt im Eis. Dann langte er nach unten und griff sich den Seidenfaden, der von ihrem Körper baumelte. Er zog daran, langsam und fest, und Sandy stöhnte auf. Ihr Körper zuckte, und im nächsten Moment spürte sie, wie das Ei sich aus der Nische löste.

»Oh, Mann, oh, Mann«, wimmerte sie, und dann setzte ihr Orgasmus ein, genau in dem Moment, in dem Jay über ihre Klitoris strich, während er weiter an der Kordel zog.

Enormes Pulsieren begleitete die ungeheure Lust, die in ihr anschwoll und in ihrem Bauch ihren Höhepunkt fand. Funken sprühten und setzten ihre Klitoris in Brand. Jay ließ seine Finger kreisen, und sie warf den Kopf von einer Seite auf die andere, überwältigt und schluchzend.

Dies war der Augenblick, in dem das Ei aus ihr herausfiel, und Sandy wurde von einer weiteren Lustwelle erfasst. Jay warf es zur Seite und sah, dass es fast neben dem Knebel liegen blieb. Sandy ruckte und zuckte unter ihm, völlig unkoordiniert, völlig unkontrolliert. Sie zerrte an ihren Fesseln und fühlte, wie sie sich plötzlich lösten.

Mit einer Hand griff sie an ihre Klitoris, die dringend darauf gewartet hatte, und die andere Hand griff ihn, packte ihn an den Schenkeln und an der Hüfte. Sie brauchte den Kontakt, ganz egal, was sie mit der Hand festhalten konnte.

Jay stand noch über sie gebeugt, rieb sich an ihr und griff suchend in seine Tasche. Sandy bemerkte das.

»Gott sei Dank«, keuchte sie, als er das Objekt herauszog, auf das sie gehofft hatte.

Endlich frei, wand sie sich auf dem Tisch, bis sie ganz vorn auf dem Rand saß, dann öffnete sie die Schenkel, so weit es ihr möglich war. Eine offenkundige Einladung. Jays Gesicht war eine dunkle Maske der Konzentration, als er das Kondom aufzog. Der harte Zug um seinen Mund war erregend und alarmierend zugleich.

Als er sich bemäntelt hatte, packte er sie an den Hüften und zog sie nach vorn, während er sich in Position brachte. Sandy spürte, wie sie vom Tischtuch rutschte, so wuchtig war sein erster Stoß. Sie wollte wieder nach vorn rutschen, um ihm näher zu sein, aber er beugte sich über sie, packte sie an den Schultern und begann, hart und schnell in sie hineinzupumpen.

Sein Ausdruck war intensiv. Er hatte die Augen weit aufgerissen, sie waren fast schwarz. Er war wild und wunderbar, wie er in sie hineinstieß.

»Berühre dich selbst«, befahl er. Seine raue Stimme klang wie ein Keuchen.

Er brauchte es ihr nicht zweimal zu sagen. Mit einer Hand hielt sie sich am Tischrand fest, weil er sie sonst viel zu weit nach hinten gestoßen hätte, und die andere Hand glitt nach unten und griff an die Klitoris. Sie liebte es, wie sein phantastischer Schaft hin und her glitt, kaum einen Zentimeter von ihrer reibenden Hand entfernt.

Sie ließ ein paar Finger über sein Latex laufen, wenn er sich bewegte, und damit streichelte sie ihn, wie er es ihr besorgte, wenn auch viel kräftiger.

Sie brauchte ihm nur in die Augen zu schauen, und schon

rauschte der Höhepunkt heran. Ja, natürlich halfen sein Stoßen und ihr Streicheln und Reiben, aber irgendwie war es die unglaubliche graue Tiefe seiner Augen, die ihren Orgasmus auslöste.

»Oh, Himmel, Jay«, rief sie, als ihre Pussy sich um seinen Schaft klammerte und ihn zu quetschen versuchte. Die Pulsierungen waren derart intensiv, dass sie fast schmerzten. Vage spürte sie den Widerhall der Schmerzen in ihrem Po, wahrscheinlich ein Überbleibsel seines Klatschens, und obwohl sie davon stimuliert wurde, schien es zu einer anderen Frau zu gehören.

Sie konnte sich an seinen Augen nicht sattsehen und von ihrem zuckenden Geschlecht nicht genug bekommen. Und Jay mittendrin. Als sie in ihm ertrank, verzog sich sein Gesicht, und dann kam er auch.

Siebzehntes Kapitel

Danach stolperten sie ins Bett.

Sandy war nicht ganz sicher, wer wen stützte. Im Hinterkopf behielt sie die Aufgabe, den Karton mit dem Sexspielzeug nicht einfach im Café liegen zu lassen, und das Kleid auf dem Boden sowie den Knebel und das Liebesei unter dem Tisch durfte sie auch nicht vergessen. Einige ihrer Gäste neigten eher zu einem konservativen Leben. Aber für den Moment gab es nichts Wichtigeres, als ins Bett zu kommen, sich auf den Rücken zu legen und Jay zu erwarten. Wieder einmal.

Sie konnte von seinen Händen nicht genug bekommen. Und von seinem Penis. Von seinem Gesicht, von seinem Körper, sogar von seinen Narben. Er öffnete den Mund, um zu protestieren, als sie ihm das Hemd von den Schultern riss, und auch seinen Hosenstall wieder öffnete. Sie gab sich nicht mit weniger zufrieden als mit dem nackten Mann.

Wie ein von vielen Schlachten gezeichneter Mann türmte er über ihr. Nachdem er sich ausgezogen hatte, schien er ihr seine Unvollkommenheit vorführen zu wollen. Er zog ihre Hände über die roten Markierungen, die Brust und Bauch bedeckten, als wollte er ihr sagen: Schau sie dir an, das ist es, was du unbedingt sehen wolltest.

Sandy streichelte ihn, ging mit den Fingerspitzen über jede Linie und Furche. Sie bedauerte ihn wegen der Schmerzen, die er gehabt haben musste, aber sie bewunderte ihn wegen seines Mutes und seiner inneren Kraft. Er war von der Hölle zurückgekehrt, um ein Mann zu sein, ein ausdauernder, weltoffener Mann, der viel männlicher war, als jeder andere Mann, der nichts hatte erleiden müssen.

Sie küsste jede Narbe und rieb ihren Körper an seinem, wie eine Priesterin, die tief in einen Ritus versunken war und die Wunden heilen wollte.

Schließlich drückte sie ihn auf den Rücken, langte in ihre Nachttischschublade und nahm ein Kondom heraus. Bedächtig rollte sie es auf seinen Penis, und dabei lehnte sie sich über ihn und küsste seinen Latex-Schaft.

Sie grätschte über ihn und ließ sich voller Genuss auf seine feine Erektion sinken, immer tiefer, bis sie den Eindruck hatte, dass sie bald platzte. Bis in die Kehle nahm sie seine Länge und den Umfang auf. Und als sie auf ihm saß, bis zum Rand gefüllt mit seinem harten Penis, wartete sie darauf, dass sie wieder zu Atem kam und labte sich an den Sensationen, so prall von ihm gefüllt zu sein, total in seinem Besitz.

Jay lag auf dem Rücken, lädiert aber attraktiv, und gab sich ihr hin – nun, beinahe. Er war immer noch der totale Mann, aber jetzt gehörte er ihr; sie konnte ihn reiten und benutzen und lieben.

»Oh, Mann«, murmelte er, als sie seine Nippel berührte und sie quetschte, wie sie ihre eigenen gequetscht hatte. Wieder kam etwas murmelnd über seine Lippen, tief aus der Kehle, und sie griff hinter sich und kraulte seine Hoden.

»He, ho«, ächzte er. »Zu viel Aufmerksamkeit für mich und nicht genug für dich.« Er kam hoch, um sie zu küssen, dann streichelte er mit rauer Zärtlichkeit über ihre Brüste. Er zwickte ihre Nippel, dann schwang er sich noch höher und saugte und biss ihre Nippel.

Jetzt war es an Sandy, zu murmeln und zu wimmern, und ihre Vagina umschmiegte seine Länge.

Er widmete sich ihrer Klitoris.

Mit kreisenden Fingern rieb und massierte er ihre Klitoris, und er ölte sie mit ihren eigenen Säften. Sie begann sich auf ihm zu bewegen, aber er hielt sie mit der freien Hand an der Hüfte fest, sodass sie tief in ihm verharrte. Ihr Becken war zur Bewegungslosigkeit verurteilt, während er sie mit neuer Lust versorgte. Auch als sie mit einem kleinen Schrei ihren Orgasmus erlebte, hielt Jay sie fest.

»Bitte, ich will mich bewegen«, bat sie ihn und begriff, dass sich das Gleichgewicht der Kontrolle wieder zu ihren Ungunsten verändert hatte. Er war es, der den Ton angab, obwohl sie auf ihm ritt.

»Pst«, machte er. »Bleib ruhig, Baby.« Dabei rollte er ihren Kitzler zwischen seinen glitschigen Fingern und dem Daumen hin und her.

Ihr kam es wieder, und die Lustgefühle waren unbeschreiblich. Sie warf den Kopf herum, auch wenn er den Rest ihres Körpers paralysiert hatte. Sie klemmte seinen Schaft mit den inneren Muskeln hart ein, und sie sah, wie er die ebenmäßigen Zähne bleckte, um das Zucken um seinen harten Schaft auszuhalten. Er quälte sie weiter mit der Lust, die er ihr bereitete.

Ihre klaren Blicke trafen sich, und sie lächelte.

»Ich habe schon genug«, sagte sie und schob seine Hand von ihrem Schoß weg. Sie ersetzte sie durch ihre eigene, legte die andere Hand auf seinen breiten vernarbten Brustkorb und begann sich zu heben und zu senken, zu heben und zu senken, bis sie auf seinem Schwanz hüpfte und sich die größte Mühe gab, ihm einen Orgasmus zu verschaffen.

Jay lachte und stöhnte und zischte sie an, und sie tat es ihm gleich. Innerhalb weniger Sekunden gaben sie beide auf. Ihre unverständlichen Schreie waren ein Lied der Freude, das im Zimmer von den Wänden hallte.

Sandy wachte auf und streckte die Hand aus, und obwohl sie sich noch im Halbschlaf befand, wurde ihr bewusst, dass so etwas zu den Klischees in Fernsehfilmen gehörte.

Mädchen verbringt tolle Nacht mit erstaunlichem Mann. Schläft ein. Wacht auf – und er ist nicht mehr da.

Sie fühlte sich kalt und miserabel und traurig, aber dann wurde sie innerhalb weniger Sekunden von Wut gepackt, bis sie die Augen öffnete und Jays schwarzes Hemd über einem Stuhl hängen sah. Auch seine Schuhe standen da.

Der erstaunliche Mann, mit dem sie eine tolle Nacht verbracht hatte, war doch noch da. Ohne Schuhe konnte er nicht weit gegangen sein.

Sandy warf sich den Bademantel über und tappte barfuß auf den Treppenabsatz. Beim Gehen wurden ihr verschiedene wunde Gegenden ihres Körpers bewusst. Nicht so sehr der versohlte Po oder die geklemmten Nippel, eher eine allgemeine Empfindsamkeit, die vom exzessiven Sex mit einem starken, ausdauernden Mann stammte.

Aber wo, zum Teufel, war er? Nicht im Bad, nicht in der Küche, nicht im Wohnzimmer. Aber im Bad war er gewesen, das erkannte sie am klammen Duschtuch, das er sorgfältig auf der Stange ausgebreitet hatte.

Zu ihrem Erstaunen schien er den Knebel und das Marmorei gewaschen zu haben.

Ein Ordnungsfanatiker? Oder hatte er so etwas wie einen Waschzwang?

Wie auch immer, es war erfrischend nach ihrem Ex-Mann und den paar Freunden, die sie gehabt hatte, die alle zu der Kategorie der Bodenwerfer und Stehpinkler gehört hatten.

Er musste im Café sein. Sonst gab es keine Erklärung.

Sie drückte die Tür zu ihrem Arbeitsplatz auf.

Er stand im Dunkeln am Fenster. Licht vom Fenster auf der anderen Seite badete seinen nackten Rücken und ließ die Narben wie Stammesritualzeichen eines kampferprobten Kriegers aussehen. Seine Füße waren nackt, und Sandy fand die Verletzlichkeit seiner nackten Zehen seltsam anrührend.

Sie bemerkte, dass er ihre Anwesenheit wahrnahm, aber er drehte sich nicht um und sagte auch nichts. Er starrte einfach auf das Einkaufszentrum hinaus und auf den problembeladenen alten Supermarkt.

Sandy verdrängte die nagenden Gedanken zu diesem Thema. Sie wollte jetzt nicht daran denken. Sie wollte nur wissen, was los war mit Jay, denn irgendwas stimmte nicht mit ihm. Sein gezeichneter aber schöner Rücken war starr vor Anspannung.

Du bist ein Fremder. Ich kenne dich seit weniger als einer Woche. Und doch fühle ich mich dir näher als jedem anderen Menschen.

Die Spannung war kaum noch zu ertragen. Die Frage, die seit Anbeginn lauerte, kam wieder hoch.

»Wer bist du?«

»Ich glaube nicht, dass du das wissen willst.«

Sandy zuckte zusammen und hielt den Bademantel enger um den Körper. Sie hatte laut gesprochen, ohne es wirklich zu wollen.

»Ich glaube doch.«

Seine Schultern hingen durch, als ob sie eine Last zu tragen hätten.

»Ja, das wird wohl so sein, aber die Antwort wird dir nicht

gefallen, deshalb will ich sie dir nicht sagen. Obwohl ich weiß, dass ich es tun müsste.«

»Wovon redest du?« Sandy, die Frau aus der ländlichen Kleinstadt, war immer geradeheraus gewesen. Er war ein unglaublicher Mann, ein wunderbarer, fremder Mann, aber Himmel, er konnte schwerfällig sein.

Sie ging zu ihm und sah im Mondschein seinen harten Mund, der sich zu einem Strich verzogen hatte.

»Wer bist du?«, wiederholte sie leise und fest. Dabei fühlte sie sich gar nicht so sehr entschlossen, und in ihr stieg eine Furcht auf. Sie hatte das Gefühl, dass die letzten Reste ihres Märchentraums bald zerstoben, und das sollte sich als schreckliche Vorahnung erweisen.

Er starrte hinaus, den Blick auf die leere Hülle des Supermarkts gerichtet. Dann streckte er sich, und er sah wie ein Boxer aus, der hoffnungslos im Ring stand und den entscheidenden Knockout erwartete.

»Ich bin Jason Bentley Forbes.«

Sandy runzelte die Stirn. Wo lag das Problem? Das war mehr oder weniger der Name, den er ihr von Anfang an genannt hatte.

Warte mal. Forbes. Forbes? Verdammte Hölle ... *Forbes?*

Einen kurzen Moment fühlte sie sich schwach in den Knien, dann stieg kalte Wut in ihr hoch. Ihre kleinen Hände ballten sich zu Fäusten, und sie zwang sie, an ihren Seiten zu bleiben, obwohl sie sich am liebsten auf ihn geworfen und geboxt und getreten und geschrien hätte.

Forbes. Er war Forbes. Forbes Enterprises. Der verdammte Stadtentwickler, der gegenüber ein Einkaufszentrum mit allen Schikanen, einschließlich Kinderspielplatz, Restaurant und Café bauen und ihr Geschäft zerstören wollte.

Nicht absichtlich, flüsterte eine innere Stimme ihr zu. Woher hätte er von ihrem kleinen Café wissen sollen? Er hatte das Grundstück wahrscheinlich gekauft und die Pläne erstellen lassen, noch bevor er vom Little Teapot gehört hatte.

Das mochte stimmen, aber als sie ihn im Halbschlaf nach gutem, langem Sex gefragt hatte, wie er auf sie gestoßen war, hatte er den Artikel über die Fresh Food Auszeichnung erwähnt, der in einem lokalen Magazin erschienen war. Er hatte sich die Lokalzeitungen organisiert, weil er mehr über Kissley hatte erfahren wollen.

Er hatte sie wieder zu küssen begonnen, ehe sie ihn hatte fragen können, warum er mehr über Kissley hatte erfahren wollen, aber jetzt war ihr das klar geworden. Er musste schon seit längerer Zeit über ihr Café Bescheid gewusst haben. Die Auszeichnung für Fresh Food war schon eine Zeit lang her. Und doch hatte der Bastard sie sexuell ausgenutzt und verführt. Und hatte sie dazu gebracht, ihn zu lieben.

Jetzt schwankten ihre Knie doch, und sie setzte sich. In ihrem Kopf drehte sich alles.

Jay war sofort neben ihr, groß und turmhoch. Er sah kraftvoll wie ein Fels aus und sah sie besorgt an. Sie sah keine Entschuldigung in seinem Blick, auch keine Defensivhaltung, nur eine schwere Müdigkeit.

»Warum hast du mir das nicht gesagt, bevor du mich gevögelt hast?«

Sie wollte ihn mit Gift besprühen, aber irgendwie empfand auch sie eine bleierne Müdigkeit.

Ihr Märchenprinz war zu gut, um wahr zu sein. Er stellte sich als Raubritter heraus.

Schuldgefühle traten in seine Augen.

»Ich wollte dich haben. Ich will dich immer noch. Ich hatte so lange von dir geträumt.« Er stieß einen langen Seufzer aus. »Und ich wusste, du würdest kein Wort mit mir reden, wenn du wüsstest, wer ich bin. Auf der Cocktailparty hast du von der Planung des neuen Supermarkts gesprochen und bestätigt, welche Gefahr du für dein Café siehst, da war mir klar, dass alles zwischen uns schon vorbei war, bevor es so richtig begonnen hatte, wenn ich dir sagen würde, dass ich ein Forbes bin.«

»Wie meinst du das – *ein* Forbes? Wie viele von euch Blutsaugern gibt es denn?«

Sie benahm sich albern, und sie wusste es. Alles war nur ein Geschäft.

»Die Firma – oder besser gesagt, die Firmen – gehören alle meinem Vater, William Forbes.« Ein gepeinigter Blick auf seinem Gesicht drückte tiefe Sorge aus. »Und ich habe einen älteren Bruder, der sich um das Tagesgeschäft der einzelnen Abteilungen kümmert, besonders um die ausländischen Firmen. Man könnte sagen, dass ich nur der Playboy der Familie bin. Oder sagen wir, das war ich, bis ich mein schönes Auto zu Schrott gefahren habe, da musste ich erfahren, dass ich nicht mehr der Liebling der Frauen oder der Medien war. Deshalb habe ich beschlossen, dem Drängen nachzugeben und mit meinem alten Herrn zusammenzuarbeiten.«

»Himmel, wenn sie darüber einen Film drehten oder eine Fernsehserie, würde es von der Kritik verrissen werden wegen all der Zufälle.«

Sie sah ihn finster an, ebenso wütend auf sich selbst wie auf ihn.

Er hatte sie besinnungslos gevögelt und auf ihrem Körper wie auf einem fein gestimmten Instrument gespielt, wann immer es ihm gefallen hatte. Und sie hatte es zugelassen; sie hatte nicht den Schneid gehabt, darauf zu bestehen, ihn erst besser kennen zu lernen. Selbst jetzt noch konnte sie seinen Mund und seine Zunge spüren, die an diesem ersten Abend im Garten zwischen ihren Schenkeln wahre Wunderdinge angerichtet hatten. Die Erinnerung daran war noch so lebendig, dass ihre Klitoris nur bei dem Gedanken schon zu zucken begann.

»Ich komme nicht darüber hinweg, dass du von Anfang an gewusst hast, wer ich war, und wie sehr die Pläne deines Vaters mir schaden würden, und doch hast du ...« Sie konnte die Worte nicht herausbringen, auch wenn ihr Körper die Wirkung seiner Aktionen nachspielte.

»Du meinst, wie ich es fertiggebracht habe, mein Gesicht zwischen deine Beine zu pressen und dich zum Orgasmus zu bringen?«

»Ich hätte dich ohrfeigen und dir sagen müssen, du sollst dich zum Teufel scheren! Ich muss wahnsinnig gewesen sein, dich überhaupt in meine Nähe zu lassen, wer immer du warst ... oder bist.«

Aber das war falsch. Selbst jetzt wusste sie, dass sie sich ihm nicht verweigern konnte. Und auch vor gut einer Woche hätte sie es nicht gekonnt. Von Anfang an hatte er sie in seinen Bann gezogen.

»Das meinst du nicht wirklich.«

Jay schien jetzt wütend zu sein und nicht mehr so müde. Vielleicht war er wütend auf sich selbst – oder auf sie, das war schwer zu sagen. In seinen Augen lag ein bestimmter Blick, den sie nicht definieren konnte. Verwirrt, ja, wütend auch, aber zugleich auch zärtlich, fast atemberaubend. Herzzerreißend. Einen solchen Blick hatte sie noch nie gesehen.

»Ich glaube, du willst mich immer noch«, sagte er. »Ich glaube nicht, dass du irgendwas bedauerst, denn dafür bist du eine viel zu starke Frau. Ich glaube, du begehrst mich noch, auch wenn du jetzt weißt, dass ich ein Forbes bin.«

»Und wenn es so wäre?«, schleuderte sie ihm entgegen.

»Ich meine, ich brauche nichts dagegen zu tun, oder?« Sie spielte mit dem Feuer, das war ihr bewusst, aber sie konnte diesen Gedankengang nicht aufgeben. »Ich bin keine Sklavin meines eigenen Sextriebs. Ich kann ihn einfach unterdrücken, schlicht ignorieren. Und dich kann ich auch ignorieren.«

Seine Augen glühten wie polierter Stahl, scharf wie eine Klinge, und noch mitten im Atemzug stand er dicht vor ihr, bedrohlich wie ein Raubvogel, der Beute gesichtet hatte. Sandy geriet in Panik und wollte den Stuhl zurückschieben, ängstlich wegen dem, was sie begonnen hatte, aber noch bevor sie hatte zurückweichen können, sank er vor ihr auf die Knie. Mit einem deutlich durch Schmerzen verzogenen Gesicht schob er die Schöße ihres Bademantels auseinander und entblößte sie.

Er packte ihre Schenkel, teilte sie, atmete tief ein und lachte, tief und verbittert.

»Kannst du das wirklich ignorieren?«, fragte er, schloss für einen Moment die Augen und schüttelte leicht den Kopf hin und her. Wie ein Weinkenner, dachte Sandy. »Du duftest wunderbar. Du brauchst Sex. Du brauchst mich, um dich zu befriedigen.«

»Was ich brauche, ist ein Orgasmus. Nicht dich. Jede willige Hand ist willkommen, jeder Mund wird mir genügen.«

Aber natürlich stimmte das nicht. Es würde nie wieder stimmen. Der letzte Mann auf der Erde, dem sie hätte erlauben dürfen, sich in ihr Herz einzunisten, hatte sie für alle anderen Männer ruiniert.

»Dann soll es so sein«, fauchte Jay. Seine Stimme klang angespannt und aggressiv, aber in seinen Augen war mehr zu sehen, Verzweiflung und Bedauern.

Er ließ ihre Schenkel los und bohrte sich mit den Fingern in sie hinein, arbeitete sich durch ihre Schamhaare und teilte ihre klebrigen Labien. Mit einem Seufzer, der sich wie ein Keuchen anhörte, stieß er in sie hinein, und seine Zunge fand sofort ihre Klitoris. Er begann sie mit fast wütenden Zügen zu lecken. Als er seinen Rhythmus gefunden hatte, langte er hinter sie, umschloss ihre Backen, hob Sandy an und machte sich über sie her; er strafte sie mit gnadenloser Stimulierung.

Sandy griff ihn und wünschte, seine Haare wären so lang, wie sie einmal waren, damit sie ihre Hände darin vergraben und an ihnen ziehen konnte, um ihn auf ihre Art zu bestrafen. Sie wich auf seine Schultern aus und hinterließ kleine rote Striemen neben seinen breiteren Narben. Sie warf den Kopf zurück, weil sie ihn nicht länger ansehen wollte, und begann zu knurren und zu grunzen, als die Sensationen sich spiralförmig in die Höhe schraubten, und es war ihr egal, dass sie sich wie ein läufiges Tier anhörte.

Es war ihr auch egal, was er von ihr dachte. Sie wollte nur seinen geschickten, hungrigen Mund spüren, der ihr diese herrliche Lust gab.

Ja, es war eine herrliche Lust, schnell und rau und erbarmungslos. Er kämpfte sie mit der Zunge nieder, er zwang sie mit halsbrecherischem Tempo zum Orgasmus, der sie in kleine Teile zu zerreißen schien. Er war viel zu schnell gekommen und von einer so gewaltigen Art, dass es ihr schwerfiel, ihn von Schmerz zu unterscheiden.

Sie begleitete ihren Höhepunkt mit lauten Schreien, sie klammerte sich an ihm fest, zwang ihren Schoß gegen seinen Mund und forderte mehr. Und als er ihr mehr gab, wollte sie noch mehr. Sie wollte ihn in sich spüren.

Sie schob ihn von sich und rutschte auf den Boden. Sie spreizte die Beine und griff nach ihm. Seine Augen loderten wie Feuer, und die Beule in seiner Hose war enorm. Er wollte sie, aber als er einen Moment lang zögerte, begriff sie, dass er wahrscheinlich kein Kondom dabeihatte. Dieses eine Mal war ihr das egal, aber er war vorbereitet. Er wollte etwas sagen, das Gesicht immer noch voller Zorn, aber dann durchbrach ein Geräusch wie ein Glockenspiel die Stille.

Sandy setzte sich auf und sah sich um. Es war das Brokat-Klingelzeichen, das sie auch auf ihrem Handy hatte, aber ihr Handy lag auf dem Sideboard im Schlafzimmer.

Jay schloss wieder den Reißverschluss, den er schon halb geöffnet hatte, und erhob sich. Als er zum Tisch am Fenster ging, entdeckte Sandy ein Mobiltelefon, das sie dort nie gesehen hatte. Er musste es mitgebracht haben. Erwartete er um diese Uhrzeit noch einen Anruf? Der neue Tag begann schon zu dämmern.

Trotz ihrer Verärgerung und ihres von der Lust verwirrten Zustands stand sie auf und ging zum anderen Ende des Cafés, damit er ungestört sprechen konnte. Sie schlüpfte hinter die Theke und holte eine Flasche Whisky heraus, den sie dort für bestimmte Gäste bereithielt, die ihren Kaffee mit Alkohol garnieren wollten. Sie schenkte sich einen guten Schluck in ein Wasserglas ein und kippte ihn. Sie trank ganz selten auf diese Art, aber Teufel, welche anderen ungewöhnlichen Umstände konnte es geben?

Nach einem kleineren zweiten Schluck wandte sie Jay wieder ihre Aufmerksamkeit zu und war schockiert. Er sprach leise und angespannt.

Sie sah auf seinen Rücken, aber er war starr vor mächtigen Emotionen. Sie hatte den Eindruck, dass er wieder so verspannt war wie vor gut einer Stunde, als sie ihn am Fenster hatte stehen sehen, aber doch bot er ein anderes Bild. Ein Unterschied wie Tag und Nacht.

»Also gut«, sagte er hart, ebenmäßig aber nicht emotionslos. »In ein paar Stunden bin ich bei dir.« Es gab eine Erwiderung des Anrufers, und Jay schoss wütend zurück: »Also dann eben in drei oder vier Stunden. Nein, ich will nicht einen weiteren Aston zu Schrott fahren. Ich kann schnell und trotzdem sicher fahren, schließlich bin ich kein kompletter Idiot.«

Er klappte das Telefon wütend zu, blieb einen Moment reglos stehen und sah aus, als ob er im Bombenhagel stünde und eine Information von einem anderen Planeten erhalten hätte. So groß und stark er auch war, jetzt wirkte er eingefallen, als hätte jemand die Luft aus ihm herausgelassen.

Aber dann war der Moment vorbei, und er stakste durch den Raum auf sie zu. Er starrte auf die Whiskyflasche, dann knurrte er irgendwas Unverständliches und stieß das Mobiltelefon in seine Hosentasche.

»Ich will jetzt wirklich nicht so gehen, aber es muss sein.« Sein schöner Mund verzog sich einige Male. »Mein Vater hat einen Herzanfall erlitten, und ich muss zu ihm. Ich wusste, dass es ihm nicht gut ging. Ich hätte bei ihm bleiben sollen. Aber er hat sich während unseres letzten Gesprächs so dickköpfig verhalten, und außerdem wollte ich zurück zu dir.« Er hielt sie an den Schultern fest. Sein Ausdruck blieb wild entschlossen, aber man sah ihm auch die Konfliktsituation an. »Es tut mir alles sehr leid, aber ich muss mich so schnell wie möglich auf den Weg machen.«

»Natürlich. Und ... mir tut es auch leid.« Sie wusste nicht genau, was ihr leid tat, aber irgendwie fühlte sie sich schuldig. Sie hatte ihn beschimpft und ihm nicht einmal eine Chance zur Erklärung gegeben. Jetzt war die Chance wahrscheinlich für immer vorbei. »Kann ich irgendetwas tun?«

Ohne es abzusprechen, gingen sie stillschweigend zurück ins Schlafzimmer, in dem Jays restliche Anziehsachen sowie der Autoschlüssel lagen.

»Ja«, sagte er und drehte sich um, nachdem sie das Zimmer betreten hatten. »Hasse mich nicht zu sehr.« Er griff nach seinem Jackett und schlüpfte hinein. »Ich wollte nie dein Feind sein, und ich wollte dich auch nie belügen. Aber ich wollte dich unbedingt haben, deshalb sah ich keine andere Möglichkeit.« Er zog sich die Socken und Schuhe an, dann richtete er sich auf und starrte einen Moment auf sie hinab.

Es dauerte wirklich nur ein paar Sekunden. Sandy konnte hören, wie sie vorbeitickten, und Jay wahrscheinlich auch. Er musste fahren, jetzt sofort. Wer konnte schon sagen, in welchem Zustand sich sein alter Herr befand? Jay würde ein gewaltiges Tempo vorlegen wollen, damit er am Bett des Vaters sein konnte, bevor er starb.

Er presste seinen Mund wieder brutal auf Sandys Lippen. Es war ein hungriger, verzweifelter Kuss.

Ich küsse dich, dann tut es nicht mehr weh, dachte Sandy, als er sie von sich schob und zur Tür ging. Sie wollte ihm folgen, aber er schüttelte den Kopf. Er schien nicht sprechen zu können, aber sie verstand ihn auch so.

Ich küsse dich, dann tut es nicht mehr weh, dachte sie wieder und blieb genau auf der Stelle stehen, wo er sie zurückgelassen hatte. Sie hörte das mächtige Dröhnen des Aston Motors unten auf dem Hof.

Wir können uns wahrscheinlich nie wieder küssen, dass es nicht mehr wehtut.

Eine Träne kullerte ihre Wange hinunter, als das Motorengeräusch in der Ferne verschwand. Übrig blieb die Stille.

Achtzehntes Kapitel

»Galleria? Welche Galleria?«

»Ich habe keine Ahnung. Aber es ist wenigstens kein Café, das den ganzen Tag geöffnet hat. Ich schätze, dafür sollten wir schon dankbar sein.«

Sandy sah Kat verwirrt an. Sie standen draußen vor dem Komplex des alten Supermarkts Bradbury. Der Neubau war rasch hochgezogen worden. Eine Reklametafel bestätigte, dass dort ein kleines Einkaufszentrum mit dem Namen The Galleria errichtet würde, also kein rund um die Uhr geöffneter Coffee Shop mit Kinderspielplatz. Ein Dutzend kleinerer Geschäfte sollte entstehen. Es hatte genug Gerüchte in den letzten Monaten gegeben.

Jetzt war es amtlich.

»Warum hat dein verdammter Freund dir nichts davon erzählt?«, fragte Kat. »Schließlich ist es seine Firma, die das Ding hochzieht.«

Sandy seufzte enttäuscht. »Er ist nicht mein Freund. Und wenn wir telefonieren … nun, es gibt ein stillschweigendes Einvernehmen, dass wir über die neuen Pläne nicht reden. Nur über allgemeine Themen.«

Sie starrte stirnrunzelnd auf den Plan, der auf der Reklametafel abgebildet war. Die Namen der neuen Geschäfte standen schon da, aber ein Lokal in der besten Lage, direkt neben dem Eingang, an dem jeder vorbeigehen musste, war auf dem Plan nur als ›Café‹ bezeichnet.

Aha, du baust also ein neues Café statt eines Coffee Shops. Gut gemacht, du Bastard.

Es stimmte; sie hatten sich am Telefon nur über Belanglosigkeiten unterhalten. Fernsehen, Filme, lustige Dinge. Einzelheiten vom gesundheitlichen Fortschritt von Jays Vater. Er war zwar kein junger Mann mehr, aber ein Forbes war offenbar zäh. Und immer noch stur. Stur wie sein Sohn. Sandy kannte Jays Vater nicht, aber seit dem Bau des neuen Einkaufskomplexes hatte sie ihn mit manchem Fluch bedacht. Doch sie war froh, dass es ihm gesundheitlich besser ging, allein schon wegen Jay.

Ihre Unterhaltungen am Telefon konnte man nur als seltsam und gesittet bezeichnen; besonders seltsam, wenn man bedachte, wie ungezügelt sie sich früher geliebt hatten. Es bestürzte sie, dass sie sich immer noch wie eine hungernde Frau an ihn klammerte, in der Hoffnung, dass er vertrocknete Brotkrumen fallen ließ, die sie aufsammeln konnte.

Krankhaft. Und dies ist das Ende. Dies ist ein schmutziger Trick zu viel, du durchtriebener Bastard.

Ärgerlich nur, dass das absolut nicht ihre Überzeugung war. Sie war nur traurig und verwirrt.

Aber am folgenden Morgen, nachdem die Reklametafel aufgestellt worden war, traf ein Brief ein, der sie noch mehr verwirrte. Sandy starrte eine lange Zeit auf den Brief, als ob sie eine Übersetzung benötigte.

›Miete und Mietdauer Verhandlungssache‹, stand da. Und warum sollten sie sich ausgerechnet an einem Sonntagnachmittag treffen?

Vier Zahlen, dann – Sesam öffne dich!

Der Eingang zu The Galleria sprang auf. Sandy studierte

den Plan, immer noch überrascht, dass sie mit dem Zugangscode versorgt worden war. Im Brief hatte gestanden, sie sollte sich im geplanten Café umsehen, und aus Sicherheitsgründen sollte sie sich auf diesen Bereich beschränken. Sie sollte sich das zukünftige Café im Hinblick auf eine mögliche Anmietung anschauen.

Das kann ich mir gar nicht erlauben. Es wird ein Vermögen kosten. Er macht das aus Höflichkeit. Oder aus Schuldgefühlen.

Das Café war wunderbar. Perfekte Lage, perfekter Zugang, perfektes ergonomisches Design. Es wäre eine Wonne, hier zu arbeiten. Und die Seele des Little Teapot könnte hier fröhliche Urständ feiern und würde in dieser Umgebung mehr als gedeihen. Sandy überschlug schnell ihre finanziellen Möglichkeiten und zermarterte sich den Kopf, wie sie sich die sicherlich hohe Miete leisten könnte.

Die Küche hinter dem Gastraum war herrlich klein und gut durchdacht. Alle erforderlichen Geräte waren schon eingebaut.

Ein kurzer Flur führte zur Toilette; sie war größer als im Teapot und ebenfalls schon komplett eingerichtet. Sandy drehte am Wasserhahn. Es sprudelte schon.

Der Spiegel über dem Waschbecken ließ sie erschauern, als die alten Erinnerungen hochkamen. Ihr eigenes Gesicht im Spiegel, während Jay hinter ihr arbeitete, das Gesicht verzerrt, aber für sie immer noch wunderschön.

Er hatte ihr Café, das ihr so viel bedeutete, nicht in Gefahr bringen wollen. Es ging ums Geschäft. Alles drehte sich ums Geschäft. Wie bei der Mafia, aber ohne Revolver und kaltblütigen Mord. Er war der falsche Mann zur rechten Zeit gewesen. Oder der falsche Mann zur falschen Zeit. Sie würde ihn wahrscheinlich nie wieder sehen. Die Anrufe würden seltener werden und dann ganz aufhören.

Ihr Telefon kündete eine SMS an.

Wie gefällt es Dir? Schöne Gästetoilette?

Sie drückte auf die Taste zum Antworten, gab ein ›g‹ ein und dann ein ›u‹, doch im nächsten Moment brach sie ihre Antwort ab. Wieso, zum Teufel, wusste er, dass sie sich gerade auf der Gästetoilette aufhielt?

Sandy stürmte aus der Toilette und lief zurück in die Küche.

Jay lehnte sich über die Anrichte; er wartete und behielt sie im Auge wie ein dunkles Raubtier. Er grinste schief, aber sagte nicht sofort etwas, als wüsste er nicht, was er sagen sollte, was nach seinem jüngsten Trick auch durchaus nachvollziehbar sein würde: Er hatte sie an einem Sonntagnachmittag in ein verlassenes, halb fertiges Einkaufszentrum gelockt.

In den wenigen Sekunden, die sie brauchte, um selbst Worte zu finden, nahm Sandy seinen Anblick auf, labte sich daran, verzehrte sich nach ihm.

Hölle, sah er gut aus!

Schwarz stand ihm gut, und er trug es von Kopf bis Fuß. Stiefel, Jeans, eines seiner sehr eleganten Jacketts. Er sah fast so aus wie damals, als sie ihn das letzte Mal gesehen hatte. Und doch irgendwie anders. Da waren zum Beispiel seine Haare. Der Kurzhaarschnitt war vorbei, seine Haare waren dicht und sehr dunkel und von der Stirn streng nach hinten gebürstet, was ihm etwas Falkenartiges verlieh.

Er war auch jetzt wieder rasiert, und sie musste zugeben, dass ihr das lieber war als sein Bart, aber seine dunklen Stoppeln ließen ihr Blut rasen. Oder mehr noch als ohnehin. Die Narben sahen nicht mehr so giftig rot aus, als würden sie allmählich verblassen. Sie hätte ihn gern gefragt, ob ihn immer noch die Schmerzen plagten.

»Ich schätze, es ist kein Zufall, dass du hier bist«, sagte sie.

Es hatte keinen Sinn, ihm auch heute noch voller Wut zu begegnen. Und was sollte sie ihm auch an den Kopf werfen? Er hatte ihr nichts versprochen, als er gegangen war, und dass sie ihn heute sah, nahm sie als Bonus auf.

»Nein, es ist kein Zufall. Ich wollte dich hier sehen. Ich habe dieses Treffen veranlasst.« Wenigstens war er so anständig, sich unbehaglich zu fühlen.

»Und warum versteckst du dich dann hinter der Unterschrift eines deiner Lakaien?«

»Weiß der Himmel. Ich kann nicht geradeaus denken, wenn es um dich geht«, sagte er und streckte sich. »Ich schätze, deshalb musste ich in diesen letzten Monaten auch strikt wegbleiben. Ich musste ein paar sehr ernste Dinge mit meinem Vater regeln, und ich wusste, wenn ich mir den Luxus erlaubte, dich zu besuchen, um alles zu erklären, würde ich nicht mehr in die Firma zurückgehen wollen.«

»Ich bin gerührt.« Es klang sarkastisch, aber nur, weil sie es jetzt war, die nicht mehr klar denken konnte. Was er ihr gesagt hatte, ergab einen Sinn. Und es war ein Sinn, wie er aufregender nicht hätte sein können. Er zerschmetterte alle ihre albernen Träume, dass sie ihn unwiederbringbar verloren hatte. »Aber warum hier? Warum dieses Räuber und Gendarm Spiel?«

Jay lachte, und sein Lachen hatte einen glücklichen Klang. Ihre Nackenhaare stellten sich auf, und wie von selbst bewegte sich ihr Becken. In der ganzen Zeit hatte sie nicht aufgehört, sich nach ihm zu sehnen, ungeachtet dessen, was geschehen war, und einige Male hatte sie sich in seiner Abwesenheit mit den Spielzeugen zu trösten versucht. Eine leichte Röte stieg ihr ins Gesicht, als sie an einige ihrer Exzesse dachte. Wenn sie zum Beispiel beim Höhepunkt seinen Namen geschrien hatte und dann wütend auf sich gewesen war, weil sie sich an ihn klammerte und immer noch unter seinem Einfluss stand.

»Ich sagte ja schon, ich weiß es nicht. Vielleicht wollte ich einen dramatischen Auftritt, irgendwas Theatralisches.« Er ging auf sie zu, und eine dünne Wolke seines würzigen Rasierwassers streifte sie, noch bevor er sie erreicht hatte. Es vertrieb den vagen Geruch des Putzes, der von den Wänden waberte. »Wir haben uns zuerst unter dramatischen Umständen kennen gelernt, und dann haben wir uns wieder unter dramatischen Umständen gefunden – nun ja, so ungefähr.« Jetzt errötete er auch leicht bis auf die kunstvoll rekonstruierten Wangenknochen. Sie wusste, dass er auf den Garten des Waverley anspielte. »Und ich wollte, dass unsere Wiedervereinigung dazu passte.«

»Wiedervereinigung?«

»Nun, ja, mein Dad ist sozusagen wieder in Hochform und braucht mich nicht mehr ständig an seiner Seite, und ihm ist es sowieso am liebsten, wenn er mich nicht zu sehen braucht.« Er stand jetzt vor ihr und sah sie an, die grauen Augen intensiv und dunkel. »Ich bin also frei, meine eigenen Projekte zu verfolgen. Wir haben viel zu tun in dieser Gegend, denn die Kreditbremse ist gelockert, und die Geschäfte brummen wieder. Ich habe gedacht, ich könnte mich hier niederlassen, damit ich vor Ort bin. Und dabei könnte ich auch andere Ziele verfolgen.«

Sandy spürte, wie sie zu zittern begann. Das lag an ihm, an seiner Gegenwart, seinem Körper, seinem Duft, an seinen Augen und der tiefen, rauen Stimme. Sie wusste, dass sie ihn nach dem Café fragen sollte und der Miete. Aber das konnte sie nicht. Alles, was sie wollte, war, ihn anzufassen und bei ihm zu sein. Sie wollte ihn in der realen Welt so gut kennen lernen wie seit fünfzehn Jahren in ihren Träumen.

Sie starrten sich an, nur Zentimeter voneinander getrennt. Wer würde den ersten Schritt tun?

Sandy gab nach. Sie fuhr mit einer Hand hoch und strich über Jays Gesicht. Sie liebte die raue Haut. Das passte zu ihm, rau und kantig, aber unwiderstehlich attraktiv und wunderbar. Jay wandte sein Gesicht der streichelnden Hand entgegen und küsste ihre Handfläche.

Ihre Vernunft brauchte Sicherheit. »Warum sollte ich dich wieder zurück in mein Leben lassen?«, fragte sie, auch wenn sie Mühe beim Atmen hatte. Seine Lippen waren weich aber fordernd, als sie die Innenseite ihrer Hand erforschten, und er ließ die Zunge spielen und erinnerte sie an andere Spiele mit der Zunge an intimeren Stellen. Oh, ja, er war so gut, und sie hatte es wie der Teufel vermisst.

»Weil wir uns seit fünfzehn Jahren kennen. Wir gehören zusammen«, sagte er nachdrücklich. Sie fühlte, wie seine Hand sich um ihre schloss, und die andere Hand legte sich auf ihre Taille. Sie fühlte sich heiß an durch die schwarze Hemdbluse, die sie trug. Jetzt erinnerte sie sich, dass die Hemdbluse zu den Sachen gehörte, die er ihr im Karton geschickt hatte.

Wieso war sie auf die Idee gekommen, sie heute zu tragen? Wie hätte sie sie nicht tragen können? Akzeptiere das Schicksal, umarme es, liebe es ...

»Jay«, keuchte sie und fühlte, wie ihre Bereitschaft zu kämpfen und ihr Widerstand abfielen, sich auflösten, verbrannt in der Hitze seiner Augen. »Wenn man alles zusammenzählt, haben wir höchstens fünfzehn Stunden miteinander verbracht. Was ist das für eine Basis, um permanent zusammen zu sein?«

»Es ist ein guter Anfang«, sagte er fest. Sie hörte heraus, dass er genau wusste, was er wollte und wie er es bekommen würde. Ihre innere Stimme hätte ihr sagen sollen, dass er mal an sich halten und nichts überstürzen sollte, aber da kam nichts, und stattdessen schmolz sie dahin, und sie hätte sich gern an ihm gerieben und ihm gesagt, dass sie mit ihm vögeln wollte.

»Das ist doch Grund genug, verlorene Zeit aufzuholen«, sagte er lachend. Er wartete nicht auf ihre Antwort, legte eine Hand auf ihren Hinterkopf und beugte sein Gesicht zu ihr, bereit für einen feurigen Kuss.

Wie war es möglich, dass alles in der Welt richtig schien, nur weil zwei Lippenpaare sich trafen? Das ergab keinen Sinn; es war nicht logisch. Aber es stimmte.

Jays Berührung hatte sich schon – in aller Unschuld – vor fünfzehn Jahren richtig angefühlt. Und sie fühlte sich auch jetzt richtig an, weil sie beide ihre Begierden und Sehnsüchte geteilt hatten. Die unschuldige Verbindung war noch da, aber jetzt auch der Sex, wild und ungestüm und unmöglich zu widerstehen.

Sie befanden sich in der Mitte einer Feuersbrunst. Kein langsames Umarmen, nur hungriges Grabschen und Greifen und Forschen. Jays Zunge wand sich in ihrem Mund, und sie hatte alles über Cafés und Geschäfte vergessen. Sie wollte ihn und sonst gar nichts.

Ihre Hände schlüpften unter sein Jackett und zogen an seinem Hemd; sie suchten den direkten Kontakt mit seiner heißen Haut, seinen Muskeln und seinen Narben. Seine Hände waren auf ihr, schoben die Hemdbluse den Rücken hinunter, dann bedeckte eine Hand ihre Brust und spielte mit dem Nippel.

Das schwarze Seidentop lag eng an, deshalb hatte sie auf den BH verzichtet. Wieder so ein Wink des Schicksals – sie hatte sich gekleidet, als ob sie mit Sex rechnete, denn irgendein siebter Sinn musste ihr gesagt haben, dass sie heute was erwarten konnte.

Sie lachte in seinen Mund, und er nahm den Kopf zurück und drückte die Lippen auf ihr Ohr.

»Was ist denn?«, während seine Finger noch ihre Brustwarze anheizten.

»Ich weiß es nicht. Es ergibt alles keinen Sinn.«

»Wie auch immer«, kommentierte er kernig, hielt ihren Kopf wieder fest und begann einen neuen Kuss, hart und mit totaler Autorität.

Sandys Hüften begannen ihren eigenen Rhythmus. Kreisend presste sie den Bauch gegen seinen Schoß. Er war steinhart und stöhnte, erwiderte ihr Pressen und genoss ihre Hände auf seinen Backen, zwei feste Halbkugeln, die sie mit Lust anfing zu massieren.

Himmel, du hast einen fabelhaften Arsch, Mr. Forbes! Für den allein könnte ich dir fast alles verzeihen!

Jays Mund schweifte über ihr Gesicht und pflanzte kleine nagende Küsse, die trotzdem besitzergreifend und aggressiv wirkten. Er ließ ihre Brust los und warf sein schönes Jackett auf den staubigen Boden.

Er wandte sich ihren Jeans zu, öffnete den Knopf, zog den Reißverschluss auf und schob die Hose ein wenig die Hüften hinunter, damit er mit der Hand in ihr Höschen greifen konnte. Die andere Hand glitt auf dem Po unter das Gummiband.

»Oh, Mann!«, rief Sandy, als er begann, sie zu fingern, vorn und hinten, rau aber sehr geschickt.

Dies war nicht der Zeitpunkt, sich um seinen Hintern zu kümmern. Sie musste die Arme um seinen Hals werfen und klammerte sich an ihn, als hinge ihr Leben davon ab. Ihr hungriger Körper verriet sie, sie wand sich und zuckte seinen Fingern entgegen.

»Das gefällt dir, nicht wahr, Prinzessin?«, murmelte er.

Sandy hätte ihn klatschen mögen, wenn sie nicht völlig anders beschäftigt gewesen wäre. Aber sie hätte auch lachen können, in dem kleinen Teil ihres Gehirns, das noch nicht weggeblasen war von der Art, wie er ihre Klitoris umkreiste und ihren Po erforschte, ziemlich unanständig und verdorben.

»Gib es zu«, grunzte er und verdoppelte seine Anstrengungen. Die süße, spöttische Wildheit in seiner Stimme ließ ihr Geschlecht pulsieren, und das tiefe Geräusch seiner Bestätigung sagte ihr, dass er das fühlte.

Sie biss sich auf die Lippe, auch wenn sie nicht aufhören konnte, ihr Becken wie eine Bauchtänzerin in höchster Lust rotieren zu lassen.

»Dickköpfiges kleines Biest! Dafür bringe ich dich zum Orgasmus. Dann wirst du reden!«

Während er weiter in der Kerbe ihres Pos forschte und drückte, kniff er die Klitoris zwischen Finger und Daumen und zog leicht an der Knospe.

Sandy schrie. Ihr Orgasmus ging ab wie eine Rakete. Sie war seinen Bewegungen hilflos ausgeliefert, seinen wissenden, erfahrenen Berührungen. Sie wurde geschüttelt und musste sich an ihm festhalten wie eine Napfschnecke. Sie schloss die Hände in seinem Nacken, sonst hätte sie so heftig gezittert, dass er sie aus seinem Griff verloren hätte.

»Oh, meine Prinzessin, meine Prinzessin«, stöhnte er nun liebevoller, bearbeitete sie aber weiter, während sie sich krümmend an ihn schmiegte. »Ich liebe es, dich so deutlich kommen zu spüren. Davon kann ich nicht genug kriegen.«

Sandy sackte gegen ihn, völlig erschöpft für den Moment. Er ließ sie los. Sie war derart überhitzt und befriedigt, dass sie glaubte, sie könnte ihre Pussy zischen hören. Sie rang nach Luft und versuchte sich zu erinnern, wann sie den letzten normalen Atemzug genommen hatte. Sie spürte, wie der Schweiß zwischen ihre Brüste sickerte. Ihre Hemdbluse klebte an ihr.

Ihr Kopf an seiner Schulter und ihr Körper um ihn gewunden, konnte sie Jays Herz klopfen hören. Es schlug im Takt mit ihrem, und sie spürte, wie sich sein Brustkorb hob und senkte. Er atmete schwer, und als sie ihre Hüfte an ihm rieb, schien sein Penis in seiner Hose zu hüpfen. Davon wollte sie was haben! Oh, ja, das wollte sie!

Sein offen liegendes Verlangen nach ihr brachte ihr neuen Schwung; sie wurde wieder lebendig. Sie griff nach seinem Penis und drückte ihn. Nicht hart oder rau, sondern nur vergewissernd, und dabei schaute sie herausfordernd in seine Augen. Die graue Tiefe glitzerte wie gleißender Sonnenschein, wenn er von der polierten Oberfläche des Aston zurückgeworfen wurde. Er lächelte sein wildes Lächeln und akzeptierte die Herausforderung. Sandy fuhr mit gespreizten Fingern durch seine Haare; sie waren dicht und weich und dufteten ungemein gut.

»Das gefällt mir«, sagte sie und rieb eine Strähne zwischen ihren Fingern. »Dadurch siehst du weniger wie ein Schlägertyp aus.«

»Ich dachte, dir hätte dieses Image gefallen«, schnurrte er und strich mit einer Hand wieder zwischen ihren Beinen hoch. Diesmal schmolz sie nicht in einen Tiegel der Lust, obwohl es sich gut anfühlte. Sie starrte ihn nur an, den Kopf hoch erhoben, die Augen verengt und trotzig.

»Wenn es mir in den Kram passt.« Sie ritt auf seiner Hand, nahm, was sie wollte, und dann, als sie spürte, dass er glaubte, sie wieder gewonnen zu haben, griff sie an sein schwarzes Hemd und riss es wuchtig auf. Knöpfe flogen durch die Luft.

»Himmel, Sandy, das Hemd hat zweihundert Pfund gekostet!« Aber er lachte genau wie sie. Einen Atemzug später riss er sich das Hemd selbst vom Leib.

Sie strich mit den Händen über seine warme Haut und fühlte die winzigen Schweißperlen, die den Brustkorb bedeckten, und berührte mit den Fingerspitzen auch seine Narben, in denen sie eine heidnische Schönheit sah. Sie bückte sich und küsste alle Narben, die sie erreichen konnte, nagte daran und knabberte an seiner Haut.

Dann zog sie den Reißverschluss auf und holte seinen großen, heißen Penis heraus.

Sie ließ sich auf die Knie sinken. Seine Jeans hingen noch auf den Hüften. Sie nahm ihn eine Zeit lang in den Mund, lachte um den Fleischstab herum, und holte mit ihrem begeisterten Saugen gewundene Stöhnlaute aus Jay heraus.

»Himmel, Sandy«, beklagte er sich wieder, die Stimme einige Male unterbrochen von seinem Luftschnappen, »willst du, dass ich in deinem Mund komme? Denn du bist auf dem Weg dahin.« Sie drückte mit der Zunge gegen das empfindliche Bändchen, und er ächzte schwer und ließ die Hüften schwingen. »Mir ist es ja egal«, keuchte er, aber lieber würde ich in dir kommen.«

»Ja, gut«, antwortete sie gedämpft, denn ihr Mund umschloss ihn noch. Sie lachten beide wie zwei Verrückte, aber dann entließ sie ihn aus ihrem Mund.

Er langte nach unten, griff unter ihre Arme und hievte sie auf ihre Füße. Er trat die Tür zur Küche zu und drückte Sandy dagegen. Sie hatte gesehen, dass es noch keine Schlösser auf den Türen gab, aber das Gewicht von ihnen beiden bot ein gewisses Maß an Sicherheit. Nicht, dass Gedanken, entdeckt zu werden, überhaupt von ihr erwogen wurden, während er sie berührt und gestreichelt hatte, und auch nicht, als sie vor ihm gekniet und ihn geblasen hatte.

Er küsste sie heftig, streichelte ihre Brüste durch die Hemdbluse und schnipste gegen ihre Nippel. Sie war sofort wieder erregt und rieb sich an ihm, und er reagierte und drückte zurück. Die Hitze seiner Erektion versengte sie.

Während ihre Lippen sich noch aufeinanderpressten und die Zungen sich noch duellierten, schälte er ihre Hemdbluse ab und warf sie über seine Schulter auf den Boden. Dann nahm er sich ihre Jeans vor und schob sie über ihre Hüften. Sandy trat ihre Schuhe aus und half ihm, die Jeans abzustreifen und das Höschen gleich mit. Sie gewahrte vage, dass sie noch ihre weißen Söckchen trug, auf denen *Winnie the Pooh* und *Tigger* abgebildet waren.

Sie glaubte nicht, dass Jay sie überhaupt zur Kenntnis genommen hatte, aber dann hörte sie ihn flüstern: »Die Socken gefallen mir.« Sie errötete mehr noch als eben, als er sie masturbiert hatte.

Nackt von der Taille abwärts, langte sie zu ihm hoch und versuchte sich wieder an seinem Hemd, und obwohl Jay sie strafend ansah, ließ er es geschehen, dass sie ihm das Hemd auszog.

»So ist es gut, kein albernes Verstecken mehr unter den Klamotten«, keuchte er. Sie streichelte über seinen Rücken und den Brustkorb, dann küsste sie die Narben auf seinen Schultern. »Jetzt muss ich in dich rein, ob es dir gefällt oder nicht.«

Oh, es gefällt mir! Es gefällt mir sehr.

Sie sprach nicht, weil sie kein Wort herausbekam. Als Vorbote seines Schwanzes stieß er zwei gekrümmte Finger in sie hinein. Er rutschte tief hinein, weil sie sehr nass war. Ein paar Augenblicke streichelte er die Knospe am Eingang der Vagina, bis Sandy zu stöhnen und wimmern begann und sich in seinem Griff wand. Als er sie wieder zum Orgasmus brachte, biss sie ihm in den Hals, und er zog die Finger heraus und stieß einen Schmerzenslaut aus.

»Du kleine Teufelin«, keuchte er. »Das wirst du mir büßen.« Ihr Geschlecht pochte und dampfte und wartete auf ihn. Er fischte ein Kondom aus der Tasche, schob zuerst noch Hose und Shorts hinunter, riss die Folie auf und bewaffnete sich mit dem Pariser. Keine Nettigkeiten mehr, kein weiteres Vorgeplänkel. Er packte ihre Hüfte mit einer Hand, nahm den Schaft in die andere und stieß fest in sie hinein.

»Oh, verdammt«, keuchte Sandy.

Sie schlang ihre Arme um seine Schultern. Er hob sie leicht an, hielt ihre Pobacken gepackt und stieß sie gegen die Tür.

»Fass dich selbst an«, befahl er, die Stimme rau und gepresst.

»Ich falle.«

»Nein, du fällst nicht. Ich halte dich. Ich habe dich noch nie fallen gelassen.«

Sie hielt sich noch mit einer Hand an seiner Schulter fest, und ihre Nägel bohrten sich tief in sein Muskelgewebe, während sie mit der anderen Hand in die Hitze ihrer beiden verschwitzten Körper griff und tollpatschig nach ihrer Klitoris forschte. Durch sein wildes Stoßen lugte sie vor.

Als sie sie gefunden hatte und streichelte, begann sie zu stöhnen. Silbrige Sensationen blühten da; sie stand in Flammen, denn Jay stieß ohne Unterlass zu und überwältigte sie. Wenn seine Hüften gegen sie rammten, quetschten sie fast ihre Hand, mit der sie sich selbst berührte. Dabei wäre die manuelle Stimulierung nicht nötig gewesen; sie näherte sich rasend schnell dem nächsten Höhepunkt und fühlte sich eins mit ihm, Körper und Seele, aber es war die Tatsache, dass er sicher sein wollte, dass sie kam, die sie über die Klippe brachte.

Sie heulte auf, klammerte sich verbissen an ihn und trat mit den Fersen gegen seine nackten Backen. Ihre Nägel gruben sich tiefer in sein Fleisch und schafften vermutlich neue Narben, aber ihm schien das nichts auszumachen, er stieß noch härter zu, hob sie höher und ließ sie schweben.

»Prinzessin, Prinzessin«, murmelte er, den Mund an ihrem Hals. Ihre Haare flogen. Seine Hüften rammten weiter, bis er grunzend aufschrie und pulsierend das Kondom füllte. Für einen verrückten Moment dachte sie, es wäre ihr lieber, wenn er keins übergestreift hätte.

Im nächsten Augenblick war der Gedanke verflogen, auch ihr Bewusstsein.

Danach lagen sie als erschöpfter Haufen an der Tür, die nackten Hintern auf dem staubigen Boden.

Aber trotz ihrer unfertigen Umgebung hatte sich Sandy noch nie in ihrem Leben so behaglich und sicher gefühlt. Irgendwie war ihr, als wäre sie zu Hause, so dicht bei Jay. Welche Komplikationen es in der Vergangenheit auch gegeben hatte, sie wusste, dass es gut ausgehen würde.

»Also, dieser Laden«, sagte Jay plötzlich im Plauderton, »glaubst du, dass der Geist des Little Teapot sich hier wohl fühlen könnte?« Er drückte die Lippen auf ihren Hals. »Sagt dir die Aufteilung zu?«

»Ja, allererste Sahne.« Sie fuhr mit ihrem Handrücken über den Kopf seines Penis, der schlaff auf seinem Schenkel lag. Jay ließ die Zähne sehen und warf den Kopf in den Nacken. »Aber was ist mit der Miete? Kann ich sie mir überhaupt leisten?«

Jays graue Augen blitzten. Er sah hinunter auf Sandys Schoß.

»Oh, daran zweifle ich nicht.«

Als selbständige Frau, die gewohnt war, für sich selbst zu sorgen, müsste sie darauf bestehen, die Einzelheiten eines Mietvertrags zu hören.

»Ich liebe dich, Sandy«, sagte er schlicht und fast honigsüß. »Ich möchte, dass du dieses Café führst. Keine Bedingungen. Ich wäre froh, dich hier zu sehen und zu erleben, wie dein Geschäft immer besser läuft. Du wirst dich und andere Menschen glücklich machen. Und ich werde hier sein und dich jeden Tag sehen.«

Das würde mich auch glücklich machen.

»Okay«, sagte sie, »aber nur nach genauen Absprachen. Ich glaube, wir haben noch eine Menge zu klären.«

Ihr Märchenprinz lächelte, sein Narbengesicht schön und fröhlich. Sie drückte ihn auf den Rücken und grätschte über ihn.

Sie drückte den Mund auf seine Lippen. Das war ein Kuss, der alles besser machen würde.

Ende

Im Dunkeln ist gut munkeln – sinnliche Geschichten von dämonischen Liebhabern

Kate Douglas, Sharon Page,
Kathleen Dante
ÜBERSINNLICHE NÄCHTE
Drei paranormale
erotische Erzählungen
Aus dem amerikanischen
Englisch von
Jule Winter
352 Seiten
ISBN 978-3-404-16340-3

Sie kommen bei Nacht. Ohne Vorwarnung.
Und sie haben nur eins im Sinn.
Sexy, leidenschaftlich und gierig nach Vergnügen – so sind sie, die dunklen Verführer, die mit spielerischer Leichtigkeit die Lust in jeder Frau entfesseln.
Lasst sie kommen.

Bastei Lübbe Taschenbuch

Diese Geschichte lässt Sie nicht mehr los …

Fredrica Alleyn
DIE GEISELN
Erotischer Roman
Aus dem Englischen
von Markus Berg
320 Seiten
ISBN 978-3-404-16098-3

Fiona und Bethany sind Gefangene. Geiseln der berüchtigten Trimarchi Brüder, denen Fionas Mann Geld schuldet. Bis dieser das Geld aufgetrieben hat, müssen die Frauen den Trimarchis gehorchen. Und das tun sie gern. Schließlich sind die italienischen Brüder äußerst geübte Liebhaber …

Bastei Lübbe Taschenbuch

Werden Sie Teil der Bastei Lübbe Familie

- Lernen Sie Autoren, Verlagsmitarbeiter und andere Leser/innen kennen
- Lesen, hören und rezensieren Sie Bücher und Hörbücher noch vor Erscheinen
- Nehmen Sie an exklusiven Verlosungen teil und gewinnen Sie Buchpakete, signierte Exemplare oder ein Meet & Greet mit unseren Autoren

Willkommen in unserer Welt:

BASTEI LÜBBE www.luebbe.de

www.facebook.com/BasteiLuebbe

twitter www.twitter.com/bastei_luebbe

YouTube www.youtube.com/BasteiLuebbe

Helen Heinemann

mit Katharina Gerhardt

IRGENDWAS MUSS ANDERS WERDEN!

Neue Wege aus der Erschöpfung

Rowohlt Taschenbuch Verlag

Originalausgabe
Veröffentlicht im Rowohlt Taschenbuch Verlag,
Hamburg, Januar 2021
Copyright © 2021 by Rowohlt Verlag GmbH, Hamburg
Abbildung auf S. 123: Die Liebesbotschaft der Delphine.
Kolorierte Bleistiftzeichnung von Sandro Del-Prete, 1987
(retuschiert). Privatsammlung. (www.illusoria-land.com)
Covergestaltung zero-media.net, München
Coverabbildung FinePic®, München
Satz aus der Apollo MT
bei Dörlemann Satz, Lemförde
Druck und Bindung CPI books GmbH, Leck, Germany
ISBN 978-3-499-00508-4

Die Rowohlt Verlage haben sich zu einer nachhaltigen Buchproduktion verpflichtet. Gemeinsam mit unseren Partnern und Lieferanten setzen wir uns für eine klimaneutrale Buchproduktion ein, die den Erwerb von Klimazertifikaten zur Kompensation des CO_2-Ausstoßes einschließt.
www.klimaneutralerverlag.de

FSC
www.fsc.org
MIX
Papier aus verantwortungsvollen Quellen
FSC® C083411